隠れた花

The Hidden Flower

パール・バック

Pearl S. Buck

小林政子 訳

Masako Kobayashi

国書刊行会

隠れた花

装幀　柴田 淳デザイン室

目次

主な登場人物

堺　宗旦……アメリカ生まれの日系二世。医師。

春子……宗旦の妻。日本生まれ。

堅山《ケンサン》……堺家の長男。

如水《ジョスイ》……堺家の長女。主人公。

ユミ……堺家のお手伝い。

松井　崇……旧家の主で、堺医師と親交がある。

登……松井家の三男で跡取り。

法宗和尚

アレン・ケネディ……アメリカ軍将校。

トム……アレンの父。

ジョゼフィーン……アレンの母。

シンシア・レヴァリング……アレンの幼なじみ。金髪で長身の美人。

スタイナー……ドイツ人女医。

ブレイ……福祉団体（養子斡旋）の職員。

第一部

庭は静まり返っていた。塀の外の足音すら届かず、水のはねる音だけが微かに響いていた。この静けさは実に自然だが、庭も水の音にも最新の工事が施され、岩陰に配水管を隠して上から水が流れ落ちるようになっていた。高い石塀の手前の竹藪にはこんもりした塚が造られ、遠くに山々がそびえているように見える。塚の側面の岩肌からは水がしぶきをあげて透きとおった池に流れ落ちている。池には三本の老松が影を映し、遠い森の雰囲気をそこはかとなく醸し出している。

庭の北側にある母屋は立派な和風建築で、竹藪のまばらな場所から、カーテンを開けたように障子が見える。白木造りの家は長い時間を経ていぶし銀のようだ。季節は春、灰色を帯びた木立を背景にツツジの花が満開である。陽差しを受けて緋色やオレンジやハチミツ色に輝いていた。

正午だった。医師の堺宗旦は書き物から離れ、開け放した障子の先を見つめた。庭はこの上なく美しい。万年筆を置いて立ち上がると長い脚が痛まないので内心誇らしかった。若い頃アメリカで暮らしたあと、日本の生活に戻るのにしばらく時間がかかった。最初は低い机の前で脚を曲げて何時間も書き物をするのが苦痛だったが、母国へ帰ると決めたときは、前々からその決意はあったが、改めて覚悟した。帰国を選んだのは、彼が誇り高い人間であり、アリゾナの強制収容所に送られるのは耐えられなかったからである。強制収容所か、本国帰還か、どちらかを選べと言われ、日本へ帰ることを選んだ。

あくまで誇り高い堺医師は先祖の土地へ戻った。京都郊外の由緒ある小堀男爵の地所と屋敷を買った。小堀家は戦争で零落し、息子たちが中国で戦死して最後の糸が切れた。男爵は九州の雲仙に近い山奥の草庵にこもり、妻は実家へ戻った。家は消滅し、その後に宗旦は妻と一人娘の如水とともにこの家に住んでいる。堺家には如水の五歳上でアメリカに残してきた堅山という長男がいた。堅山は日本に帰るのを嫌って強制収容所に収容された後、アメリカ軍に入隊してイタリア戦線で命を落とした。

息子の戦死の報を聞いた堺医師は日本人になる決心をした。京都は空襲を逃れた。この古都には近代建築も少しあるが、千年以上も変わらぬ佇まいを残している。近代的な建物は、長い歴史のある堂々たる東本願寺や由緒ある分厚い茅葺き屋根の家屋敷にはとてもかなわない。堺医師は宮廷の庭園に心を動かされ、先祖の国を再発見した思いで石や岩、水、灌木、そして苔を用いた。とりわけ桂離宮・松琴亭の美しさは、静かに流れる水といい、木の橋といい、石と樹木と植え込みの絶妙な調和といい、深く心を動かされた。

終戦後、堺医師は占領軍にも司令官たちとも距離を置いた。彼は西洋医学の指導的立場にある医師だったので地位は安泰だった。頼られる存在だった。受診に来る患者たちを分け隔てなく丁寧に診察し、旧華族には旧い礼儀作法に従うことを心がけた。

近代的な大病院での仕事が終わると帰宅し、着替えて、『欠乏性疾患』という題の本の執筆に取りかかった。帰国以来このテーマに関する知識を蓄えてきた。万年筆は自宅で唯一譲歩しているアメリカ式である。筆ではあまりにスピードに欠ける。しかし、大方の日本人は筆ではなくペンと鉛筆を使っているので譲歩とはいえない。実際、ペンと鉛筆は日本製で、ペンはアメリカ製より優れている。だが、鉛筆の芯は硬すぎる。

堺医師は開け放した障子から再び庭を隅々まで眺め渡した。心ゆくままとはいかなかった。隅々まで知り尽くしているはずの庭だが、美しさが損なわれはしまいか、葉っぱが落ちていまいか、一晩のうちにアリ塚ができていやしまいかと気になった。庭師を咎《とが》めたくはなかった。彼は束の間目を閉じ、経を唱えながら瞑想した。再び目を開けると陽差しの中で庭は思ったとおり一段と鮮やかに映った。瞑想は楽ではない。青年時代をロサンジェルスの喧騒の中で過ごし、ロス郊外にある二ヘクタールほどの菜園を営む両親の手伝いで野菜や花を売った。奨学金で大学の医学部に進学した。アメリカでは瞑想する時間はなかった。瞑想は日本に戻ってから会得した。尺八も日本に戻ってから習い、日が暮れると尺八を吹いた。

終戦後も一つだけ心配があった。娘の如水である。両親と日本へ帰って来たとき娘は十五歳でまだ子どもだった。素直に親の言うことをきく子ではなかったが、恐怖と戸惑いから娘はアメリカを去る決心をした。それまで仲良しだった学校の友だちがある日突然敵意を剥き出しにした。可愛い顔が意地悪な顔に豹変し、微笑みは消えて如水を睨みつけた。如水にはそれが理解できず、いちばん仲良しのポリー・アンドリュースに悩みを打ち明けた。その子は、如水の祖父から野菜を仕入れていた八百屋の娘だった。「だって、ポリー、私は以前とちっとも変わらないのよ」

「ちがうわ」ポリーは言い返した。「あなたは日本人だから大嫌い」

如水は返す言葉がなかった。翌日から学校へ行かず、数日後、両親が船に乗ったとき傷心のまま無言で両親に付いて行った。生まれた土地であり、英語しか話さず、母国だと信じていた国が自分を拒絶し、忌み嫌った。それでも如水はまだ日本になじめなかった。祖母から日本の女についていろいろ聞かされていたからである。父と一緒に暮らす間は心配ないが、将来のことを考えると不安だった。

堺医師は娘の心を見抜き、それが心配の種だった。二十歳になった娘に何と言えばいいのだろう。娘の結婚はそう遠くない。如水のように美しい娘なら尚更だが、誰と結婚するのか。見合い話はいろいろあったが、娘は即座に断るだろうと考えて慎重に構えていた。結婚について娘と話し合ったことは一度もないし、妻の春子にも話すなと言ってきた。娘の結婚には細心の心遣いが必要であり、自分独りでなんとかしたいと考えていた。万が一言葉を選び損ねたら一蹴されてしまう。

しばらく縁側にいてから部屋履きを下駄に履き替え、池の前に立って水しぶきを眺めていた。春の息吹は生命力に溢れていた。堺医師は想像力豊かだが自制心も旺盛で、季節感に浸ることはなかった。ただ娘のことを心配していた。今年の春はどうなるだろう。昨年は落ち着きがなかった。心理学も学んだ彼にはそれがよく分かった。心と身体は良くも悪くも切り離せない。彼は娘に害のない程度の鎮静剤を与え、学校から帰るとまず彼の書いたものを毎日百ページ分タイプさせた。今年は暑くなるのが早く、娘の情緒不安定は物憂さに変わりつつあった。見たところ、娘は表面は穏やかだが情熱を秘めている。

袖口の金時計に目をやった。病院では洋服だが、自宅では地味な絹の着物に帯を締め、家の中では平べったいスリッパ、外では下駄を履いて歩くのが好きになった。そのほうが楽なのだ。もうすぐ一時だが、娘はまだ帰って来ない。どこで道草を食っているのだろう。お手伝いは呼びに来ないが、昼食は時間どおりと決めていた。みんなが如水を待っていた。

庭のことを忘れ、眉をしかめた。十五分待って帰って来なければ、それ以上待つのはよそう。堺医師は平凡で物静かな妻を愛していたが、如水が一緒ならば食事はもっと楽しい。だが、娘を溺愛するつもりはなかった。十五分経てば娘がいなくても食べ始めるし、食べ終わっても娘がまだ帰らなかったら食べ物をとっておくよう言うつもりだった。家のきまりは守らなければならない。二時には病院へ戻って診察があった。

如水はきっちり十分後に帰って来た。玄関の扉を引く呼び鈴の音が聞こえ、扉が開いて、閉じた。石畳の上を歩く靴の音が微かに響き、お手伝いが大きな声で出迎えた。

堺医師は池を眺めながら後向きのまま待っていた。自分のほうから父親に挨拶することが娘の義務である。すぐにやさしい声が聞こえた。

「お父様、ただいま戻りました」

父はむっつりした顔で振り返った。「遅いじゃないか」

「私が悪いのじゃありません」庭で陽差しを浴びる娘の顔はどきりとするほど美しかった。こんなに美しい姿で学校から歩いてきたのか！　娘の黒髪はつややかで、大きな黒い目はきらきら輝き、頬は体温でほんのりピンク色に染まり、唇は紅い。如水は制服を脱いで薄い緑色の着物に着替えていた。片時でも家にいるときは必ずそうした。制服で街を歩くことはなかった。制服は見た目がよくなかった。

「どうしておまえのせいじゃないのだね」堺医師は厳しい声で言った。

「アメリカ兵が道路を歩いています。大勢いて、通り過ぎるまで待たなければならないし」

「どこで待っていたんだね」

「邪魔にならないように病院の玄関口に入っていました」

堺医師はそれ以上何も言わなかった。「さあ、中に入って食べよう。私はあまり時間がない。遅刻するのは嫌だからね。若い医師たちに示しがつかない」

如水は父の責任感が強いことを知っていたので、すぐ謝った。「ごめんなさい、お父様」日本語で言った。父が日本語で謝ってほしいのを知っていたからだが、英語で言うようにはうまく喋れない。

「おまえは自分は悪くないと言ったじゃないか」

父は両手を後ろに組み、あちこち目をやりながら娘の前を歩いた。「ツツジがきれいだね。今年はとくに美しい」と言った。

「きれいですね」如水は答えた。

彼は娘の声の調子を探り、あとで娘の表情や動作を眺め、できれば体温を測りたかった。娘が結婚するまで心が休まることはないが、来春までこの不安を抱えていられそうもない。娘というものは何より貴重な宝物であり、従って、その荷は何より重い。


如水は昼食のあいだ父がそれとなく自分を見ているのに気づいた。自分を心配する父の様子も、その理由もよく分かっていた。父は娘が何を考えているのか、どういう状況なのか知らないのだ。父親の前では良い娘を完璧に演じていた。父は何も言わないが、それが娘のすべてだとは考えていなかった。それは正しかった。如水はこの家では本当の自分を隠していた。不満があるからではなく、エネルギーがあり余っていることが原因だった。そのエネルギーは十五歳までカリフォルニアで暮らし、牧草が餌の牛の乳を飲んだり、野菜、果物、肉類を食べていたからだろう。感覚は鋭くなり、全身に力が漲《みなぎ》っていた。精神は張り詰め、何にでも興味を持った。だから、如水は青白くて静かな日本女性とはずいぶん違い、日本の女性たちからは賞賛と嫌悪の眼で見られた。アメリカ人と呼ばれ、そう呼ばれるのを否定しなかった。

「あなたの歩き方はアメリカ人みたい」と言ったのは三島ハルだった。

京都には東京や大阪よりもアメリカ女性の姿が多い。如水は彼女たちを見て自分はよく似ていると思った。内股で歩かず、脚は真っ直ぐだった。だが、なぜか如水は内股のハルが好きだった。ハルとちがうのは、如水はエネルギー旺盛なのですぐに人を好きになることかも知れなかった。現在はアメリカで食べていたパンやミルク、卵、肉は食べず、米、魚、野菜など健康的な食事をとる。この日、如水の母は娘の顔を見て笑った。

「あなたを見て教養ある家庭の娘だと誰も思わないでしょうね。お百姓の子みたいな食べ方ですよ」

一家は食卓の前で膝を曲げて座り、食卓には食べ物が並んでいる。お澄ましのお椀が各人の前に置いてあった。具は波形に薄く切った二十日大根と緑色のアオサだった。食卓の真ん中に魚と野菜の付け合わせを盛った鉢が三つ置かれ、お手伝いのユミさんはおひつからご飯をよそって黒と金の漆器のお椀に盛った。占領軍が来て民主主義になってから、日本人は深いお辞儀をしなくなった。だが、堺医師は会釈する程度は必要だと言った。家に家長が健在だということであり、お手伝いはその言葉を歓迎した。ただ、ふつう家長は妻子といっしょに食べないものだ。アメリカ人は一緒に食べるとユミさんは市場でお手伝い仲間から聞いた。だから、自分のところの主人は真の日本人よりやや劣るところもあり、ましなところもある。お手伝いはそう解釈して納得した。

堺医師は何食わぬ顔で娘の様子を見ていて顔が赤いと感じた。いつもはほんのり紅い程度だが、今日は頬が赤らんでいた。

「おまえは炎天下でアメリカ人が通り過ぎるを待っていたのか」

「そうよ。今朝、家を出るとき日傘を忘れましたから。これほど陽差しが強くなるとは思わなかったわ。朝食のとき山の上に雲がかかっていたから」

「山に雲がかかっているときは必ず昼には晴れる。雨になるのは海からの雲だ」

夫人は娘を見て言った。「ほんとうに赤い顔して。お昼を食べたら、少し白粉でもつけたほうがいいわよ。そんな赤い頬では下品に見られますからね」

「一人っ子でなければ良かったわ」如水は笑いながらふくれっ面をした。

「お父様もお母様も私を監視すること以外にすることがないのだから」

両親は娘から目をそらした。

庭に面して床の間があった。三人が座る部屋のいちばん奥には、香炉の上に蕾《つぼみ》をつけた柳と梅の花がかかっていた。昨日、如水はうなだれた梅の枝の下に小さい蛙の銅の置物を置いた。床の間には三つ以上のものを置いてはならないとされている。父は娘にそういうことを教えるために市内でも指折りの評判の師を雇った。この人は小柄で華奢《きゃしゃ》な未亡人で、桂川のそばの小さな古びた家に息子とその家族と暮らしていた。

「明日は桃の花を切ります」如水は言った。

「桃の花にはバラ石英が似合うね」父は答えた。

少し気まずくなった雰囲気はそれで収まった。如水はそれ以上何も言わずに両親におかずを差し出して、気まずさを取り除こうとした。兄が生きていたら両親の強い愛情という重荷が自分だけにのしかかることはなかったろうし、兄がいればアメリカの思い出を分かち合えただろう。アメリカへ来いと言ってくれたかもしれない。生きていれば婚約者と結婚して家庭を持ち、子どもにも恵まれていたかも知れない。兄の婚約者は喪が明けると別の男性と結婚したので今ごろは子どもも生まれただろう。それでも、如水は兄の婚約者を忘れなかった。小柄で快活な女性で、色白の丸顔を黒い巻き毛が包んでいた。アメリカ風の明るい色の服を着て、ハイヒールを履き、ロサンジェルス高校の「五月の女王《メイ・クイーン》」に選ばれたこともあった。彼女がスパンコールのついた銀色に光るドレスを着、きれいな巻き毛に派手な王冠を被った姿をいつも思い浮かべた。キリスト教の聖職者の娘だった。堺家は代々仏教徒であり、キリスト教の一家にとってそれは頭痛の種だった。仏教は異教ではないのか。そのことは兄と両親との不和の原因にもなった。堺医師は息子が教会で結婚するのに反対した。結婚はなくなったのでもう問題はない。挙式を予定していた日には、兄は死んでいたし、キリスト教の一家はアリゾナの有刺鉄線の中にいて、堺一家はここ京都にいた。式の予定日のことを口にする者はなかったが、如水は両親が思い出しているのを知っていた。自分も庭の大きな岩陰で兄のことを思って泣いた。

「松井さんがお茶に招いてくれた」父はそのとき言った。「招待を受けたのは五日前で、今日の午後だ」食後の薄い緑茶を飲んでいた。

松井崇は患者の中で最も裕福だった。胆嚢《たんのう》を患い、治りにくいのだが手術する気はなかった。まだ老け込む歳ではなく、息子が三人いた。次男はロシアに抑留され、長男は南京攻撃の際に戦死し、三男は立派な若者に成長していた。父は三男をとても可愛がった。日本は二度と戦争しないだろうから、三男だけは失わずに済むと思っていた。日本の新憲法には二度と再軍備しないと書かれているのではなかったか。これは戦勝国アメリカの要求だった。だから松井さんは三男に愛情と金銭を惜しまなかった。長男と次男は教育しても無駄だった。二人はいずれ権力者が準備している大戦で死ぬだろうと思っていたからで、三男の登は東京の大学に在学中だった。

松井家は旧家で、京都は分家だった。この家は最も保守的で、戦後お茶会を再開したのは松井崇が初めてだと言われている。占領が終わって独立を回復した後、堺医師は松井さんの指導で庭の最も静かな片隅に茶室を建てる計画をした。新しい日本人は昔風の茶会をあざ笑ったが、堺医師は目の前で馬鹿にするのを許さなかった。旧いしきたりや伝統を速やかに復興して日本精神を再興することは重要だと信じていた。茶会では、芸術と自然への瞑想は、社交と美味しい食べ物が混じり合う。昼食を控え目にしたのは夕方の茶会で食事が出るからだった。味噌汁に始まり、魚、鶏肉、野菜料理と続き、最後は汁物とデザートで終わる。日陰に植える古い茶の枝から摘まれた柔らかい葉の抹茶の濃く香ぐわしいお茶も出た。四時間の茶会が終わると、堺医師は折に触れて亭主とお喋りをした。話は亭主の息子たちのことに及ぶこともあった。そうなると必ず可愛がっている三男の話になり、それに続いて前回、前々回もそうだったが、大事な一人娘の如水が話題に上った。

父も娘も心に秘めていることには触れず、黙って食事を終えた。松井家の三男の登は適齢期だった。如水より二歳年上だった。昔は結婚話は父親がまとめたものだが、昨今ではもうそういうことはできないという自覚が父親にはあった。広島と長崎に落とされた原子爆弾が破壊したのはレンガやモルタルや人間の肉体にとどまらなかった。堺医師は娘にその若者のことを話していないが、妻には登が結婚したがっていることや、如水に話してみようと思っていることを伝え、それは母親から娘に伝わった。如水は考えたが結論は出なかった。落ち着きをなくし、考えるのもいやだった。彼を嫌いではなかった。顔立ちもよく、教育があり、情熱も自負もある若者を嫌がる女性はいない。如水は約束したわけでもないが何度も彼と顔を会わせる機会があった。彼は東京の大学へ行っていて休みには帰省した。つい二、三週間前にも桜祭りで登に会ったが、体格の良い若者で茶色い目をしていた。相手が顔を赤らめたので如水は気が楽だった。登は色白で額が広いので赤くなると誰でも分かった。色白ですぐ赤くなる正直なところは好ましく思え、薄いグレーのアメリカ風のスーツをさりげなく着た彼に挨拶した。悪く思わないのに登に恋心を抱くことはないので自分でも不思議だった。如水は恋がしたくてたまらなかったからだ。心がうちふるえ、いつでも火がつきそうだった。一人の男性を愛し、その人の妻になりたかった。身も心も捧げて恋にひたりたかった。それなのに、登の姿を見ると頑なに彼から遠ざかり熱が冷めていった。

如水はなぜか登のやさしい声に無愛想に応え、愛に潤んだ大きな切れ長の目から視線を逸らしたくなる気持ちを抑えた。彼は何の権利があって自分が積極的に応じていないのにあれほどまでに、しかも、堂々と自分を好きになるのか。

黙って食事をしている間も、お辞儀をして食卓を離れるときも、胸の中にはそんな思いが渦巻いていた。すぐ学校へ戻らないと間に合いそうになかった。両親は娘が席を立ったあとお茶を飲んでいた。如水は部屋へ戻って制服に着替えた。頬が赤いと言われたので、帽子を被らずにこんどは日よけのために緑色の絹の日傘を持って出た。制服も緑と白の縞模様のアメリカ風のブラウスとスカートだが、アメリカでは二十歳の女性はまずこんな服は着ない。袖が長くカフスにボタンがあり、スカート丈はふくらはぎの下まであった。襟が高く、この日は校門をくぐるとすぐにボタンを外して襟元を涼しくした。

門から出ると道路は静かだった。アメリカ人の観光客が街中を歩いていると思っていた。アメリカ人観光客は京都で休暇を過ごすために東京や大阪からよくやって来る。旅行案内に京都には昔の日本文化が壊れずに残っていると書いてあるらしい。日本軍が北京を温存したように、京都を破壊してはならないとアメリカ軍機に命令が出されていたそうだ。アメリカ人は文化を理解しないので京都は温存されないと如水の父は思い込んでいた。「私たちは残忍な共産主義と粗野なアメリカのどちらかを選ばされる」と父はときどき不満を口にした。如水は父が過激だといつも苦笑する。もろもろの非難の中でもそれが最も辛辣だった。父は平穏を得たいと願い、静けさを求めていた。如水が思うに、父は自分を追放したアメリカを懲《こ》らしめたくて、そのために日本だけ、旧い日本の風習や考え方のすべてを好きになろうとしていた。何がお茶会だ。いい大人が狭い家の中に畏《かしこ》まって座り、庭園を眺めて濃い抹茶のお茶を順番に飲むとは、ばかばかしいにもほどがある！　父は、お茶はビタミンCが豊富で、茶会の形式美と精神的な豊かさの他にも、お茶そのものが身体に栄養を与えると言った。如水は茶会が好きではなかった。去年の秋、両親と松井さんの主催する茶会に出た。父は「茶の湯」と呼ばせたがったが、何と呼ぼうがただの茶会である。厳かな清談は退屈なだけだった。松井さんは咄嗟《とっさ》に思いついたように四行の短歌を詠んだが、それは何時間も前に考えて作った詩であることを如水は知っていた。登ともっと親しかったら、そう言ってやりたかった。待つことはない。次回会ったらそう言ってやろう。

如水は歩きながらそんなことを考え、絶対に口に出せないことを知っているので一人でほくそ笑んだ。母も聞きたがらない。喋り続けたら母は頭を振りながら両手で耳を塞いで動かないだろう。たまには母に大声で叫び、両耳から手を引きはがしてやりたいと思うが、できなかった。如水の内面は熱く柔らかいアメリカ人の心だが、その上を日本人の硬い殻が覆い被さっていた。あたかも冷えて固まっていく溶岩のように密閉されているが、内部は煮えたぎり沸騰する活火山のようだった。

陽差しの中をあちこちに目をやりながら歩くのでくるくる回る日傘の影ができた。昨日雨が降ったので古い樹木やごつごつした灌木の緑と、庭や公園の満開のツツジの鮮やかさが春らしさを引き立てた。如水は顔を上げて爽やかな空気を吸いながら歩いた。血液に力が漲って彼女を駆り立てた。走りたくなり、腕を伸ばしたくなった。アメリカではよく友だちと走った。ロス郊外の木陰の多い通りを翼のように腕を広げて走った。他愛ない笑い声を上げながら空飛ぶ小鳥のように走った。日本ではそんな風に走ったことはないし、女性が走る姿を見たことはなかった。女の子たちの走る姿さえない。日本人は下駄や重い革の草履を履いてゆっくり歩くか、さもなければ、走りやすい地下足袋を履いていた。

如水は病院の門に着いた。学校はその先だ。午前中、アメリカの若者たちが通り過ぎたとき、ここで立ち止まった。好奇心でちらっと見ただけだった。笑い声を上げ、お喋りし、ふざけ合う姿はみな同じだった。押し合い、笑い、喧嘩の真似をして手を出し合ったりと、まるで生徒のようだった。「アメリカ人は子どもみたいだね」人びとは口々に言っていた。

病院の門を満開の藤の花が覆っていた。薄い緑色の葉の間から葡萄のようにずしりと紫色の房が下がっている。藤と菖蒲《あやめ》と芍薬《しゃくやく》の季節だった。如水はこれらの花が大好きだった。父は花にはまったく無関心だった。庭は石と松と水の粛然とした美であり、動くものは竹藪だけだった。母は家で使う花を家庭菜園で育て、家の北側にも青い菖蒲を植えていた。

父のことを考えると、如水はいつも尊敬と憤りの入り混じった奇妙な愛情を感じる。アメリカから戻って来なければよかったと思い続けてきた。父にはそれが分かっておらず、日本で女性であることはアメリカよりもどれほど難しいかを理解しようとしなかった。カリフォルニアの女性たちを思い出すにつけ、彼女たちが若い女王様のように見えた。だが、ここでは女性は絶対に女王様にはなれなかった。女性はかしずいて義務を果たす腰元である。女性は決して女王様にはなれない。アメリカが日本から出て行けば旧態依然とした日本か、それに近い日本に戻るだろうと父はよく言った。若い人たちも現在のように行動できないだろうと言った。アメリカ人はお客様だ。他人の前では子どもを自由にさせるが、客が帰ると子どもを懲らしめるだろう。

ふとため息をつくと、藤の花の甘く強い香りがしてきた。如水は病院の門のところにいて、日傘をつぼめた。門の脇に男が立っていた。長身で痩せた制服姿の若いアメリカ人だった。壁にもたれ、脚を前後に組み、両手をポケットに入れていた。驚いて男の顔を見ると、男は如水に微笑んだ。

「あなたを待っていました」

驚いて声も出なかった。ぽかんと男の顔を見つめた。男は金髪で、若く、とてもハンサムだった。そうなのだ。目は菖蒲のように青く、肌は白くなめらかだった。白い大きな歯をもつ口は美しかった。強く健康そうで、肩幅は広く、細い腰に革のベルトをきちんと締めていた。目が笑っていた。「合格ですか」彼は言った。

如水は顔を赤らめた。何か不思議な光景を見ているようにただ相手を見つめていた。しげしげと見つめたのは不思議だからではない。自分が忘れていたものを思い出したからだ。カリフォルニアの男生徒たちのことだった。父が突然アメリカを去ることに決めた頃、ようやく気にし始めた男の子たちのことだった。男の声は思い出の中で話しかけてくる兄の声のようでもあった。

「英語は分かりますか」青年は尋ねた。

「私は話せます」如水はすらすらと応じた。

青年はうやうやしく帽子を取った。「初めて僕の祈りが通じました。感激です」

「何がそれほど感激なんですか」

「日本で見初めた女性が自国語を話せること」

「あなたにお会いしたことはありません」

「今朝、会いました。でも、あなたは気がつかなかった。僕はこの藤棚の下に立っていたあなたを見ました。藤棚ですよね、故郷の家にもあります。藤棚が。今朝、藤棚を見て母のことを考えていて、そこにあなたが立っていたんです。美しかったなぁ」

「みなさんが通り過ぎるのを待っていたんです」

「僕はその中にいて、戻って来ました。奈良へ行くところでした。見物ですよ。休暇をもらって。奈良にはいつでも行けます。でも、ここで待っていれば、あなたが戻ってくると思ったのです」

「私は通学の途中です」

「学生ですか」

「大学です。もう行かないと。遅刻します」

青年は帽子を持って立ったままで、金髪の巻き毛に陽が当たっていた。明るい金髪で、目は青かった。細面で顎は角張り、頬骨がやや高かった。清潔感が漲っていた。

「ぜひ知り合いになりたい」太く低い声でやさしく言った。

「それはだめです。もう行かなければ、ごめんなさい」

「なぜだめなんですか」青年はあきらめなかった。如水と並んで歩いた。如水は慌ててまた傘をさした。どうすればいいのだろう。アメリカ人と一緒のところを知り合いに見られ、父に告げ口されたら、こっぴどく叱られるのは目に見えている。「どうか付いて来ないでください」如水は隣に目もくれずに速歩で歩いた。

「他にも方法はある。お宅を訪ね、ご両親に名刺を渡して挨拶するとかね」

「何ですって。そんなことをしたら父はかんかんに怒ります」

「なぜですか」

「怒るから、怒るんです」如水はうわの空で返事をした。

「アメリカが嫌いですか」問い詰めるようだった。

「父はアメリカをよく知っています」

「知っているって？」

「住んでいましたから。戦争が始まったので戻って来たのです」

如水は大学の門で青年を振り切った。午後の早い時間だったので誰にも見られずにすんだのが幸いだった。ほとんどの学生は一時間ほど眠っていたからだ。

「これ以上ついて来ないでください」必死だった。「ついて来たら本当に問題ですよ」

「では、やめます。明日また来ます。私の名前です」

青年はポケットから小さい革の名刺入れを取り出し、無理矢理に名刺を受け取らせた。少尉アレン・ケネディとあった。

「あなたのお名前は」

如水は言いたくなかったが、目を上げて彼を見た。礼儀正しく素晴らしい人だと思った。軽く笑みを浮かべた口もとはとてもやさしかった。ずっと心の中でアメリカ人に会いたいと思っていたのだ。一人ぼっちで寂しかった。日本人の友人はなかなか見つからなかった。長年暮らしたカリフォルニアの生活を知っている人などいないからだ。それが理由で如水を嫌う人もいた。妬《ねた》んでいるのに好きな振りをした。

「私の名はジョスイ・サカイです。住所を聞かせてはもらえませんよね」

「ジョスイ・サカイですか」

如水はとんでもないと頭を振ったが、美しい目で見つめられると抵抗できなかった。何やら身体が熱くなり、無性に笑いたくなって、日傘をつぼめて校内に走り込み、近くの竹藪の陰に隠れた。少尉は門のところで中を見つめていた。それから、少し躊躇《ためら》いながら立ち去り、藤棚の下で立ち止まった。藤の花の甘い香りを強烈に感じた。以前は花の香りに気づいたことはなかった。香りが頭から離れなかった。彼はその香りを深く吸い込んだ。それはあの美しい神秘的な女性と切り離せない、心を夢中にさせる甘い香りだった。

青年は何か分からない力に操られ、立ち去りがたい気持ちだった。

如水が隠れた場所から覗いていると、青年は驚いたように上を向き、咄嗟に門から立ち去った。如水は竹藪から顔を出した。門のそばに青年が隠れていないかという期待が半分あった。しかし、姿はなかった。ほっとしたが内心がっかりした。もう二度と会えないだろう。午後の授業中に若いハンサムな顔を思い出していた。自分とはまったく違う顔立ちだが、子どもの頃から見慣れてすっかり馴染んでいた。

堺医師は茶会の客と静かに瞑想に耽った後はいつものように清々しい気分になった。本来の茶会を行うところは今では少ない。自分が育ったカリフォルニアの家には茶室のような場所はなかったので、自分はまったくの素人だった。両親は新天地で働くのに精一杯で、日本のことを覚えていたとしても子供たちに教える余裕はまったくなかった。だから松井家の主治医になって近しく付き合うことに当初は遠慮がちだった。母国に戻って来たとはいえ、自分は外国人みたいなものであり、初歩から日本人になるつもりで学びたいと松井さんに打ち明けた。

「日本を忘れてはいません。本を読んだりして昔からずっと勉強してきたので、時が来れば日本へ帰ろうと考えていました。今こうして日本にいるからには学ぶことは沢山あります」堺医師は松井さんに言った。

「あなたは日本人の精神をお持ちだから何でも熟達しますよ」松井さんは言った。

松井さん本人はこの国から一歩も外へ出たことがなく、完璧な日本人になろうと心を砕きながらアメリカ人まがいから抜けきらない長身でどこか厳《いか》めしい風貌の医師を快く受け入れたのは好奇心からだった。この日、午後の茶室で、堺医師はひたむき過ぎると松井さんは思った。瞑想はやろうとしてできるものではない。それを直接伝える代わりに静かな対話で導こうと努めた。松井さんは内側が絹張りの箱から茶碗を取り出した。もっとも大切にしている宝物だ。

「この茶碗は故人となった友人のものでした。茶の湯の達人で、必ずこの茶碗でお茶をいただきました。亡くなるとき私に譲ってくれたのですが、その方の一人息子が茶道を習う気がなかったからです」

堺医師は両肘を畳につけて仰々しく茶碗を手に取った。大事な茶碗は疎《おろそ》かに扱えない。松井さんはお茶を飲み終わると、茶碗を左の手のひらに置いて右手で茶碗を支えた。堺医師は茶碗を見つめた。薄い緑色の茶碗は装飾めいたものが一切ない質素な茶碗である。素朴な曲線で水面のように穏やかだった。松井さんに茶碗を返して息をつき、部屋の中を見回した。掛け軸、茶筒、花瓶、炉、盆などの茶道具はすべて飾りのない美しさだった。五人の客は男ばかりだが、膝を折って背筋を伸ばして座っていても実に楽そうであり、心は周囲と調和していた。美の分かる人たちだった。この人たちは魂のこもらない形は空疎であることを知る通人である。それを知ることで心の美、すなわち、人間と自然の完全なる融合へ一歩ずつ上りつめてゆく。美の本質は生活用品、建築、陶磁器、装飾などすべてに、そして細部に通ずると見ている。この日、松井さんの茶室に活けてある菖蒲は二本で、一本は蕾、もう一本は開花した花であり、長い葉と短い葉が添えられていた。無造作に見えても葉と花は慎重に吟味されており、飾らないことが自然で同時に自然を超越することを誰もが心得ていた。飾らないことが究極の洗練だった。修行を積んだ心は最終段階には飾らない美に到達する。

長い茶会では煩わしい会話はまるでなかった。茶会が終わる頃にはもう陽が沈み始めていた。客は亭主に一礼して席を立ち、茶室から控えの間へ移った。ここでは何を喋ってもよいことになっており、ほどなく松井さんもやって来た。

日本から一歩も外へ出たことがない人たちは、数年間の外国軍の占領中にいかに自国の文化を保存するかについて熱心に語り合い、堺医師は心底喜びに浸った。彼はアメリカを捨てて心と魂は空っぽだった。そして旧き日本、伝統、善悪についてしみじみ語り合うことで彼の中に新しい人間が生まれた。

それとともに、堺医師は日本人がいかに本来の生き方と異なる生き方を甘受しようとしたかを知った。「誰にでも悪しき心はあります」今日は田中さんが控えの間に座って話をした。「どこの国にも悟りを知らぬ野蛮な人間はいるものです。そういう人間は生まれつき粗暴で、前世で悪事を働いた人間であり、抑えようがありません。親や家族を悲しませ、社会の脅威となり、弱い人間や不安な人間の心に付け入ります。一世紀以上前にこういう人間が時代の悪しき空気に付け入りました。アジアの分割を企む西欧列強が日本をも乗っ取ろうとしていると国民に訴えました――どうでしょう？　少なくとも日本人は脅威を感じ、恐怖心から無謀な輩《やから》の言うとおりになりました。陸海軍を増強し、満州を奪いました。日本を守るために帝国の樹立を願ったのです。これが大きな変化の始まりでした。日本があえて恐怖心に目をつむっていたら日本は脆弱なままだったでしょう。恐怖心はあらゆる弱さの始まりです。

田中さんは高齢で身体が小さくなっている。激動の七十年を生き抜いてきた。洋服を着たことがなく、家には椅子もベッドもなかった。ほどほどの健康に恵まれたおかげでどうにか暮らしてきたが、体力は衰え始めている。先の大戦で息子を全員失い、父親は数十年前の日清戦争で戦死した。田中さんはすべての戦争を憎み、戦争への嫌悪から仏教徒になった。神道は自分が否定する愛国心を強調するので信仰しなかった。自分は人道主義者《ヒューマニスト》であり、すべての人間を愛すると唱えてアメリカ人にも誠実だった。

「私の数十年の人生には惨《むご》いことがたくさんありました」田中さんは考え深げだった。話を遮る者はいなかった。その小さい姿は夕陽に黄色く照らされた庭の方を向いていた。「原子爆弾が長崎に落ちたとき私は現場に駆けつけました。ご承知のとおり長崎は私の故郷です。旧家は跡形もなくなり年長の親族の墓場になっていました。六人とも生涯その土地で暮らしていました。長崎へ行ってから、どれほど小さくても惨い行為を見過ごせなくなりました。私は市電がどんなに混んでいても人をかき分けたりしません。私は年寄りですし、ほんの一瞬なら他人を軽く押しても相手が傷つくわけではありません。でも、私にはできません。そういうことが世界を耐えがたいものにすると思えるのです。アリを踏んだり、ハエを叩いたりできません。日本だけではなく、世界中どこも、私にはやりきれないのです。もうたくさんです。御仏《みほとけ》よ」田中さんは痩せ細った顔をあげて目を閉じ、堺医師は頭をたれた。胸の奥の辛さが強まった。

全員立って挨拶したとき、堺医師は松井さんと息子と娘の話をする機会がなくなり、この場で話を切り出そうとは思わなかった。この日は心が清められた。過去に浸り、日本人であることの意味を深めた。若い人たちのことや、明日のことは考えたくない。時間はまだたっぷりある。

堺医師は安らかな気持ちでゆっくり家路についた。

家では夫人が広間で夫の帰りを待っていた。午後、夫の留守中にあったことをどう説明すればいいか。夫人は誰より夫に敬服していたのでびくびくしていた。夫を愛そうとすればできたかもしれない。だが、敬服の度が強すぎて愛せなかった。頭が良すぎて欠点をすぐ見つけるので、妻は自分を卑下してしまうのだ。それに、夫人には誰にも言っていない秘密があった。夫人は本当は日本がいやだった。アメリカにいたかったのだ。強制収容所送りでもいいとさえ思っていた。友人はみな収容所にいた。もちろん決して環境は良くない。収容所の辛さは夫から聞いて知っていた。それでも、友人と共に暮らし、料理や洗濯もいっしょで、お喋りの時間もたっぷりあるだろう。自分で食料を調達する必要がないのだから、時間も充分にあっただろう。粗末でも食事は与えられる。砂漠の気候は乾燥して暖かい。京都は湿気が多く、家は寒い。こうしていても寒い。庭の水、海からの霧、そして山が多いので家はじめじめしていた。

夫人は二番目に上等の紫の着物に真っ白な半襟をつけ、正座して夫の帰りを待っていた。雪のように白い足袋を履いている。足袋の底を二重に布当てして自分で縫った。日本育ちなので何でもきちんとできる。実家は長崎の雲仙に近い丘陵地帯にあり、貧しかった。近くには温泉があって、春の花見や秋の紅葉狩りに行くときは、途中で岩間から上がる蒸気で魚料理もした。

生家はとても貧しく、女の子が多かったので、父親はアメリカで日本人花嫁を募集していることを新聞で知り、娘の写真を送って登録した。夫人はそうしてアメリカへ渡った。堺医師の母親は彼女を選び、本人も彼女の穏やかな表情が気に入った。美人ではないが、若いわりにはとても柔和な顔立ちだった。結婚相手が医師とは思いも寄らなかったが、夫は医師ゆえに彼女の脚が曲がり、手脚が太くて短いのを嫌った。夫から何を食べているかを尋ねられ、米と魚と野菜を少々と答えた。子どもが生まれると、堺医師は妻が子どもに指示どおりの食事を与えないと言ってよく癇癪《かんしゃく》を起こした。とはいえ、男の子の方は戦死したので結局はどうでもいいことになった。息子はミルク嫌いだったので必死に飲ませようとし、どれほど激しく泣かせたことか。今となっては息子があんなに嫌がることをしなければよかったと後悔している。夫人は息子の墓さえ見たことがなかった。息子の堅山を思い出すと必ず涙が出た。夫人は着物の袖の裏でそっと涙を拭き、左の袖に入れてあるちり紙を出して鼻をかみゴミ箱に捨てた。アメリカ式をたくさん身につけたが、ハンカチで鼻をかむことだけはしなかった。

そのとき夫の足音がして、お手伝いが急いで主人を迎えに出て、靴を脱がせた。夫人も玄関で出迎えた。目の前にお手伝いがいるので、夫は妻に言うともなく帰りを告げた。夫の後についてさっきの広間へ行き、夫が腰を下ろすと、ふきんをかぶせた急須に手を掛けた。熱いお茶を入れようとしたが、夫はいらないようだった。

「お茶はいらないよ。極上のお茶を飲んできたからね」

夫人は日本が好きなところもあった。着物は曲がった脚を隠してくれる。アメリカでは他の女性たちと同じ木綿の家庭着を着ていたのでいつも脚を気にしていた。夫は口には出さないが気に入らないことは知っていた。目をそらすだけだったが、それは言葉より残酷だった。

午後にあったことをどう話せばいいか。夫人は手を口にあてて軽く咳払いした。

夫はすぐに見上げて「どうしたんだ、春子」と尋ねた。

「どうお話したらいいのか」夫人は夫を見つめた。妻の目には困惑の様子が見て取れた。夫人は今でも人に好感を持たれる女性だった。表情が穏やかで、子どものような丸い目をしていた。日本では丸い目は美人の証しとはされないが、堺医師は丸い目が好きだった。

「宋の花瓶が壊れたのか」恐る恐る尋ねた。

「まあ、そんな大ごとじゃありませんよ」夫人は早口で言った。

「錦鯉が死んだのか」

「いいえ、ちがいます。何も死んではいません」

「早く言いなさい。誰も殺したり殴ったりせんよ」

この冗談で夫人は心を決めた。「午後、青年があなたを訪ねて来ました」夫人は慎重に言葉を選んだ。

「患者か」

「患者ではありません」夫人は躊躇いがちに一気に言った。

「アメリカの軍人です」

堺医師の細い端正な顔が強張《こわば》った。

「私にはアメリカ人の知人は一人もおらんぞ」

「あなたをご存じではなさそうです。お目にかかりたいと仰っていました」

「どうして私の名前を知っているのだ」

「友人から伺ったとか」

「おまえはその男に何と言ったのだ」

「外出中ですと申し上げました。すると、帰りを待ってもいいかと聞かれたので、お断りしました。如水がいつ帰ってくるかも分かりませんから。そうなると困るので」

「もちろんだ」

「夫に伝えると申しましたら、また来ると仰いました。帰宅時間を尋ねられたので、午前十時に病院を訪ねた方がいい。夫は見ず知らずの人が自宅に来るのを嫌がりますからと答えました」

「それでいい」堺医師は口をかたく閉じた。「アメリカ人か！　あそこの誰かが私の名前を教えたんだな」

「そうですね」夫人は答えた。気持ちが軽くなった。うまくいった。夫には話した。夫は腹を立てなかった。怒ると思ってはいけなかった。夫は怒りの言葉をひと言も発しなかったが、それでも叱られるのではないかと気にしていたので、ようやく夫の気持ちが収まったと感じた。夫は自制心の強い人で、夫の心はすべて分かっていた。夫人は短い脚を気にしながら優雅に立ち上がった。

「では、失礼します。することが沢山ありますから」

堺医師はすぐ頷いた。友人と過ごした午後の気分を台無しにしたくなかった。妻が去ると庭のほうを向き、アメリカ人の闖入者《ちんにゅうしゃ》のことを考えまいとした。庭師が撒いた水で石も樹木も濡れていた。

夫人は夫の姿を眺めながら静かに障子を閉めた。夫にどんなアメリカ人だったのかと訊かれなかったし、自分も言わなかったが、夫を誤魔化したのではないかと思った。好ましい青年だった。カリフォルニアでは裕福な家庭の若者をよく見かけたが、あの青年はカリフォルニア出身ではない。夫人はつい「カリフォルニアからいらしたの」と尋ねてしまった。

「英語を話しますか」青年は驚いた。

「少しね」歯並びが良くないので笑わないように気をつけた。アメリカ人は健康的な白い歯が好きだが、おそらく脚の湾曲と同じ環境のせいで不幸にも夫人の歯並びは美しくなかった。若い頃は歯がきれいかどうかは気にならなかった。田舎の女は結婚したら歯を黒く染めたからだ。夫人の母も歯を漆のように黒く染めていた。

「あなたもカリフォルニアのご出身ですか」もう一度尋ねた。

「なぜ、あなたも、なのですか。あなたはカリフォルニアからいらしたのですか」

「そうです」

「私の故郷はヴァージニアです。良いところですよ」

「そうですか」夫人は応えた。

その後で夫人は、この他愛ない挨拶を考え直した。自分はアメリカ人に気安くしすぎるきらいがあった。ひやりとした。それにしても好ましい青年だった。若くて清々しかった。渡された名刺にはアレン・ケネディとある。青年は名前を発音してみせ、夫人は繰り返した。夫人は英語の読み書きを勉強していなかった。

夫人は音もなく廊下を急いで寝室へ行った。障子を開ければ寝室は家と一体になるが、普段は障子を閉めて自分の居場所にしていた。この日は夫が夕食の支度はいらないと言ったので、夫人は何もすることがなかった。如水は夜はパンに外国製ジャムをつけて食べ、ミルクティーを飲んだ。夫人は眠る前にお粥を一杯食べた。夫人はお膳の上に置けるくらいの小さい引き出しを開け、その前に座ってゆっくり中のものを整理した。宝飾品やリボン、今は亡き堅山の写真、ロサンジェルスに居た頃の自宅の写真だった。その家はもう自分たちのものではなく、黒人が住んでいる。

障子が少し開き、如水の笑顔が見えた。

「ママさんったら、ここにいらしたの」

「お父さんに会った?」

「いいえ」

如水が部屋に来ると母はすぐに何かあったなと思った。何か良いことがあったようだ。日本人にしては大きすぎる切れ長の目が秘密の喜びに輝いていた。如水は感情を顔に出さないようにする術をまだ知らない。

「うれしそうじゃない。何かいいことがあったのね」

如水は首を振った。「春だからよ、お母様」

だが、春というだけで可愛い顔がそんなにほころぶだろうか。夫人は疑った。自分が二十歳のころ春になるとどんな気分になったかを思い出しながら娘を見つめた。自分のその頃は父親の農場で男並みに働き、春には土地を耕し、砕土機を引き、種を蒔いたことしか記憶になかった。初夏になると田んぼに水が張られ、泥んこなって苗を植える手伝いをした。

夫人は無理に聞き出そうとしなかった。如水は父親似で、堅山は母親似である。息子が生きていたらもう孫がいただろう。アメリカ人みたいな孫でも一向に構わなかった。アメリカには洗濯機や電気ストーブがある。

如水は母の隣に立って堅山の写真を手に取った。兄の写真は何枚もあり、小さい頃の写真もあった。婚約者のセツと撮ったものもあって、セツの髪はカットしたての巻き毛だった。

「お父様は髪を切ってもいいと言ってくださらないかしら」如水はそのとき、不満を口にした。如水は髪を伸ばして真っ直ぐ垂らし、首の後で丸く結っていた。

「どうでしょう」母は言った。母もセツを見ていた。「今ごろ子どもが生まれていたでしょうね」

「強制収容所で生まれてたわ」如水は母に言った。

「そうね」母は応えた。「でも、堅山が生きていて、みんな一緒だったら、収容所で子どもが生まれても幸せだったでしょう。アメリカ人はむやみに人を殺しませんから。ドイツとはちがいます。食料は十分あるし」

「さあ、私には分からない」如水は心配そうにため息をついた。眉をひそめ、春なのにその顔から明るさが消えた。

母はため息の原因をあれこれ考えた。アメリカ人が訪ねて来たことを娘に話すべきか。おもしろい話であっても、知らせない方が良い。夫人は柔らかい紙で包んだ小物や写真を仕舞い始めた。

「さあ、着替えよう」如水は部屋を出て障子を閉めた。夫人は言わなかくてよかったとほっとした。絶対に喋ってはならない。

如水は広い家の端にある自分の部屋で、鏡の中の自分を見た。庭に面して座っているので夕陽がまともに当たった。鏡は高さ三十センチぐらいの中国製のアカシアの衣類箪笥の上にあった。制服を脱ぎ、全体が淡い桃色で一枝の濃い桃の花の裾模様がある着物に着替えた。

アメリカ人は何を美しいと感じるか。少なくとも如水はアーモンドの実のように色白だった。下唇はふっくらしていた。健康そうに見えただろう。頬は桃の花のようにほんのり紅く、着物の色よりも紅かった。目は日本人特有の形で、青年は気に入らなかったかも知れないが、大方の日本人とはちがって二重瞼だった。アメリカ人の基準からすれば鼻はたしかに低い。いまアメリカに居たら、アメリカ人と仲直りできるだろうか。強制収容所はすでに閉鎖されアメリカ人と日本人は再び仲良くなったということだ。問題となるほどの軋轢は起きていなかった。主要紙の多くがイタリア戦線での堅山たちの勇敢な闘いぶりについて報じていた。そのときの堅山の行動について報道した記事もあった。奪取すべき丘を目指して最初に攻撃に出たのは彼だった。兵士の先頭に立って戦死した。

記事が掲載された新聞を受け取ったとき、母は写真を見ながら「勇敢でないよりはよかった」と泣いた。

もし明日あのアメリカ人に出会ったらどうすればいいか。名前をおしえなければよかった。だが、言わなかったら失礼だったのではないか。如水は青年がくれた名刺を胸元から取り出し、そっと名前をつぶやいた――アレン・ケネディ。家族はアレンと呼ぶだろう。姓のケネディにはどういう意味があるのか。ヴァージニア州はどんなところだろう。カリフォルニアから遥かに遠いことは知っていた。遠い東部の州である。教科書で習ったことはそれ以上思い出せない。明日学校の地球儀で見てみようと思った。如水は胸に名刺をしまって再び鏡に見入った。唇の形や瞼のたれ具合を見た。頬に両手を当てた。温かかった。小さい手は冷たい。いつも手が冷たい。握手をしたいと言われたら断るつもりだった。女性の手は特別である。むやみに、あるいはどこの誰とも分からない人には触れさせない。触れてもよいのは夫になる人だけだ。

そんな思いに耽っていたとき障子が開き、青い木綿の着物を着たお手伝いのユミがぼんやり立っていた。鏡の前の如水を眺めていた。

「お父様がお呼びですよ。松の木のそばに居られます」大きな声で言った。

「すぐ行くと言って」如水は小さい収納箱の蓋になっている鏡を閉じた。

堺医師は、ユミが返事を伝えに来たとき、庭の松の下を歩いていた。豊かな苔が柔らかく、空気に太陽の熱で温められた樹木が発する微かな甘い香りが漂っていた。

「お嬢様はすぐいらっしゃいます」ユミは軽く頭を下げた。

「何をしているんだ」

「鏡に映るご自分の顔を見つめておられました」

お手伝いはそう言い終わると立ち去り、堺医師は考え込んだ。鏡で顔を見つめているだと！　何か意味があるのだろうか。あの娘もアメリカ人と会ったのではないか。今朝、誰かと出会って言葉を交わしたのかもしれない。アメリカ兵は女性に話しかけないが、如水は美しい——美人すぎる。青年は探し出したにちがいない。そうにちがいない。女に関する限りアメリカ人は信用できなかった。娘の如水が芸者や街の女のようにされてはたまらない。

ゆっくり父の方へ近づいた如水は、突きさすような父の暗い視線に出会った。眉がつり上がっていた。眉をしかめ、眉間から黒い二本の線が鳥の翼か蝶の羽のように跳ね上がっていたが、父の目の上に蝶が止まるなんてことはありえない。

「私に何か隠しているだろう」堺医師は抑えきれず、言葉がついて出た。

驚くほど意外な訊き方だった。アメリカにいたときの父は気短でよく腹を立てた。すぐに後悔するが、怒ると抑えが効かなかった。日本に帰国してからの数年で瞑想を通じて自分を抑えることに専念し、静かで落ち着いた人間になった。

如水は顔を上げた。「隠し事ですって？」

「私は馬鹿じゃないぞ。医師であると同時に心理学者だ。おまえは変わった。昨日とはまったく様子がちがう。何かあったな」激しく問い詰めた。

父は直感で判断し、如水は鋭く突かれた。自分の内面はそれほどはっきり外に表れているのか。

「何もありません。でも、仰るとおりです。今日アメリカ人と出会って忘れていたことを思い出しました。お父様、私はアメリカで十五年暮らしましたけど、日本ではまだ五年ですよ」

堺医師は一緒に歩こうと目配せした。苛立たしくて腰を下ろす気にならなかった。如水は父の気持ちがよく分かり、松の下を一緒に歩いた。日も暮れかかり、苔は残照を浴びて光を放っているようだ。

「信じてくれ。ある意味でおまえは過去と現在をひっくるめて私のすべてだ。お母さんは良き妻で、素晴らしい母親だ。それ以上ほかに私が何を求めるかね？　だが、おまえの心は私の心と似ている。仲間でもある。お兄ちゃんは母親似だが、おまえは私に似ている」

「そんなことないわ」如水はすぐに反発した。

「今はそう思うかも知れないが、後になれば分かる。今はいちばん反抗したい年頃だからね。歳をとって心が安定し、一個の独立した人間であることを誇示するために反抗する必要がなくなったとき、自分がどれほど私に似ているかが分かるよ」

如水は父の愛情を自分に絡みつくクモの糸のように感じた。全力でそこから逃げようとしたが、父のほうが上手でさらにしっかり包み込んだ。胸にはクモの巣を切ることができる小さな武器、つまり網を切るナイフがあった。ただ、娘にかけた網といっても雲のようにつかみ所がなかった。如水は胸元に手を入れて名刺を出し、無言で父に差し出した。堺医師は屈んで名前を見た瞬間にそれが何かを察し、胸元から同じ名刺を取り出した。

「どこで受け取ったの」如水は激しく動揺した。

「私も同じことをおまえに尋ねたいね」心配そうだった。

「知らない人がくれました」

「その男は留守中に我が家を訪れ、お母さんに名刺を渡して立ち去ったよ」さらに心配になった。

二人は見つめ合った。父は怒りの眼差しを娘に向け、娘は恐れるものかと心に決めて父を見上げた。

「ああ、如水」声は意気消沈していた。

如水はうつむいたまま黙って名刺を父に握らせ、父は二枚を胸にしまった。「どうだ、私の言ったとおりだろう」悲しそうだった。

「さあ、何があったか話してごらん」

だが、話せなかった。涙が溢れて頬をつたった。父娘はまた歩き出し、如水は着物の袖で目を拭いた。

「頼むから親に隠し事をしないでくれ」長い沈黙の後で言った。「おまえのために良いことは絶対にだめとは言わない。おまえが私たちから離れるつもりなら胸が引き裂かれる思いだが、そうならんだろう。私の胸はとっくに張り裂けてしまった」

如水は顔を上げた。「お兄さんが死んだから?」

「いや、堅山やおまえが生まれるずっと前のこと、若い頃のことだ。気にするな。もうどうでもいいことだ」

本当にどうでもよかった。父は五十歳になろうとしているが、若いときのことは今となってはもうどうでもいいと如水は思った。それが何か知るのが恐ろしかった。

父は幼いころから見てのとおりの人だ。専制的で、怒りっぽく、頑固で、周囲の人間を支配したい人間である。如水は自分のことを考えてみた。

「なぜ名刺を大事にしていた」なだめるように父は言った。

父の優しさが胸にしみて涙が出てきたので、袖を口にあてて泣くのをこらえながら話し出した。

「私にも分かりません。話すことは何もありません。藤棚の下でその人に呼び止められ名前を尋ねられました。名前をおしえました。それだけです」

「その男に何度出会ったのだ」

「一度だけ。今日だけです。本当です。その人は今朝私を見て、戻ってきたんです。おおぜい人がいたので、私はその人に気づきませんでした」

父は事実を知ってやさしくなった。「おまえを責めているのではない。だが、名前は言わないほうがよかった。だが、おまえの言うとおり、アメリカに居たのが長すぎたからね」

「そうは言いませんでした」

「では、長かった。だが、もうアメリカには戻らない。永久に日本にいる。ここが生活の場だ。結婚も日本でだ。結婚を強制するつもりはないよ、約束する。ゆっくり考えればいい」心理学者らしい言い方だった。「するなら若いうちがいい。結婚したいと思う気持ちが起きたときにね。とくに女の場合は結婚を引き延ばすのはよくない。だんだん他にしたいことが出てきて結婚願望が薄れるものだ。アメリカでも結婚したいという自然な感情をなくした女性たちを何人も知っている。仕事に熱中してね。良いことではあるが、女性であることを考えると危険だね。では、どうすればいいかだが、松井登君が嫌なら他に探すよ。おまえが選べばいいんだ。私を鬼のように思わんでくれ」堺医師は努めて明るく振る舞おうとした。

如水はその言葉の裏に名状しがたい父の愛情を感じ、娘をなだめようとする父を気の毒に思って、父をつっぱねる気持ちにはならなかった。「大学を卒業するまでの短い一年間。学業を全うします」

「もちろんだとも。これでお互いに納得したな」父は言った。

「はい」如水は仕方なく口にした。

「それじゃあ……」父は立ち止まり、如水の見ている前で胸元から名刺を取り出してこなごなに引きちぎった。そして屈んで厚い苔をめくり、まるで墓のようにそこに紙くずを埋めた。苔をかぶせてから再び立ち上がった。「さあ、中へ入ろう。夜になった」

すでに暗くなっていた。松の木の下で蛍が飛び始めた。

アレン・ケネディは厚い布団の上で寝返りを打った。布団の寝心地は見た目とはちがう。絹の表地に綿が詰まった布団に寝るとふわふわと厚く柔らかい。しばらく横になっていると布団と畳の下の木の床の硬さがだんだん骨に伝わって身体が痛くなる。だが、疲れていないことが問題だ。血の中で苦悩と甘美、すなわち欲望が燃え上がっていた。あの美しい女性が彼の用心深い自制心や、行動の枠や、習慣を引っ繰り返した。彼は戦時中の男たちの行きずりのずさんさを嫌っていたが、自分の中にそれと同じ欲望を感じていた。彼は欲望に耐えきれずにせっかちに女性の身体を奪えるとは思わなかっただろうが、いくら上品でも、もちろん彼にはできた。強い欲望に駆り立てられても再び売春宿で欲望を満たそうとは思わなかったが、この夜、欲望は彼を苦しめた。あの人を美しい肖像と思いたいが、どうしても女になってしまい奪いたくなった。

アレンは不意に起き上がり、両腕で脚を抱えて膝に顔を埋めた。愛と欲望を混同したくなかった。母親から繊細な感覚を植え付けられたのだろうが、彼は強い意志を持つ小さくて優美な対象に対して愛と欲望を切り離せなかった。以前何度か娼婦と寝たが、だめだった。欲望を満たすには愛が必要だった。それが恥ずかしかった。デリカシーのない若者の傍若無人な振る舞いが心底羨ましかった。不躾を自覚していないことが羨ましかった。軍隊はそんな連中ばかりで、彼らは気楽に生きていた。しかし、アレンはそうではない。エーリエルはキャリバンにはなれなかった。*

*シェイクスピア作『テンペスト』の登場人物で、エーリエルは妖精、キャリバンは怪獣

眠ろう、眠ろうと焦りながら身を起こした。アレンはどの旅館でも客に出される浴衣を着た。趣味の良さはアレンがこの国が好きな理由だった。安い木綿の着物は白地に青で美しくデザインされている。欧米人の真似をしようとすると良い趣味が台無しになった。母も日本にいたら見事な陶器、美しい版画、上品な絹を何より気に入ることだろう。堺夫人は午後の訪問を断ったが、アレンは夫人がお辞儀をしたとき、障子から柔らかい光が差し込む部屋を見渡していた。最後に目に止まったのは庭だった。流れ落ちる銀色の水が見えた。アレンは高等教育を受けた日本人と知り合う機会がなかった。アメリカ軍の占領区域には日本人を入れてはならない厳しい軍規があった。汽車の中でも日本人の間に入ることは許されなかった。彼は最下層の人間たちの中に入ることは何とも思わなかった。下層社会の日本人、とくに女たちは、下層社会のアメリカ人よりもさらに地位が低かった。

藤棚の下で出会った美しい女性は教養ある家の娘だった。如水という名前にしても、彼女が言ってくれなかったらどう発音するのか分からなかった。清らかで美しい顔が忘れられなかった。大きな目とふっくらした下唇が印象的だった。東洋的な目がいいと思うようになっていた。それに、あの人は流暢ではないがアメリカ人のように英語を話した。発音は美しく、柔らかい声だった。良家のお嬢さんには珍しかった。育ちの良い娘は外へ出ないのでアメリカ人が出会う機会はなかった。しかし、如水はアメリカに住んでいて、アメリカをよく知っていた。同時に彼女は内気だった。恥ずかしがり屋でなかったら好きにならなかっただろう。

アレンは宿屋の塀の曲がり角にある小さな庭に面した開いたドアの前に立っていた。狭いのに小さな池があり、灌木が二、三本植わっていた。如水という女性にどうして欲しいのか自問した。思いが募るままにしておいた。というより、思いをすぐに押し殺そうとしなかった――結末はどうなるだろう。辛い失恋で終わるかも知れない。他にはあり得ない。あの人は愛されて捨てられる「蝶々夫人」ではない。

その夜は暗く静まり返っていた。塀の彼方に山々の稜線がぼんやりと見え、空より暗かった。歴史的景観を見学するために京都へ来たのに何も見物していなかった。なぜ予定どおり行動しないのか。何であれ、深夜すぐに決める必要はなかった。深夜に物事を決めるのは良くない。二十四時間中でもっとも憂鬱になる時間帯であり、彼の中の悪いものが首をもたげて心に疑念を抱かせる。アレンは肩をすぼめた。明朝、起きたら旅行案内を調べて計画を立てよう。京都になるべく長く居て、見学したら東京に帰ろう。忙しく見物に歩き回っていればあの人のことも忘れるだろう。彼女も家に引っ込んでしまうかもしれない。

決心すると気持ちが楽になった。再び布団に寝て目をつむった。身体から力が抜け、床の硬さが骨に染みることもなく布団は軽くて暖かかった。開きっぱなしのドアの前に立っていたので冷え切ってしまった。

翌日、雨だったら家に居やすかっただろう。学校は嫌いな数学の授業だけだった。風邪を引いていたのか、よく眠れなかった上に夜中に布団がずれて風邪を引いたようだ。硬い枕では首がしっかり固定されて寝返りを打てなかったかも知れない。ほかの女性は硬い枕で眠る習慣を身につけたが、如水はそうではなかった。彼女にはそれが問題で、日本の生活習慣をすべて受け入れるつもりはなかった。両親は如水よりも勇敢だった。つまり、父が命令し、母はそれに従った。だから枕もそうなのだが、彼女は小さな反抗を続けていた。

しかし、その日は天気が良かった。空には雲ひとつなく、山の頂辺りにうっすらと雲がたなびいていた。朝の強い光で如水はいやでも目が覚め、あまりにも良い天気なので爽やかな薄黄色の服を着たくなった。今日は着物でも着ようかと思ったが、そうしたら女学生たちが驚くだろう。生活ははっきり区別していた。

黄色い服は柔らかく、硬い白のボタンはついてない。白の刺繍のある細い襟が黒い髪に良く映えた。如水は他の女学生とちがって髪にヘアオイルをつけず、滑らかで真っ直ぐの柔らかい髪が顔を包んでいた。

父は時間どおり朝食についた娘を見ていた。

「今日はいつもの時間に登校しません。普段より早く行って一時間ほど地理の勉強をします」

アメリカ人と出会わないようにしようとした。彼がまた如水に会おうとすれば昨日と同じ時間に来るだろう。

「早いと少し寒いよ。日中は昨日より暖かくなるだろうけど」

朝食中はしんとしていた。母も一言も喋らなかった。両親は黙って席を立ち、すぐ後で如水は裏庭に出て床の間に飾る花や枝を探した。日課であると同時に楽しみでもあった。父は如水が活けた花を批評してくれるが、褒めることも忘れないので勉強になった。広い庭をぶらついて季節に合う植物を探した。春なので花をたくさん使ってはいけない。沢山使っていいのは夏だけで、生け花にはつねに季節感が必要である。盛り花にしようと考えて水草は選ばなかった。水草は乾燥した土壌で育つ花といっしょに活けてはいけない。如水は垂れ下がった紅い楓の陰に隠れた蔓に咲くヒメツルニチソウを見つけた。失敗しないように慎重に楓の枝を切り、蔓の長さを変えて二本切った。如水はこれでよしと、台所わきのベランダにある台の前で半時ばかり活けていた。その日選んだ緑色の細長く浅い花器の正面に立ち、教えられたとおり、自然に太陽に向かって伸びているような枝や蔓や花を活けた。楓の枝の後ろに蔓の長さの異なるヒメツルニチソウをあしらった。瞑想の部屋で父が見ているのも知らず生け花に集中していた。堺医師は病院へ出かける前にしばらく座っていた。母は台所で見ていた。如水は短い蔓を思い通りの向きに活けられて満足し、慎重に床の間に運び、少し片側に寄せて花器を置いた。掛け軸は替えなかった。靄の中の柳の木を描いたものだった。装飾は取り替えた。紫檀の台に大きさの異なる翡翠を置いた。それから後へ下がって具合を確かめた。「とてもいいね」父の声がした。洋服を着てこれから家を出るところだった。洋服が良く似合った。フェルトの帽子とステッキと手袋を手に、丁寧にアイロンをかけたスーツは非の打ち所がなかった。生粋の日本人には見えなかった。これほど気軽に洋服を着こなせる日本人はいなかった。アメリカにいたころのことだが、それは絶対に口にしてはいけないことなので黙っていた。

「上手に活けたね。ヒメツルニチソウの青と楓の紅の組み合わせがいいかどうかは分からないけど、いいじゃないのかな。独創的だ。翡翠と掛け軸の絵で調和がとれている」

堺医師はにこやかに頷きながら出て行った。

その日はこんな具合に始まった。道を歩きながら探すわけにはいかないが、少なくとも学校への道順は変えなかった。学校に着くと自習室へ入って勉強に取り組んだ。幾何学は気持ちを集中するのには好適だ。慎重に円を描き、円の中の三角形の角度を計算した。幾何学は整然とした客観性に美があるが、生命はない。だから造られたカットグラスは魂が抜けたあとの生命のない左右対称形で、化石であっても、逞しい想像力や燃え上がる心を冷ましてくれる。挨拶のほかは脇目もふらずに勉強した。授業に出たが、最後まで集中できずにぼんやりしていた。その日はいつもより早めに帰宅した。道路は閑散としていた。あの人は奈良へ行き、仲間に合流したはずだと思った。そうに決まっている。再び彼に会うことはないだろう。

翌朝、具合が良くなかった。珍しく天気の良い日だったが、起きるとき寒気がして元気がなかった。部屋から出なかったので、母はお手伝いのユミに様子を見に行かせた。「気力がないのよ。病気かも知れないわ」

ユミが両親に知らせると二人は顔を見合わせた。

「厳しく仰ったのではありませんか」夫人は夫に言った。非難めいた言葉もやさしく聞こえるほど夫人は穏やかだった。

「厳しくないさ。昨日は生け花を褒めただけで、他には話してない。私は昨夜帰りが遅かったからな」

「一昨日のことですよ」夫人はやめなかった。

「話はついたんだ。昨日の朝はとても元気で、生け花も上手にできたじゃないか」

「花は今朝枯れていましたよ」夫人は言った。「ご自分で確かめたらいかがですか。昨日、如水の手が熱かったんですよ」

夫人は喋りながら席を立ち、音をたてずに出て行った。夫人は娘の部屋に入り、黙って顔を見た。両手が布団から出ていて、指を曲げたまま動かなかった。夫人は跪いて右手の三本の指を手のひらからもどした。

「熱があるわね。肌もかさついているし。お父様に言いましょう」

「苦い薬をくれるだけよ」如水は不満そうだった。

「あなたのためですよ」

夫人は立って、白い枕の上の可愛い顔を心配そうに見た。

「悩みがあるのじゃないの。言ってごらんなさい」やさしく言った。

「何もないわ。それが問題なのよ――何も感じない、抜け殻よ」

「それは大変。あなたぐらいの年齢では何か感じるはずですよ。たとえ不満であってもね」

如水は返事をせず、夫人は急いで夫に知らせた。「ご自分で確かめてくださいな。無気力だそうです。寝ていますわ。手が熱っぽいのですが、どこか悪いというのでもなさそうです」

「では、何でもないのだろう」堺医師はぶっきらぼうに返事して診療カバンを取りに行った。中はきちんと整えてあった。体温計はアルコールにつけ、何もかも消毒されていた。娘の部屋に行き、軽く障子を叩いて中に入った。

「何も感じないって」やさしく声をかけた。

「気力がないんです」如水は父を見ないで返事をした。

「まだ私に隠していることがあるな」

「何もありません」

堺医師は娘の口に体温計を入れ、心配そうにそばに座った。「昨日はアメリカ人に出会わなかったんだね」率直に聞きただした。

体温計で口がふさがっているので如水はただ頷いた。

ほどなく堺医師は体温計を外した。「誰にも会いませんでした。学校へ行って、勉強して帰って来ました」

「いつからそんな感じなんだ。熱はないよ」

「目が覚めたとき起きたくなかったの」

堺医師は用心して思ったことをはっきり言わなかった。気力がないのは昨日アメリカ人に出会ったせいではないか。

「それなら寝床で安静にしていなさい。食事は軽めにして、余計なことは考えずになるべく眠りなさい。用があれば呼びなさい。すぐ戻ってくるから」

「ありがとう、お父様」

堺医師は立って娘の生気のない顔を眺めた。

如水は父の顔を見なかった。ゆっくり瞼を伏せた。顔は見たところ青白かった。一日休めば良くなるだろうと思い、カバンを持って部屋を出た。妻が障子の外で待っていたので「病気じゃない」と安心させた。

「春なので疲れたのだろう。今年は冬が長くて急に空気が変わったからね。如水のように感受性の強すぎる若い娘は消耗するんだ。寝ていろと言っておいたから」

「そうですか。それならどうすればいいか分かります」夫人はうれしそうに言った。

父親が出て行った後、家は静まり返っていた。夫人は生け花を取り替えようと思った。長方形の器をきれいに洗って仕舞った。代わりに、細長い花器に細い竹、新緑の葉、竹藪の陰に咲いた星のような白い花を二本活けた。夫人は生け花を習ったことがないのでめったに生け花はしなかった。だが、夫がそばにいてあれこれ批評することもないので楽しいと思った。

活け終わり、上手にできたと眺めていたところにユミが入って来た。

「魚がありません」お手伝いはぶっきらぼうに言った。

「何ですって」夫人は急がしそうに尋ねた。

「昨日一匹ありました。生須《いけす》に入れておいたのです。それで大丈夫だと思っていました」

「死んでます」ユミは言った。

「そんなことないでしょ」夫人は声を上げた。

だが、そのとおりだった。なぜか魚は死んでいた。ユミは死んだ魚を容器から取り出した。口広の器が台所のわきに埋めてあり、市場で買った魚をそこに放して生かしておいた。魚はユミの手の中でだらりとし、目は大理石のようで、うろこは生気を失って全体に膨らんでいた。

「埋めてしまいなさい」夫人はがっかりした。「私が市場に行って魚屋に文句を言ってやります。魚屋が大きくしようとして飼っていたんでしょう」

市場はそれほど遠くなく、ユミは家にいる。それでも夫人は如水に出かけると伝えに行った。障子を開けると、如水は仰向けに目を閉じて安らかに眠っていたので、目を覚まさないようにそっとしておいた。夫人は音をたてないようにその場を去った。何の悩みか知らないが、眠っている間は悩まされることはないだろう。

「娘は眠ってます。すぐ戻りますからね」夫人はユミに言った。

「行ってらっしゃいませ」ユミは裏で洗濯をするはずだった。奥様が戻ったら魚と野菜の下ごしらえをしようと思っていた。

その日はとてもいい天気だった。裏庭は日当たりが良くて暖かく、ユミはいつもどおり早朝から起きていた。数分で洗濯を済ませると眠気がしてきた。家は静まり返っていた。台所の竈《かまど》の後でほんの少しだけ眠っても誰にも見つからない。奥様に見つかっても火を熾そうとしていたと言えば済む。ユミは硬い棒に頭を載せて横になり、たちまち寝入った。ユミは田舎出で、いつどこでも食べて眠れる健康的な娘であり、眠るとなかなか目を覚まさなかった。だから誰かが玄関を叩く音は彼女には聞こえなかった。庭の門には鍵がかかっておらず、堺夫人は少し開けたままにしてあった。

目を覚ましたのは如水だった。少し眠り、彼女の部屋は玄関からあまり遠くない家の片側を曲がったところにあった。ドンドンと門を叩く音が聞こえた。始めは指で叩く音だったが、次に呼び鈴を鳴らしながら手のひらで門を叩いた。如水は物音で目を覚まし、始めに母、つぎにお手伝いさんを呼んだが返事がなかった。音はさらに大きくなった。仕方なく起きて、桃色の着物を着、髪を梳かし、狭い縁側に出て相手に自分が見えないように訪問者を確かめようとした。足音を忍ばせて曲がり角からそっと覗いた。

あの青年だった。玄関を叩いているのに誰も出る人がいない。如水は下がって相手からは見えない塀のそばへ行った。このままじっとしていたら相手はそこにいることに気づかずに立ち去るだろう。だから、叩くのを止めるまで立っていた。それから立ち去ったかどうか確かめようとした。少し覗くつもりで用心深く顔を出した。彼の姿はなく、段に座り込んで辺りを見回していた。如水はすぐに顔を引っ込めたが、間に合わなかった。笑い声が聞こえた。大笑いでからかう声がした。

「見えましたよ。ジョスイ・サカイさん」

如水は息をひそめた。部屋に逃げ帰ったら追いかけて来るだろうか。それは、ひじょうにまずい。

自分の部屋に来るようなことがあってはならない。お母様はどこだろう。ユミはどこだろう。眠っている自分を残して二人で一緒に出かけることはないはずだ。

低い声がまだ笑いながらゆっくり話しかけて来た。

「出てきてくれないなら、僕がそっちへ行ってもいいかな」

如水はそれを聞いて身構えた。着物の襟元と帯をしっかり締めた。長い裾に隠れた桃色の草履を履いた素足を絶対に見せてはいけない。

「母は外出中で、すぐ戻ります。お手伝いを呼びますから」

如水はそう言って、ユミを探しに家の中に入ろうとした。「ユミさん！」そっと呼んだが返事はなかった。台所には誰もいないようだ。

ユミの姿が見えないので自分で玄関に行かざるを得ないではないか。

「母はすぐ帰って来ます」舌がもつれ、顔は紅潮していた。

「お母さんに会いに来たんじゃないよ」彼は立ち上がって帽子を取り、手に持った帽子をくるくる回した。

途方に暮れた。どうしたらいいのだろう。中に入りなさいとは言えない。母は良くないと言うだろう。良いという人はいない。

「学校へ行かなかったのですか」

「ええ、その、少し具合が悪いので」しどろもどろだった。

「君は満開のバラのようだ」

如水は両手を合わせて知らず知らず揉んでいた。

「僕はここに居ないほうがいいのですね」両手を見ていた。

「そうではなくて」如水は言い返した。「その、いま私は一人なので……」

「あなたは行儀がいいから、僕にどう対応していいか分からないんでしょ」

一人だと言ったのは非常にまずかった。よく考えずに言ってしまった。「お願いですから帰ってください」如水は囁いた。

如水は、自分の目が輝き、唇は紅くなめらかで、彼を見上げる小さな顔が太陽に顔を向ける花のようであることをもちろん知らなかった。アレンは一歩彼女に近づいた。すると、これまで押し殺していた狂おしさが体中を駆けめぐった。抑えきれなかった。目がくらんだ。顔も見えず、脚が動いた。如水に覆い被さり、強い欲望に負けまいと思いつつそれに抗えないことを悟っていた。この美しい庭で彼女の繊細で純真な唇にキスするだけでよかった。庭には芳しい香りが漂い、水のはねる音だけが聞こえていた。彼女は一人だった。一人だと言った。アレンは頭を下げて彼女の唇に自分の唇を重ねた。彼女が喘ぐ息をのみ込み、片手を離して左右に振ろうとする彼女の頭をそっと抱えた。アレンは呻《うめ》き、咄嗟に腕を回してやさしく抱き締めた。彼女の顔を見ると、唇があった。

それはアレンが一晩中夢に見てきた長い瞬間であり、如水には想像すらしなかった長い瞬間だった。如水が気を失いそうになったので、アレンは両腕で彼女を抱き抱えながらやさしく身を起こした。

　如水は目をそらした。逃げようとはしなかったが、顔をそむけ、彼女の頬が肩にあったので顔は見えなかった。アレンは下を向いて如水の頭としなやかな黒髪に顔を近づけた。

「どうしようもなかった」アレンはつぶやいた。

　如水が何も言えないでいると、アレンは彼女の丸く柔らかい顎の先を摑んで顔を自分の方に向けた。「そうでしょ？」返事を求めた。

「分かりません。初めてだったから」如水はつぶやいた。

　初めてだと知ってアレンはまた嬉しくなった。

「ああ、愛しい人」とつぶやいて頭を下げた。

「やめて。もうだめ、初めてなのよ。どうしよう。どういうことかしら」

「君を愛しているってことだよ」

「私を知らないでしょ」

「男は知らなくても女を愛する。愛することでその女を知っていく」

「でも、ここは日本です」

「僕と君は、男と女だ」

　如水は門を見つめた。母がいつ帰ってくるかもしれない。母はいつものとおり市場へ行き、ユミもついて行ったにちがいない。

「ここにいられません。母が帰って来ます」

「お母さんに会わせてほしい」

「だめよ、だめです」すぐに断った。「こんなことになってどうしよう。父はアメリカ人が嫌いです。私をとても可愛がっています」

父のことに触れながら身を起こすと、アレンは如水の気持ちの変化に気づいて手を離した。

「君はいつもお父さんの言うなりなのか」

「そうしたいと思っています」

「僕にチャンスをくれないか」

「チャンスですって」

「僕を知ってもらいたい」

「どうするの」如水はため息をついた。

「その方法を考えるよ、ダーリン」

如水は「ダーリン」という言葉を忘れていたが、そのとき思い出した。

堅山が婚約者をそう呼んでいた。愛の言葉だった。低い声でそう言われると思慕《しぼ》の情がつのって心が震えた。こんな恋ができるのはどこだろう。こういう恋ができるのはアメリカだけではないか。アメリカ人は恋を恐れない。

如水は改めてアレンを見つめた。「あなたを信じます。アレンでいいですか」

「いいよ」

アレンがまた下を向きかけたので「もう帰ってください」と言った。

「次はどこで？　ここへ来てもいいの」

「それはだめよ。どうすればいいかしら」

「明日あの藤棚の下で会おう」

「そうします」

アレンはまた下を向き、再び彼の唇を感じた。やさしいが、なんと激しく求めているか。このときは分かった。如水はアレンを愛していた。そのとき木の葉がかさこそ音をたてたので、二人はどきりとした。唇を離し、枝が門を覆いそうな竹藪の中を覗いた。微かな風が竹藪を吹き抜けて新緑の葉がきらきら揺れていた。「不思議」如水は思わず声を出した。

「どうしたのかな」アレンは不思議に思った。

その瞬間二人は互いを忘れ、揺れる木の葉を眺めていた。それから如水はまだアレンの腕の中にいることに気がついて、腕から離れて家の中に駆け込んだ。


どうしようもなく悪いことをした気分だった。どうしてこうなったのか。翌朝、如水は素晴らしく元気を回復した。黄色い服を着、白地に黄色い刺繍のある小さいパラソルを持って学校に出かけようとしていた。抱えきれないほどの本と削り立ての鉛筆を持っていたので両親は何も言わないし、彼女も無言だった。勉強に励もうとしていた。そのつもりだった。

しかし、門の手前でアレンが待ち構えていた。ぱりっとした制服を着て早朝から待っていた。その姿は一段と凛々しく、晴れた空に海の青さを思わせる目が映えていた。

「君を誘惑するつもりだよ」大胆に話しかけて来た。

如水は驚いた。今日みたいな日はどんな誘惑にも抗しきれないのではないか。如水は行儀の良い娘だったはずだ。みんなのようにメガネを掛けて来ればよかったと思った。

「君がとても美しいので誘惑しやすいよ」

「学校へ行きます」如水は頼んだ。

アレンは必死だった。「ジョスイ・サカイさん、休暇はあと五日しかない。世界で最も有名な都市の一つである京都をまだ見ていない。今日、僕と一緒に見物してもらえないか。愛国者の義務として」

如水は脅えて声が出なかった。

「立派なことじゃないか。僕は何も知らないアメリカ人だよ。君の国を占領中だとは言わない。差し当たり僕は訪問者だ。日本の良い印象を持って帰国したい。だからどこより美しい都市を訪れたい。アメリカへ帰ったら二度と日本に来ることはないだろう。ここを訪れたことが生涯でもっとも素晴らしい体験となり、この町の美を堪能し、決して忘れないと京都のみんなに言いたいんだ」

青い目を輝かせて笑うアレンに如水は負けた。彼の笑いに呼応するように、次第に身体中に笑いが込み上げてきた。「あなたって誘惑が上手ね。でも、先生に何と言えばいいかしら。それに、二人のところを誰かに見られたら困るわ。父は烈火のごとく怒るに決まっている」

アレンは染み一つ無い肩をすくめた。「悪かったですね。リスクを取るのはいつも女性の方だ。忘れてください。学校へ行ってください」アレンの目から微笑みは消えた。二人は肩を並べて門の方へ向かった。アレンは本や教科書を持ってくれようとした。アメリカにいたころ男子がときどき本を持ってくれたことを思い出した。アメリカの習慣だった。歩きながらアレンが簡単に諦めなければいいと思って恥ずかしかった。自分は正しい行いをしているが、善悪の区別ができなかったら良かったとも思った。善悪の区別ができなければ、悪いことをするのは何でもないだろう。

横目でそっとアレンを見ると自分を見つめていた。青い目で、笑いたそうに口をすぼめた。

「藤の茎の根っこに本をおろしますよ。本が嵩張《かさば》って君の姿が見えない。本の下から見てました」

「私、行きます」如水は声を上げた。信じられない！

如水は山のような本を隠した。誰も見ていなかった。授業時間にはまだ早かった。本を置いて二人で細い脇道を速歩で下り始めた。

「京都について教えてくれない」アレンは本当に知りたそうに尋ねた。如水は動揺する良心を鎮めるように真剣に答えた。

「京都は千年もの歴史がある古都です。仏教の寺が一万四千もあります。古代の皇居、世界でいちばん美しく旧い庭園があります」

「ガイドさん、庭園に案内してください」

庭園には隠れる場所や洞穴、岩、静寂な池、垣根、灌木が植わった場所などがあるだろうと考えた。

「竜安寺です。有名な石庭があります」如水は説明した。低い壁で囲まれた長方形の乾いた空間だった。白い砂の、生命のない海の中に岩が島のようにいくつもあった。大熊手を使って砂の上に静止した波や動きのない長い曲線が引かれてあった。

「これが庭園なの」アレンは尋ねた。一瞬だがこの日の目的を忘れた。そこには彼が理解できない何か、無限に不可解な厳かさがあった。

「いいですか、石を数えてみてごらんなさい」如水は真面目くさって説明した。

石が五と二、五と三、三と三に固まっている所が十五カ所あった。

「すべてが島ではありません。羽を休める水鳥のように見える岩もあります」如水は指さした。

「野鴨にも見えませんか。石は風と水で風化した自然のままの形でここへ運ばれましたが、水鳥のようにも見えます」

「君はこの庭の意味が分かるの」

「全部分かるわけではありません。父が連れて来てくれたから知っているだけです。父は理解しています。少なくとも意味は分かっています。この庭園には創った人の純粋な心が現れています。とても古くて有名な庭です。暫くこの静寂の中に身を置いていれば分かってくるでしょう」

アレンは首を振った。「僕はご免だね。生命あるもののほうがいい」

そこで我慢して古い城の緑の庭園に連れて行った。なだらかな丘と庭園と空が一つに溶け合う美しい空間である。とはいえ、恋にふさわしい場所ではなかった。葉の一つ一つまで大切に管理されていた。アレンの目には作業員が一人もおらず、自分たちのような見学者がわずか数人いるだけに見えたが、自然は自由な雰囲気を醸し出してはいなかった。アレンは如水の手に触れようという気さえ起こらなかった。如水が遠くにいるようだった。彼女はこの庭園のもので、自分のものではないような気がした。

アレンは昼前から城や寺も、庭園や神仏もたくさんだという気がしてきて、突然「腹が空いた」と言った。「それに、つるつるした石の上をずいぶん歩いた。どこか食事できるところへ行こう。それから馬車を借りて郊外へ行こう。自然豊かな田舎を見たい」

如水はぼんやり黙りこくっていた。ずいぶん相手の言うなりになってきたし、今日は授業をさぼるという大変なことをしてしまったので、どうにでもなれという気分になっていた。その思いにアレンの血気はやや早まった。

昼食の時、如水はアレンのからかいや質問に朗らかに応じたり、小さな食堂の客たちの様子を説明してやった。ここへ来るのは初めだった。路地裏の人目につかない場所にあり、絶品のエビ天ぷらがあるから続いたような店で、お茶も、真っ白なご飯も美味しかった。アレンが灰色の木綿の上下を着た青白い小柄な男の方を見て訝《いぶか》ったので、店員だろうと如水は答えた。食堂にはほかにもエビを買いに来たお手伝いさん、一人で外食中のお年寄り、子だくさんで家では食べられない美味しいものをがつがつ食べている中年の男がいた。

しばらくして、山の中腹でアレンは如水をさらに遠い存在に感じた。

丘の麓でがたがた揺れる馬車を降りた。半分眠っているような老いた白馬と無頓着な老齢の御者は、制服姿のアメリカ人の前では沈黙していた。二人は竹藪の中に敷かれたレンガの小道を通って丘に上った。寂しい場所に見えるが、果たしてそうだろうかとアレンは思った。レンガはきれいに掃除され、竹藪の中に見映え良くシダが植えられてあり、雑草は一切ない。アレンは苔が生えている敷地で立ち止まった。

「ここはいい。柔らかくてクッションみたいだ。如水もお座りよ」

如水はアレンからやや離れたところに膝をついて座った。額の美しい髪は濡れてしっとりした肌にこびりついていた。唇は紅色だった。アレンは如水が離れて座った距離を縮めようとして、彼女をちらりと見てから不意にそばへ寄って手を握った。

「ジョスイ!」

如水は澄んだ大きな目でアレンを見た。「アメリカの話を聞かせて」

なぜアメリカの話なんかとアレンは思った。

「午前中ずっと日本を案内してきたでしょ。今度は少しアメリカのことを話してくれない。私、カリフォルニアのことは覚えている。でも、あなたの故郷ヴァージニアのこと、ご両親のことを聞かせて。ご両親は健在なの」

如水は手を引っ込めず、アレンから遠ざかろうとしなかった。しかし、ヴァージニアの話や故郷について尋ねられると、アレンは彼女から遠くなる気がした。

「とても知りたいわ」

「うん」気が進まない様子で答えた。「僕の住んでいる町は小さな町だ。つまり我が家はリッチモンドからそれほど遠くない小さな町にある」

「リッチモンドですって」

「東京のようなものだが、東京ほど大都会ではない。ヴァージニア州の州都だ」

「どんなお家なの」如水はさらに尋ねた。

アレンは彼女の手を見下ろし、指輪をしていない左手の指をやさしくいじり始めた。如水は宝石類はまったく身につけていなかった。

「木造の大きな家で、白く塗ってある。六本の白い大きな柱と呼ばれている古い屋敷で、曾祖父が建てた。屋敷のまわりは広々として森や丘や川がある」

「美しいところなのね」如水はため息をついた。

「玄関を入ると広間で、屋根までつづく曲がりくねった階段があり、部屋がある」

「あなたの部屋はどこにあるの」

「二階の左正面」

「アメリカの絨毯、絵画、カーテンとかいろいろ思い出すわ」

「いろいろあるね」

「寝台、脚の長い椅子。食卓にも脚があるの」

「みんな脚があるよ」

「ご家族は多いのかしら。ご両親のほかには？」

「それに僕。僕一人だ」

「あなたは一人っ子なのね」

「そうだよ」

如水はそれを聞いて生真面目な顔になった。「大事にされているのね」

アレンは笑った。「たまにそう思うよ」

如水は少し考え込んだ。「あなたのお母様はどんな方」

「そうだねえ」

「どんな顔立ちかしら」

「ああ、容貌ね」アレンはやっと分かった。「小柄で、瘦せて、美人だよ。だけど性格は強い。とても強い人だ」

「お父様は？」

「身体はでかいが物静か――怠け者かな。母はそう言うよ」

「何か仕事をしているの」

「弁護士の資格はあるが、働いていない。その必要がないからだろうな。祖父が死んでからね」

裕福な家であることが分かったが、お金のことに触れないように気を遣った。如水は二人が座る場所から少し離れた小高い崖の下の竹藪のてっぺんを見ていた。京都市は遥か下だが、そう見えなかった。

「もう帰らなくちゃ。学校が終わる時間には家に戻らないと」

アレンは一日があっという間に過ぎてしまう感じがした。苔の上に仰向けになって両腕を組んで枕にした。「まだ、いいじゃないか」

如水は不思議な目で彼を見た。恐いのだろうか。

「僕の横に寝たら」

如水は首を横に振った。白い首が紅くなった。

「いいだろ、ダーリン」

返事をしなかった。下唇がふるえていた。ふるえる唇を噛んだ。

「僕が恐いの?」アレンはやさしく尋ねた。

「少し」如水は正直に答えた。

「君を困らせやしないよ」

首を横に振った。

た。

「君を愛していることを忘れたの」とてもやさしそうに言った。

「忘れていないわ。忘れるなんてことはないわ。でも、なぜ私を愛しているの」如水は小声で尋ねた。

如水は真剣な眼差しでアレンを見つめた。本当に、なぜ自分を愛しているのだろう。彼女はアレンの意のままにならなかった。「分からないよ。なぜかな――飢えているのかな。好きと思える人に出会わなかった。好きになったのは君だけだ」

「あなたは二、三日後にはいなくなるでしょ」

「戻ってくる」

如水は微笑んだ。「それじゃあ、私たちには時間があるわ。なぜ、私が好きなのか今決める必要はないわ」

如水はすっと立ち、自分を見上げるアレンの顔を見た。そして、突如丘を軽快に駆け下りて行った。アレンは後を追いかけざるをえなくなり、腹立たしくも愉快だった。馬車まで一気に駆け下り、息せき切って「日本に来てからこんなに走ったのは初めてよ。カリフォルニアではよく走ったけど、日本ではなかった。一度もないわ！」

老齢の御者は目を丸くした。馬は目を覚まし、荒い息をして鼻を鳴らした。

「今日はこれでお終いなのか」アレンは強引だった。

「一日だけ。一日だけあなたと過ごしたのよ、アレン・ケネディさん」

如水は初めてフルネームで、しかも、一音一音はっきり区切って発音した。これから何度もあるという約束かもしれない。

この日は思いがけない始まりで、夢のような終わりだった。本や教科書は藤の花の下にそのままあった。すでに午後遅く、全員が帰っていて、いたのは門衛だけだった。門衛は狭い自室で居眠りしていた。門衛は学生が帰って構内が静まり返った後でよく居眠りしていた。如水が来たのも帰ったのにも気づかなかった。彼女は道でほんのしばらく立ち止まってアレン・ケネディに別れを告げた。

「でも、見物はまだ終わっていない。奈良を見ていない。みんな奈良見物に行くよ」アレンは言い張った。

「お友だちと行くはずだったのでしょ。私のせいではありません」如水は取り澄まして答えた。

「君のせいだ。君と出会い、誰なのか知ろうとしたからだ」

自分を弁護しようとして半分冗談で、半分は子どもぽっく彼女をからかった。アレンは自分の動機を知ろうとしないまま、目的ばかり強く次第に恐くなった。他の男たちが日常的にしていることはしたくなかった。自分は連中とはちがうと思っていた。如水にしても、東京で見たような、アメリカ人の売春婦の真似をする女たちと同じとは思わなかった。

意外にも如水は生真面目な顔で悲しそうにアレンを見つめていた。

「明日、私と奈良に行きたいの」

「できればね」

如水は彼を見つめ「そうだ」とつぶやいた。

「何を考えているの」

「行くことにしたら明朝、教科書を持たずにここに来るわ」

「待ってるよ」

二人は手を触れ合っただけで別れた。互いに戸惑いを感じているようだった。

如水は自分はなんて悪い子だろうと思った。普段どおり大学から戻ったように家に入った。父は急患で夜遅くなるそうで、母と二人きりで夕食を取った。いつもどおり父がいたら普段の態度でいられただろうか。母はつねに娘のことを心配してやさしい気遣いをした。やさしいが急所をついた母の質問がぐさりと突き刺さった。嘘をつきたくなかったが、どうすり抜けるかが問題だった。

「今日は教室が暑かったでしょ」

「教室は北側だから」

如水はかいがいしく母におかずをすすめた。

「問題を起こさないでね。食欲がないのよ。あなたには言えないけど」

「何のこと、お母様」

「急患というのは松井さんのところなのよ。登さんよ。虫垂炎らしいわ」

如水は心配そうに言った。「登さんですって。重くないといいけど。たった一人残った息子さんですもの」

「良い息子さんですし」

「そうですってね」如水は目を伏せたまま食べ続けた。

「お父様は一大事と仰っていたわ」

「松井さんは一番のお友だちですもの」

「それだけじゃないわ。お父様は登さんがお気に入りなのよ。いろいろ考えておられてね」

如水は父の胸の内を知っていたが、我が身を案じて素直に返事できなかった。秘密の恋に夢見心地でうわの空だった。家のことも父のことも眼中になかった。身も心もあのアメリカの青年に囚われて、ここになかった。装っても無駄だった。できることは、アレンの本心を知るまで事実を隠すことだった。若いアメリカ人を数多く見てきたが、彼のような人はいなかった。見たのは巷の騒がしい男たちだった。乱暴者や、少年や、酔っぱらった兵士や、悪ふざけをしたりからかったりして騒ぐ若者たちだった。彼らも行進のときはきりりとして静かで従順に見えた。完璧に列を組み一糸乱れずに脚を上下して行進する。命令があるまで右も左も見ず、全員が真っ直ぐ同じ方向に向かって行進する。しかし、行進しないときはばらばらで、それぞれが騒がしい集団に早変わりした。如水はそんな連中を軽蔑し、彼らが通るときはどこかに隠れて彼らを避けた。彼らといっしょにいる日本人の女たちはもっと軽蔑に値した。如水はそういう女性とはかけ離れていた。特別だった。そして、アレンも特別だった。だから二人の恋はほかとはちがうはずだった。だが、どうすればいいのか。

如水は嘘を交えながらぼんやり母の質問に答えていた。食事が終わったとき、自分を見る母の目がどこか変だった。

「何か私に言えないようなことでもあるの」母は尋ねた。

「授業中の些細な問題よ」如水は妙に楽々と答えた。嘘なのに本当らしかった。いつか自分が嘘をついたことを後悔するだろうが、心も血も甘美に酔いしれているこの時は一向に気にならなかった。

疲れていたので早々に部屋へ引き揚げたが、なかなか横になる気になれなかった。夜空は晴れ渡り、開け放しの障子から満天の星が見えた。空気に湿気があるのか、静けさのせいか星は大きく柔らかい光を放っていた。きらきら輝いてはいなかった。微かに黄色いぼうっとした光で、遠くで光る絹のランプのようだった。アレンも考えているのだろうか。アメリカ人の言うとおり、恋をすると何もしないでいられないのか。つねに何かがある。如水はカリフォルニアにいたときよく読んだ雑誌の記事を思い出した。アメリカでは恋をすれば必ず結婚がある。初めはキス、次に愛の告白、その次に結婚の約束をする。如水はキスをした、アレンは愛していると告白した。この習いに従えば、残るのは彼が結婚を申し込むことだ。日本では戦後さまざまな変化があった。ヴァージニアでもこれは同じだろう。

如水はため息をつき、アレンの顔を思い浮かべると笑いが込み上げてきて明日が待ちきれなかった。

この日も好天で陽差しがあふれていた。明るいので朝早く目が覚めた。母の姿は見かけたが、父には会わなかった。登の手術があったので帰宅が遅かったとのことだ。虫垂が破れてまだ安心できない状態にあり心配していた。堺医師は夜明け過ぎに帰宅し、朝九時までに目が覚めなければ起こしてほしいと頼んでいた。

如水は八時半には家を出た。父に置き手紙をし、何もかも忘れた。昨夜の弱い雷雨で道路はまだ濡れていたが、空は澄み切っている。アレンは門の近くで待っていた。高齢の門衛は考え込むように道路を見つめていた。如水は立ち止まり、アレンが近づいてきた。二人は大学の西側にある小径で出会った。

「門衛は君の姿を見なかったよ」

「裏道を通って駅へ行きましょう。奈良まで一時間かからないわ」

二人は手に手を取って無言で濡れた道を歩いた。木々の上から雫がぽたぽた落ちてきた。如水は明るい青色の木綿のスカートに白の薄手のブラウスを着ていたので、水滴が落ちたところから肌が透けて見えた。帽子を被っていないので顔にも髪にも雫が落ちた。

「花についた露みたいだ」

如水はアレンを見上げた。愛で目が潤んでいた。

早朝の列車は混んでいないので普通車両で行くことにした。一般女性がアメリカ人といっしょなのはおかしいと疑いの目を向けられているのに気づいたが、気づかないふりをした。アメリカ人と一緒でも何ら咎められることはないが、世間はそれを許さなかった。女たちは蔑《さげす》むように、男たちは怒りをこめて如水を見た。如水は知らん振りをして、なめらかな英語で次々に説明していった。

「奈良は日本で初めて恒久の都となりました。支配者が変わるたびに各地に都が造営されていましたが、八世紀に奈良は古代国家の都となり、七代続いた後に京都に近い長岡に遷都しました」大きくはっきりした声だった。

「奈良では何を見ようかな」如水が自分より他の乗客のために喋っていることを知りつつアレンは尋ねた。

「買物、皇居、寺院、神社、大仏、公園でも何でも結構です」

「公園にしよう。大きいの」アレンは即座に決めた。

「約四九〇ヘクタールあります」

「じゃあ、公園にしよう」

如水はアレンから少し離れて腰かけ、到着の合図の汽笛が鳴るまで喋り続けた。駅を出てからも堅苦しい気分は続いた。人力車を雇って公園へ向かった。

車内で冷たい視線を浴びて気が滅入っていたので、気分を取り戻すために少し時間が必要だった。一時間ほど公園内をぶらつくと人気のない場所へ出て、アレンは欲望を抑えきれなくなった。狭い道をどんどん歩き、如水を抱き締めた。

キスはかまわない。初めてではなく、如水はその甘美さを知った。何度もキスを求めた。キスは一つの体験であり、充足だった。

しかし、アレンにとってキスは入口にすぎず、知らない相手の探求でも、勧誘でもあって、さらにその先があった。アレンは如水の腰に腕を回し、もう一方の手で顎を支えながら激しくキスを繰り返した。その後で堪えきれずに如水を抱き上げ、人目につかない松の木陰へ彼女を寝かせてその傍らに覆い被さった。手が激しく動いた。

その瞬間、如水は何をしようとしているかに気づき、両手を挙げ、強い力でアレンの顔を押した。

「やめて！」如水はつぶやいた。「そんなことやめて、アレン・ケネディ。いやよ」

如水の抵抗が勝った。意志に反して、ヴァージニアの白い豪邸で過ごした長く幸せな子ども時代に育まれた鋭敏な良心が蘇った。戦いの日々に培われたものの根は深くない。アレンは不信感を深めていた。それは生と死に同時に向き合わざるを得ない今日の若者の未熟な不信感である。だが、その不信感は上っ面だった。固まるには歳月が足りない。如水の悲痛な声で欲望は冷め、彼女の胸に顔を埋めて動かなかった。

しばらく如水は胸にアレンの頭の重みを感じながらじっとしていた。それからゆっくりと身体をそらし、昨日と同じようにアレンが仰向けに寝ているそばで上体を起こして木立を見つめていた。最初に言葉を発したのは如水だった。

「私は日本人的なのか、アメリカ人的なのか一体どっちでしょう。きっと何よりも父の娘なんでしょう。私は堺家の人間であって、そこいらにいる人間ではありません。ずっとましです。私もあなたも愛し方を問い詰める必要があるわ。決心すべきだわ。お別れにしましょうか。それとも……」

それ以上言えなかった。彼が「別れよう」と言ったらどうしようと思うと堪えがたかった。父のことを考えなければならない。父の凛々しい顔を思い浮かべ、堺家の誇りを感じて強くならなければ。如水の父は強制収容所の恥辱よりも日本を選んだのだ。

「今日何もかも決めなければいけないのか」アレンが尋ねた。

「そうよ」如水は強く頷いた。

「なぜ」

「二人きりになるとあなたは私を襲うから」如水は躊躇いがちにはっきり言った。

「何てことを」アレンは彼女の大胆さに反感すら覚えた。

「襲ったでしょ」如水はきつい口調で、大きな目で彼の顔を見据えた。

「分かりやすい言葉で言えばそうかも知れない」アレンは苦し紛れに言った。

「私も言い訳できないわ。二人きりになったのには私にも責任があるから」如水は早口に喋った。

「カリフォルニアでは学ばなかったことよ。日本で、父から教わったの」

「厳格なお父さんか」

「そうよ」

アレンがそれに対して何も言わなかったので、続けて「女性にはいいことかも知れないわ」と言い、両腕を膝に回して膝に頭を載せた。

白いうなじだった。後れ毛が松の香りを載せたそよ風に二、三本揺れていた。頭は両肩の間に美しくはまっていた。ブラウスの袖は肘までで、白く柔らかい腕が出ていた。手も可愛かった。手と足のきれいな日本女性は少なかった。白いゾックスにサンダルを履いていたのでアレンは彼女の足が見えた。

「靴を脱いでごらん」不意にアレンは言った。「君の可愛い足を見せて。手も足も可愛いんだね」

とっさに如水が顔を赤らめたのでアレンは驚いた。アレンから飛び退いた。「もうあなたといられません」激しいほどの言い方だった。「絶対にだめ。あなたは軽々しく私を馬鹿にするのね、アレン・ケネディさん！　私にも自尊心というものがあるのよ。もう沢山です。あなたが何を感じているか分かります。愛でしょ。愛とは何ですか。そんな愛はいりません」

如水が立ち去ろうとしたので、アレンはあわてて飛び起き、急いで駆けだして手をつかんだ。

「僕が何か悪いことを言ったかい？　どうして気を悪くしたのさ。僕が理解できないことがあるんだね」如水の両肩を摑んだ。「如水、返事をしてくれ」

如水は怒りをぶちまけた。目は怒りに燃え、頰は紅潮し、唇は震えていた。「あなたこそ私の質問に答えていないでしょ。私は『私たちこれからどうするの』と訊いたのよ。そうしたら、あなたは『君の手足を見せて……』だなんて」

如水は口ごもって顔をそむけた。睫毛の下に涙が浮かんでいた。

アレンはおとなしく考え込んだ。「ダーリン、僕が答えなかったのは、どう答えたらいいのか分からないからだ」

「分からないなら、私に触らないで」

「君の言うとおりだ」アレンは手を降ろした。

如水はさらに「分からないなら今日東京へ、アメリカへ、故郷へ帰ってください。私と出会ったことは忘れてください。私も忘れます……」と言った。

「君は忘れられるのか」

「ええ、今なら忘れられます。後になったら……分かりません」

アレンはうなだれた華奢《きゃしゃ》な姿を見つめていた。そして、如水はアレンが黙っているので乱暴に言った。「帰ります」

二人は次の汽車で京都へ戻り、駅で別れた。如水がそうしたいと言ったからだ。

「でも、僕は君を忘れないよ、如水」

「勝手にして」

「忘れられなかったら……手紙を書いてもいいかい」

「きっと書かないわ」

如水は、さよならも言わずに立ち去ったので、アレンは人混みの中に消えて行く後姿を怪訝《けげん》な表情で眺めていた。如水は一度も振り返らなかった。

アレンはホテルに着くなり荷物をまとめて次の汽車で東京へ帰った。これ以上休暇はいらないと思った。早く仕事に戻りたかった。


「登君は回復へ向かっている。健康だから新薬の効き目もいい」父は言った。

「そう」如水は気のない返事をした。

堺医師は娘がどこかおかしいと思っていて、今朝も、何なのだろうと妻と話し合っていた。

「あの子は何も言ってくれないんですよ。なぜ元気がないのか尋ねると怒って、何でもないと言うのです」夫人は言った。

「自分でもどこが悪いのか分からないのさ」堺医師はいつもどおりに答えた。「自然な体調不良というのかな。本人には分からないが適齢期なのだ。私がどうにかしよう」

夫人はたいがい辛抱しましょうと言うのだが、この日は「あなたの仰るとおりです」と返事をした。

その日、あとでまた如水と話をしたとき、堺医師は「登君ほど立派な日本人の青年はいないよ。現代的でもあるしね。彼は極端に走らない。父親を尊敬していながら父を超えようともしている。いつか大物になるだろう。彼の身体はすごく健康だ。手術をしたとき血が真っ赤できれいだった」

「でも虫垂に炎症を起こしたんでしょ」如水は突き放すように言った。

堺医師はむかっとした。「虫垂は原始人の痕跡で必要ないものだ。そのことで悪く言われる筋合いはない。もう何の問題もないよ」

如水は登のことを考えまいとしたが、なぜか自分を懲らしめたいという本能が後押しして話をさせた。「お父様、なぜ仰らないのですか」向こう見ずに尋ねた。「私と登さんを結婚させたいのでしょ。なぜそう仰らないのですか」

堺医師は激怒し、「おまえは何て頑固できかないやつだ」と叫んだ。「なぜ言わないかよく分かっているくせに。まったくアメリカ人みたいなやつだ。私の気持ちが分かったら、おまえはぶち壊すつもりだろう」

堺医師は自分の怒りに愕然とし、娘が言い返すだろうと身構えた。すべてが水の泡だった。娘は絶対に承服しないだろう。ところが、意外にも如水は穏やかだった。

「お父様、私は変わりました。今までよく考えました。お父様がいつも仰るとおり、日本人と結婚するほうがいいと思います。もう一度アメリカへ行きたいと思うこともありましたが、行きません。日本にいます。それに登さんについても、仰るとおり良い方です。私は何よりも人柄の良い方がいいです」

物思いに沈んでいるのではと疑うほど思慮深い態度で、目の前にいるのが自分の娘とは思えないくらいだった。堺医師の怒りは消えていた。「我が子とは思えん。面食らったよ。それなら、登君の父親に話してみるが、いいかい。どうすればいいかな、言ってくれないか」

如水は悲しそうな目で父を見た。「良いようにしてください、お父様」堺医師はこれには本当に驚いた。「おまえ、病気じゃないのか」

「ちがいます。私は健康そのもの。これまで以上に元気です」そして、驚く父に笑顔を見せた。

「大人になったのです。もう二十歳ですよ」

堺医師は喜んだが、まだ腑に落ちなかった。「決して急がせんからな。先方にも性急にならないよう言っておく」まじめくさって言った。

「ありがとう、お父様」

如水は父に頭を下げて、池の小石を整理しに庭に出て行った。あっという間に丸くて滑らかな石や曲がった石を二十個以上を拾い集め、きれいな石が見つかると、そうでない石を捨てた。透きとおった水の中で色ははっきり見えた。如水は水面に映る自分の顔が消えないように丁寧に石を動かした。


別れてから一カ月、アレンは一度も手紙を出さなかった。如水もアレンの住所を知らないので手紙が出せなくてよかったと思った。夜、何時間も眠れずに、自分の弱さと絶望から戻って来てほしい、彼の元へ行きたいと思って手紙を書いたかも知れないからだ。手紙を書いて、返事が来たら、いつか、何年か先に、二人の終わりが来ることになる。今は打ちひしがれているが、如水の誇りが再び頭をもたげてくるだろうからだ。二人の恋の芯には壊れる種があった。

眠れぬ夜に堪えながら何週間か経つと、如水には将来がはっきり見えてきた。日本の女が辿《たど》らざるをえない道、すなわち、結婚、夫、子ども、家というありふれた未来が見えてきた。現代女性について何を議論しようとも、この道は変わらないし、変えられなかった。だから、父に言ったとおり、登でいいではないか。如水はだんだん登のことを考えるようになった。色白で目は大きく、目鼻立ちは少し粗野だが、やさしい表情で落ち着いている。声もはっきり覚えている。太くて陽気で、早口で少し舌足らずな喋り方をする。英語はほとんど喋れない。かつて「外国語は全然だめです」と言ったことがあるが、まるで気にしていないようだった。登は反感を抱かせる人物ではなく、攻撃的なところはない。押しつけがましいところもない。だから、いずれは彼を深く愛することができるだろう。少なくとも尊敬はできるだろう。如水が何よりも望んでいたのは人柄の良さであり、登は誰よりも善良だった。

柔らかい手のひらで緑色がかった丸石を磨き、池に沈めた。緑色がよく見えた。きれいでやさしい色であり、激しさやきらびやかさはなかった。

東京の夏は暑い。アスファルトの道路は熱がこもって燃えるように熱くなり、ときどき停電になると扇風機がとまってしまうが、だいたい昼夜を問わずいちばん暑いときに停電が起きた。堪えきれない暑さに耐える唯一の方法は仕事に夢中になることだった。

「ケネディ少尉殿」

兵卒が郵便を持って戸口に立っていた。「ご自宅からの郵便です」

「テーブルの上に置いといてくれ。報告書を書き上げてからだ」

「了解しました」兵卒は敬礼して十ないし十二通ある手紙の束をテーブルに置いて出て行った。

家族からだった。日本という遠く離れた異教徒の国に駐留していることが受難でもあるかのように父、母、伯父伯母、いとこたちは献身的に手紙を書いた。

「ダーリン、いつ帰還させてもらえるの」母の手紙は必ずこれで始まった。

アレンは携帯タイプライターを軽快に叩いて仕事を続けた。少尉の肩書きはどんな仕事にも向く便利なもので、上官がしたくない仕事やできない仕事が廻ってきた。大将でも、事案について正しく書けなかったり話せない人がいた。そういう上官はアレンが大学出であることを知って退屈な文書作りを山のように押しつけた。アレンは、たとえば、占領下にある日本の某民間団体に関する報告書などつまらない報告書の作成にもそれなりの名文を書くという屈折した喜びを見つけた。もちろん、報告者を読んだ者には分からない。だが、アレンは日本の現状について興味をもって書いた。それは如水のためだということが分かっていた。彼女は今でも特別な存在であり、これまで出会った女性の中で最も美しく、彼女を通して日本人の人間関係に触れた。如水は美と勇気を兼ね備えていた。自分を愛していたから抗し難いのに抵抗した。

アレンの頭の中に如水が忍び込んでくると、あれこれと可能性について考えた。一日に二十回ぐらいそうなり、夜になると何度かわからない。結論はいろいろだった。如水ほど強く愛する対象がアメリカ人だったら結婚を申し込んでいただろう。次はどうなるか。アレンはそこで行き詰まった。

タイプの指も止まった。二人で日本で暮らすこともありうる。生涯日本で暮らすつもりがあるか。アメリカで生活するのか。二人で幸せに暮らせる場所はいろいろある。子どもか――もちろん子どももだ。子どもは持たざるを得ないのか。妻が望んだら自分も欲しいというだろう。アレンはいつか結婚して子どもを持つだろうと思っていた。自分のように一人っ子ではなく、大きな家でたくさんの子どもの世話をする。我が子は当然にそういう家で暮らすものだと思っていた。戦争がなかったら今ごろは誰かと結婚し、如水に出会うことはなく、幸福な結婚生活を送っていたはずだ。シンシア・レヴァリングと結婚していたかも知れない。母は繰り返しシンシアを自分の娘のように呼び、アレンの前ではわざと大げさに振る舞った。

「僕の頭にシンシアを植え付けようとしないでよ、お母さん。いつか自分から結婚したいと思うかもしれないからさ」アレンは冗談めかして言った。

「まあ、静かにしていなきゃ。その時が来たら本気になること請け合いよ」母は嬉しそうだった。

あの束の中にはシンシアからの手紙もあるだろう。しょっちゅう書いて来ることはないが、くれるときは長い手紙に故郷の些細な出来事を事細かに書いてきてくれる。シンシアは彼の家と静かな大通りを隔ててさほど遠くないところに住んでいた。三代前の先祖が結婚をした繋がりがあり、幼なじみだった。

「どのくらい前なの」いつだったか母親に何気なく訊いてみたことがある。

「相当前だから大丈夫よ」母はすぐに誤魔化した。

アレンは長い腕を伸ばして手紙の束をパラパラめくった。母からの手紙、毎日曜日に通う監督教会の聖職者からのもの、差出人がよく分からない二通、そしてシンシアからの大きい封筒もあった。シンシアはウエスト以外は何でも大きかった。彼女は長身でプロポーションが良く、心が広くてやさしかった。アレンはいつか彼女に恋をするだろうと思っていた。矛盾するが、今この時にシンシアに如水のことを話せればと思った。

「シンシアならきっと分かってくれる」アレンはつぶやいた。

封筒の口を切ると分厚いクリーム色の便せんが入っていた。手書きで表裏三枚に書かれ折ってあった。文字は大きいがまとまっている。

書き出しはいつも「ダーリン、アレン」で始まる。アレンが大学生のときシンシアは高校の最終学年で、双方の手紙のやり取りは何年も気まぐれに続いていた。「ダーリン、アレン、こんなに素敵な春は初めてです。本当の春というものを知らなかったのかも知れません。今年は余裕がありまず」

アレンはゆっくり読み始めた。故郷の町、お馴染みの親戚や近所の人たちの顔が浮かんでくる。だが、東京のこの場所に座っていると、それらの人たちはみな遠い存在であり、別世界に住んでいるようだった。それだけだった。別世界の人間であり、おそらく日本の首都である東京というこの世界を理解できないだろう。どれほど意を尽くして説明しても、何をしても、しなくても彼らには理解できないだろう。理解してもらえる方法はなかった。唯一の選択はどちらの世界に住むか、そして、誰と暮らすかだった。

アレンは丁寧に手紙をたたんで封筒に仕舞い、無味乾燥なタイプライターを眺めた。

父親から手紙は来なかった。父は無口で、手紙もめったに書かない。記憶にある限り、饒舌な父を思い出せなかった。確かに皆無だった。必要なことしか言わない。食事のときは「バターを取ってくれないか」とか「このビスケットはいつもより美味しいね、シュガー」ぐらいしか言わなかった。シュガーというのは母のことで、本当の名前はジョゼフィーンだが、父はフランスのナポレオン以外の男は呼べない名前だと言った。

「まあ、いつも美味しいビスケットを食べていないみたいじゃないですか」母は元気よく言った。

「いつものも美味しいよ、シュガー。だから、もっと美味しいって言ったんだ」

父は無口をからかわれると、顔をほころばせて、シュガーが二人分喋るし、自分より面白いことを言うからとつぶやいた。

アレンは父を理解しようとしたことはなく、理解しなければならないという思いは湧いて来なかった。この時になって、もし父のことをよく知っていたら父に手紙を書いて如水のことを尋ねることもできたかも知れないと思う……。だが、何を尋ねるのだ。

問いは一つしかない。それは自分で自分に尋ねるべきことだった。結婚してもいいほど彼女を愛しているのか。昼も夜も恋いこがれる感情は本当の愛なのか。アレンは恋をしたことがなく、初めて恋を知った。だが、今も恋をしているのだろうか。

手紙の束を机の引き出しにしまい、入浴して入念に着替えをした。大佐夫妻に夕食に招かれていた。なかなか良い夫婦で、指揮下にある傍若無人な若い兵士たちに手こずっていた。「まったく不真面目なやつらで、『マダム・バタフライ』の時代に生きているみたいな行動をとる」前回大佐の家で食事をしたとき不平を漏らしていた。

アレンはその意味が分かった。自分も奈良の公園では多少そんな気持ちがあった。日本人をほんの少し前までは無慈悲にアメリカ人を殺戮《さつりく》していた兵士と同じ人間とは思えないことがある。自分もその戦争を戦ったのに、すっかりそのことを忘れていた。だが、太平洋上の島々のジャングルでアメリカ兵に忍び寄ってきた情け容赦ない男たちは、棚田や、紺一色で身を固めた農夫や、着物と下駄の可愛い女の子とは、ましてや如水とは何の関係もないように思えた。如水は英語ではっきりものを言うことにしても、日本人よりアメリカ人っぽかった。

如水の名前を思い浮かべると心臓が高鳴り、そばにいるような気で腕を伸ばしたくなった。話を切り出すとすれば、食事の後で大佐と二人きりになったときがいいと考えた。大佐夫人は育ちが良く、女は夫人一人でも、必ず食後コーヒーを出して半時ほど男だけの時間をつくった。ほかに女性客がいる場合は三十分がさらに十五分伸びた。いつも男はアレン一人で、ほかに女性客がいる場合が多かった。

だが、思い切って打ち明けられなかった。日本人の料理人が調理し、白装束の日本人の「ボーイ」が給仕する素晴らしい夕食の後、かろうじて訊けたことは、占領の時期にどれくらいのアメリカ人が日本人女性と結婚したかと多少唐突に質問したことだった。大佐は当惑気味だった。「どこかに数字はあるだろう。そういうカップルに会いたくはない。正式に結婚した者たちか、それとも……」

「正式に結婚したアメリカ人です」

「多くはないな」大佐は言った。「正式でないなら、分からんな。混血児が何千人もいることが現実に起きていることの目安じゃないのか。なぜアメリカ人はそれほど性欲が強いのか皆目分からんよ。私は年寄りだが、私もびっくりだ」

「子どもたちはどうなるんでしょうか」アレンは真剣に尋ねた。

大佐は困った顔をした。「知らない。側近のバークレーが言うには、奥さんが先日隣人の家に隠されていた子どもを見たそうだ。隣人というのは商人かなにかで立派な人物だそうだ。バークレー夫妻は一晩中赤ん坊の泣き声がうるさくて隣人に尋ねたんだな。その家の祖母は赤ん坊を恥ずかしいと思って箪笥の中に隠していた」

「バークレー夫妻はどうしたのですか」

「カトリックの孤児院へ通報し、赤ん坊は連れて行かれたそうだよ。その家では喜んでいた、美人の母親もだ。バークレーが言うには、その子の顔は気味の悪い混血児だったそうだ。私は一向にその話を信じていないが、どうすればいいかね」

結局、如水の話はできなかった。アレンは夫妻と少し一緒にいた後、報告書を仕上げるという口実で早めに大佐宅を出た。

ともかく、アレンは軽井沢で休暇を過ごしたいと思わなかったし、夜映画を見に行くこともなかった。夏の間何回かダンスをしたが魅力的な女性はいなかった。故郷にも再会したい女性はいない。シンシアは話をするのはいいが、恋心を抱くような対象ではなかった。人生の輝きは失われた。

そう独り言を言った途端に、その輝きがどこにあるのかに気づいた。如水と一緒に居た時は自分の中にぞくぞくする興奮を感じた。だから、長く暑い夜には出会ったときのことを一つ一つ思い出そうとした。初めて出会った日、あの有名な古都で藤棚の下でぼんやり自分たちの方を見ていた彼女に目をとめた。アレンはあらゆる瞬間の彼女を思い出そうとした。とくに家の塀の隅から自分をのぞき見たときの彼女の姿は目に焼きついていた。あの日、着物姿の彼女はどんなに美しかったことか。和服を着た彼女を見たのはその時だけだった。家具はほとんどなく飾り気のない洗練された広い屋敷が彼女の家だった。彼女の世界が最も素晴らしいかも知れない。威厳と習慣の世界である。そこで要求される高尚な世界を拒絶するより、そこに留まることを選んだ。彼女は「行儀の良い」女性どころではない。アレンが我慢できずにキスしたときでさえ、彼女は自分も憧れているのに、躊躇いながらキスを受け入れた。如水を恋に戸惑いさ迷う哀れな女と思った。自分は彼女を裏切り、手遅れにならないうちに立ち去ったという答だけがあった。

だから、如水のことを考え、何度も何度もその姿を思い浮かべるのは愚かだということに気づいた。時が経つにつれて寂しくてたまらなくなったからだ。夏になると気心の知れた仲間は山や海へ行ってしまい、大佐は家に鍵をかけて二週間ほどアメリカへ帰ってしまった。八月半ばになり、アレンは本当に如水を諦めていつか他の女性と結婚できるかどうかを確かめるためにもう一度彼女に会わねばと思った。そのとき結婚する相手は如水のような美人ではないに決まっている。

この年、京都は暑かったが、堺医師は暑いと感じる暇はなかった。慌てる必要もないが急いで娘の婚約を取り纏めていた。アメリカで過ごした歳月をどれほど後悔したことだろう。日本の結婚支度についてよく分かっていなかったので、本を読んだり、人に尋ねたりして、娘を裕福な旧家の子息に嫁がせる親として無知がばれないうちに段取りを終えた。日々の雑事や有名な医師としても多忙なのに、娘の着物や、帯や、打ち掛けの柄を自分で決めようとした。勝手に決めたくないので如水も一緒に来てふさわしいものの中から彼女が選び、作法として母親も付き添うようにと言った。ところが、母娘が一緒にいるのに、松井家の家柄や趣味や慣習に気配りして最終的には自分で決めた。

父は先祖のように娘に盲目的な服従を求めようとはしなかった。娘が自宅へ登を呼んで内々に会いたいと言えば喜んでそうした。結婚するまでは公に二人でいるところを見られるのは良くないが、両親が居るとき家に来るのはかまわない。そこで、登は九月に挙げる予定の結婚式まで、事前に日にちと時間、そして相手の都合を斟酌した上で何度か堺家を訪れた。

堺家では必ず夫婦で登を迎えた。初めての時は登がいる間ずっと一緒にいたが、如水はほとんど口を開かなかった。登が何か言う度に頷きながら「はい」とか「いいえ」とつぶやくだけで、自分から話すことはなかった。

「遠慮するほうがいいのかね」堺医師はその夜寝室で妻に尋ねた。

「私たちアメリカで長く暮らしましたからね」夫人はただそう答えた。

「今は日本だろ」堺医師はむっとして言い返した。

カリフォルニアでのようなことはご免だった。アメリカで日本人強制収容所が閉鎖され、収容されていた人々がさほどの苦労もなくアメリカ中に散らばってからだいぶ時が経ってからも、堺医師は家族や友人に収容所のことを繰り返し語った。

「如水はアメリカを忘れていません。娘にしてみたら、これから結婚しようとする男性と二人で話もできないのは不思議ではないでしょうか」夫人は夫に言った。

そこで、二度目に登が訪れたとき、堺医師は天気や今年の菊の咲き具合について少し話した後、いつもの占領についての話題は出さずに、夫人に目くばせして引き下がった。夫婦がいなくなると登はにこやかな顔をした。「君のお父上は非凡な方だ」低く柔らかい声だった。声を上げたら相当大きいと思われるほどの太い声だった。だが、声を上げたことはない。

「どう非凡なのですか」如水は尋ねた。

「私たちより日本人的なのに、いくら日本人らしくしようとしてもどこか日本人らしくないところがあり、それに気づいていない。アメリカ人なんですね」

「私もそう思います」

「あなたもそうです。だけど、僕はアメリカ人が好きですよ」

「占領で駐留中のアメリカ人もですか」

「そうです。彼らのやることはいつだって気に入らないが、僕は常々彼らを気の毒に思っているんですよ。大変な任務ですから」

「任務って？」

「日本人をアメリカ人にすることです。不可能ですよ」登はまた笑った。

「でも、日本人は変わりつつあります」如水は言ってみた。

「中にはいるでしょう」

「では、アメリカ軍が去った後、日本は昔に戻ると仰るの」

「初めのうちはもっと日本的になります」登は答えた。「旧き日本、日本人の魂を蘇らせようとして日本人としての自覚が強まります。その後、三十年か六十年経って日本人は再び変化するでしょう。拒絶したものを改めて見直し、一部を受け入れるでしょう。五十年ぐらいすれば日本人がどうなるか分かります。そのころ世界はどうなっているのでしょうね」

登の話は思慮深く、父のような傲慢さはなかった。如水は黙って聞いていた。

「心配じゃありませんか」

「なぜ私が心配するのですか。私は旧家の人間であり、ご承知のとおり保守的な人間です。日本人はこの先の保守化時代を立派にやっていくでしょう。気の毒なのは孤児院に収容されている何千人もの子どもたちです。父親はアメリカ人、母親は日本人。だから孤児なのです」

如水はそういう子どもたちのことを考えたこともなかった。アレン・ケネディを受け入れ、求婚されたら、二人の間に生まれる子どもたちもそうなるのだ。父親、あるいは母親は子どもを見捨てたのだろうか。もちろん二人にはできるはずがない。

「かわいそうな子どもたち。生まれてこない方が良かったかも知れない」登は慈愛に満ちた大きな声で言った。

如水は急に登に何もかも話したくなった。彼はとてもやさしい。それは彼の美徳でもあった。彼なら同情しながら聞いて、そうなったことを理解してくれるのではないかと思った。彼の妻になる人間としては言うべきではないのだろうか。如水は自分の目が尋ねたがっているのも知らずに登を見つめた。

「どうしましたか。何か訊きたいことでも?」登は微笑んだ。

「なぜ分かるのですか」如水はどきりとした。

「あなたの顔がそう言ってますよ。何を考えているか大体分かります」

「私が考えているって?」

如水は一瞬たじろいで、どうしようか迷ったが、二人の間に秘密をもたないためには言うべきだった。

「婚約相手はどんな人間だろうと思っているのでしょうか」

「女なら誰でもそう考えませんか」如水は質問をはぐらかした。

「確かに、仰るとおり」

二人は膝を曲げて座っていた。登は少し離れていたので如水は気が楽だった。結婚前に彼女に触れることは絶対にないだろう。登は会話を通じて分かり合えると如水の父親に言った。

登はしばらく考えてから口を開いた。「私は複雑な人間ではないと思っています。兵役義務を数年間経験して、かくあるべしと教えられてきた自分とは正反対の人間になりました。今、私は何であれ殺せません。ネズミを殺せと言われてもだめです。追っ払います。私は上官が怒鳴る声を長く聞かされたので、残りの人生では大声を出さないと考えたこともありました。わずかな失敗で殴打されたり、蹴られたりする人たちを見てきたので、頼まれても、私は子どもを叩けません。残酷なことを見過ぎました。生き抜くための唯一の方法は優しさを貫き通すことです。それは自分のためです。弱さと言われるかもしれません。ですが、私は残酷な行為という毒に対抗することはできます。この毒は悪疫のように人から人へ伝染しやすいのですが、私のような人間が他にもいて、いつか残酷な行為がなくなると思っています」

登がこれほど長々と、しかも真剣に話をしたのは初めてで、如水は嬉しかった。彼は自分を正直に打ち明けることは義務だと考えたのだ。しかし、彼は知らぬ間に如水の問いに答えていた。やさしさ故に、如水が別の男性を愛していることを告げたら、登はその愛に殉じろと、少なくとも如水が忘れるまで、あるいは心が変わるまで引き下がると言っただろう。もちろん如水は忘れもするし、変わりもするだろう。如水は待ちたくなかった。結婚したかった。結婚すればそのことのみに囚われるだろう。少なくとも時間はふさがる。

「お話ありがとう。あなたを尊敬します。やさしさは男でも女でも最も大事なことです。私もやさしいといいですけど」

そのとき登の顔を見て好意らしきものを感じ始めた。日本では何百年もの間、結婚は愛情がなくても成立した。尊敬と好意で十分だった。少なくとも、昔の人たちはそう考えた。

登は如水に少しくだけた会釈をした。二回目の訪問はそれで終わった。

この年の八月は酷暑続きで、老人たちはアメリカが広島と長崎に落とした原爆の影響にちがいないと言い合った。八月十六日の大文字火の夜、猛暑の中で集まった人びとは涼しさのかけらも感じられなかった。

堺医師は過労気味だった。原爆が投下された二つの都市から治りにくい傷を負った患者たちが押し寄せて、病院はごった返していた。堺医師の評判が人づてに伝わっていたので、患者たちは最後の頼みの綱として堺医師の元を訪れた。堺医師は精魂込めて患者の命を救おうとし、全アメリカ人に対するつのる怒りも一段と熱を帯びた。

連日の猛暑で体調を崩し、自宅で少し静養せざるを得なくなった。自分でも分かっているが最も扱いにくい患者だった。苛立ちと闘い、寝ていなければいけないのに床にじっとしておられず、庭を眺めたり、瞑想したりして、心の平静を保とうと努めた。しかし、酷暑の被害は庭にも及んでいた。美しい庭を観賞するどころか、給水制限で水が不足し、苔は茶色く枯れ、日照りで熱くなった池の金魚が酸欠で死んだ。

ある日、気分が優れないのに玄関の呼び鈴をしつこく鳴らす音が聞こえた。門番は居眠りしてるのにちがいなかった。堺医師は具合が良くなかったが、起き上がって玄関へ出て扉を開けた。そこには制服を着た長身のアメリカ人将校が立っていた。

堺医師は客を見つめた。「何のご用事ですか」用件を訊いた。

「堺先生ですね」

「そうです」

眉をつり上げた。こいつらは民間人の家にまで侵入しようというのか。

「私はアレン・ケネディといいます」

その名前をはっきり覚えていた。忘れたくても忘れられなかった。

「知りませんな」

男は笑顔で言った。「あなたにお会いしたことはありませんが、お嬢さんにはあります」

「娘はいま手がふさがっています」

「それでは、あなたとお話を」

堺医師はすぐには返事をしなかった。断ろうと思ったが、将校では断りにくかった。

「いま体調が芳しくありません。そうでないとき病院へ来てください。迷惑です」

二人の男は睨み合った。

「出直します」

「その必要はありません」堺医師は居丈高《いたけだか》に答えた。

「どうしても出直します。私はやめません」

アレンは端正で冷たいこの日本人の顔を見ていて心底怒りが込み上げきた。

何の権利があってこの男は私を家に入れようとしないのか。ここは如水の家だ。ここは日本であり、日本人は今は被支配者なのだということを忘れなかった。

「断固として断る」

「どうしてもお嬢さんに会わせてもらいます」

堺医師は短気なので堪えきれなかった。その性格はアメリカで長く生活した結果だということは自分でもよく分かっていた。自制に関しては、子どもの頃や公立小学校でふさわしい教育を受けなかった。だが、もう遅い。堺医師はアメリカ人に対してのみならず自分の怒りを抑えられなかった。自分がまともな日本人ではなかったからだ。

「アメリカ人はお断りだ」と叫んで力ずくで門を閉めようとした。

アレンの感情も複雑だった。戦勝国側の一員であることが実に嫌だったが、心は徐々にその影響を被っていた。堺医師の権利を認めないと言い、肩を門に押しつけた。双方がみっともないと感じながら揉み合った。日本人は門を閉めようとし、アメリカ人はこじ開けようとした。

この家で門に近い場所は台所だった。ユミはお昼の後片付と床掃除を終えて気持よさそうに居眠りしていた。戦勝国の言葉で怒鳴り合いが聞こえ、ユミは目を覚まして門へ駆けつけた。主人が若くて強そうなアメリカ人将校を門から閉め出して必死に押さえつけているではないか。ユミは震え上がって、夫人に知らせようと声を張り上げて駆け出した。

堺夫人と如水は結婚衣装の支度でいっしょに縫い物をしていた。その静けさの中にユミが大慌てで駆け込んできた。

「奥様！　ご主人様がアメリカ人将校と喧嘩しています」

夫人は立ち上がり、急いで部屋から出て行き、ユミも後を追った。

如水は動かなかった。アレンが戻って来たと思ったが、なんとも間が悪い。なぜ家に来たのだろう。なぜ手紙をくれなかったのだろう。だが、じっとしているわけにはいかなかった。どういう風に揉めていようが、自分もそれに加わるか、喧嘩をやめさせなければならない。

アレンは恋人の姿が目に入った。白と青の着物を着たすらりとした女性が近づいて来た。記憶にあるより美しかった。心配で顔色は青ざめていた。アレンは門の中まで入って如水に会おうとした。

堺医師は疲れて、口を固く結んで突っ立っていた。その前に門番のように夫人とユミがいた。堺医師は押し切られた。娘は動揺し、突然アメリカ人の腕に抱かれた。如水は腕の中でもがいたが、それは父と母やユミの面前だからだと堺医師はすぐ見抜いた。二人だけだったらおとなしく抱かれていただろう。娘に負けたことを知った。方法を考えなければならなかった。

堺医師は貞節な妻のほうを向いて「娘を連れて来なさい」と言い、もとどおり厳《いか》めしそうに家の中に入った。

しばらく一人になり、このアメリカ人を怒鳴ってやろうと心に決めた。戦略的にはちっとも難しくなかった。訪問者の本心を明らかにしてやるだけのことだった。立派な考えを持っているはずはない。アメリカ人が日本人と結婚しようと考えるはずがない。彼にはその証拠があった。場合によっては証拠を突きつけてやろうと思った。だが、妻の前でどうしたものか。堺医師は困り果てて座布団に座った。苦労してどうにか膝を曲げて座れるようになったのだ。

そこへ二人がやって来た。青年はすっかり礼儀正しくなっていた。「サカイ先生、さきほどは誠に失礼いたしました。どうしてああなったのか分かりません。乱暴な振る舞いをしました」

堺医師は無言で客に座布団を勧め、上手に座れないのを見て小気味よさを感じた。如水は立ったままユミに眉をひそめたので、ユミは部屋から出て行った。夫人は夫の後に控えていた。

青年は突然立ち上がった。脚が痛いのかも知れない——そうではなかった。如水に譲ろうとしたのである。

「どこに座るの」低く囁いた。

「気を遣わないでね」如水は困った顔を見せた。

「そんなことはできないよ」アレンは言った。

「座りなさい！」堺医師は大声で娘を怒鳴った。

如水は母の隣に座り、アレンも座布団の上にぎこちなく座り直した。

堺医師はアレンが話を切り出すのを待った。こういう状況を作り出したのは自分ではない。迷惑をかけているのはこの男だ。それと同時に、冷静に辛抱強く話を聞くつもりだが、話の次第では厳然たる態度をとるつもりでいた。

「お父様」如水がおずおずと話の口火を切った。

堺医師はすぐ娘に向かって眉間に皺を寄せたので、如水は黙った。

アメリカ人は如水をかばった。「話をするのは僕だ、君じゃない」

アレンは話さざるを得なくなった。この日京都に着いたときは自分の気持ちははっきりしていなかった。はっきりしていたのは、如水に再会し、愛が本物かどうか、彼女と別れられるかを確かめることだった。いまアレンは別れられないと思った。そう思ったのは如水の父と揉み合ったこともあったが、彼女の顔が青ざめたことと、生き生きとしたその顔を見たからだった。

「では、話しなさい。なぜここに来たのかね」堺医師は冷ややかに言った。

「お嬢さんに会いに参りました」

堺医師は娘を振り返った。「おまえはこの男と知り合いか」

「私たちは知り合いです」ケネディは即答えた。

それから知り合った経緯と、なぜ別れることにしたかを手短に述べた。

「それでは、なぜ戻って来たんだ」堺医師は詰問した。

「どれほどお嬢さんを愛しているか分かったからです」アレンは答えた。

堺医師は冷たく言った。「君に娘は愛せない。娘は友人のご子息、松井登君と婚約した。二週間後に結婚式だ」

アレンは身動きすらしなかった。如水の方を見て「本当か」と訊いた。

如水は頷き、しくしく泣き始めた。

「教えてくれればよかったのに」

アレンは少し沈黙した。それから如水に話しかけた。「二人きりで話ができないのは分かっている。だから、僕は二人きりだと思って話をするから、君もそのつもりで答えてくれ。君は婚約者を愛しているのか」

「愛してはいません。でも、とても良い人です」如水はか細い声で答えた。

「誠実に答えてくれ。私を愛しているか、如水」

如水は涙に濡れた顔を上げた。「もちろんです。アレン・ケネディさん」

「じゃあ、僕と結婚してくれ」

アメリカ人のやり方だった。堺医師はかんかんに怒った。つねに攻め、絶えず攻撃するばかりだ！「婚約は解消できません。日本ではね」堺医師は断固として言った。「婚約の両当事者がともに相手と結婚しないと決めればできるのではありませんか。現代の日本では」アレンは尋ねた。

堺医師は身を震わせた。咳払いして、片手を交互に膝に起きながらアレンのすぐ目の前の畳に視線を落とした。「君に聞かせたいことがある」

「どうぞ、お父様」如水が背中を押した。

「誰にも話したことはなかった。妻にもだ」堺医師は声を緊張させ、苦しそうに夫人のほうを見た。「許してくれ、春子。今まで君には黙っていた。長い間忘れていた。娘のことで今の今思い出した」

「私のことを気にすることはありません」夫人は小声で言った。

「如水、聞きなさい。アメリカ人とは結婚できない。知っているから言うのだ。この青年だって分かるものか。この男がおまえを愛しているのは本当かもしれない。おまえもこの男を愛しているだろう。しかし、恋には分別がひとかけらもない。あるのは感情だけだ。感情はすぐに消え失せ、人生は延々と続く」堺医師は苦しそうに語り続けた。家の中は静まり返り、普段は気づかないような小さな物音が不意に聞こえてきた。木の幹にとまって硬い羽を合わせているセミ、羽を休めるマネシツグミ、滝の水音が突然大きく聞こえた。

「アメリカにいた若い頃、私はアメリカ女性を好きになった。その女性も私が好きだったと思う。互いに愛を告白した。両親は反対したが、アメリカ人として育てられてきた私は、両親は私が心の底から望むことを拒否する権利はないと思った」堺医師は悲痛な面持ちで語った。

夫人の表情が硬くなった。両手を握りしめてじっと見つめていた。堺医師は夫人に目もくれなかった。

「お母様」如水は声を殺すようにして叫んだ。

堺医師は突き放すように淡々と続けた。「私は何もかも捨てる覚悟だった。両親と決別してもいいとさえ思った。だが、あることが起きた。彼女の兄が銃で私を脅かしたのだ。私が深夜に大学から帰宅するときだった。その道を通ることをどうして知ったか。彼女が教えたにちがいない。男は私の脇腹に銃を突きつけて言った。『いいか、よく聞け。妹に手を出すな。家族にジャップを入れてたまるか』男はそう言ったんだ。私は二度と彼女に会わなかった」

「それだけですか」アレンは尋ねた。

「それだけとはどういう意味だ」堺医師は感情を高ぶらせて聞き返した。「当時の私にはすべてだった。今の私にとってもすべてだ！」震える長い指で指さした。「いいか、私の娘をそんな目に遭わせるものか」

「私の家族は銃で脅すようなことはしない」アレンは居丈高に言った。

「必ず同じことになる。銃を使うことはないにしてもだ。別のやり方を使う。アメリカ人は決して日本人を家族の一員にはしない。絶対にな」堺医師は断固として言った。

「お気持ちは分かります。でも、昔のことです。如水が生まれる前のことですよ。物事は随分変わっています」アレンは同情するように言った。

「そんなことはない」堺医師は大声で言った。「新聞を読めば分かる。ちっとも変わってない。多くの州で白人と有色人種の結婚を認めていない。あんたの家族は黒人と同じ食卓につけるのか。答えてみろ」

アレンは驚いた顔をした。「如水が有色人種だなんて考えもしませんでした」

如水は顔を赤らめて口を開いた。「ケネディさんと二人きりで話をさせて下さい。話が錯綜《さくそう》してしまって。まず私たちが気持ちを確かめ合うことが先です、お父様」

固い決意であり、父も娘が立つのを止められなかった。たとえ止められても、そうしなかっただろう。二人が庭に出て話し合うのを許した。若者はいつも話し合うものだ。それにしても、堺医師は苦い秘密を明かしてしまった。みながそのことを忘れられなかった。

堺医師と妻は二人きりになった。夫人は黙って座っていた。横を向くと、握りしめた妻の手が震えていた。彼は右手を妻の手に載せた。「君の写真を見た日に救われた思いがした。一目で良い伴侶になると思った。写真は写りが悪く、実際の君のほうがはるかに良かった。私の幸運は君しかいない。他の道を選んでいたらどれほど惨めな人生になっていたか。脇腹に銃を突きつけた暴漢に感謝したいくらいだ」

夫人は必死に泣くのを堪えていた。「あなたはその男を恐れていなかったはずです」真摯に言った。

「恐かったよ。すぐに身を引き、どんなことがあっても妹さんとは結婚しないと約束した。そんなところだ」

「忘れてください」夫人はそう言って、夫の手の下から自分の手を静かに抜いて着物の袖の端で涙を拭いた。「私たちは母国にいるのですから、過去を思い出すことはありません」

「君の言うとおりだ。だが、忘れていたことをなぜ言わねばならなかったか分かるだろ」

「お願い」夫人は懇願した。「忘れていなかったら、もっと前に君に話していた」

夫人は堪えきれなくなった。短い脚ながら優雅に立ち上がり、夫に頭を下げた。「失礼します。用事がありますから」消え入りそうな声だった。


夫人は部屋を出て、さっきまで娘と縫い物をしていた部屋へ静かに歩いて行った。白く薄い絹の布を手にし、溢れる涙が布に落ちないように注意して拭いながら縫い始めた。自分は美しくない。自分のことは良く分かっている。農家の頑丈な娘であり、顔は四角張って日焼けしていた。夫が自分を選んだのではなかった。夫の両親が強くて従順そうに見えたので自分を選んだ。確かにそうで、夫は失恋の痛手で相手はどうでもよかったのだ。そこで夫人は手を止めた。この衣装はもう必要なくなるだろう。なぜ縫うのだ。


庭では、若い二人は竹藪の陰にいた。この季節になると塀の前まで竹が茂っていた。丸木造りの腰かけにぴたりと身を寄せて座ると、たちまち苦悩は消えた。アレンは自分の愛はどういう愛なのかを知ろうとしなかった。分かっているのは、愛を知らない者のように彼女を愛しているということだけで、それがどういうことであれ、彼女を自分のものにするために一生懸命だった。

「僕以外の誰とも結婚させないぞ」如水の唇に向かって囁いた。

「分かったわ」如水は途切れがちに言った。

「一緒に逃げよう。君はアメリカ人だ。アメリカ人らしく行動しよう。子どもみたいに親に従う必要はない」アレンは向こう見ずだった。

「だめよ。逃げるのは」如水は強く反対した。アレンの腰に両腕を巻き付け、頭を彼に向けて顔を見た。「あなたは松井登さんを知らないのよ。彼は本当に良い人です。彼を傷つけないように話さなくては。きっと分かってくれます」

アレンは理由もなくその人物が善人でなければいいと思った。如水の父親のように頑固な日本人から彼女を引き離すなら簡単だ。

「その男には会いたくない」アレンは出し抜けに言った。

「任せてください。両親と話し合います。どんな些細なことでも父の言うとおりにしなければなりません。いいですか、アレン・ケネディさん」如水は懇願した。

「如水、そんな呼び方はやめてくれ。アレンとだけ呼んでほしい」

「では、アレン」如水は繰り返し、邪魔が入らなかったように続けた。「大事なことは、父の言いなりにはしません。私たちは別れられない。でも、これを見てもらえれば、私は見てもらうつもりだけど、他のことで父に譲るのは私たちの義務です」

結婚を決意したからには、アレンはどんなことでも譲るつもりだった。「君が何と言おうと、ダーリン、もうじきだよ」

如水は彼の胸に頭をつけて「もうじきね」と繰り返した。
不思議なことに、それほど重大な決意をしても肉体関係まではいかなかった。二人でぴたりと身体を寄せ合い、アレンはおもちゃのように如水の手をいじっていたが、考えもしなかった。どんな形をとるか分からないにせよ、アレンは大きな問題に気づいていた。それは日本の静かな庭で腰かけている二人から発し、海を渡り、故郷の白い豪邸に集中していた。家族はどう思うだろう。家族には知らせないことにした。秘密にしておいて如水と会わせるつもりだった。話し合うべき事ではない。この魅力的でやさしい女性に直接会わせたいと思った。これほど素敵な女性だが、芯には強い力が秘められている。まだ若くて内気なのにとても賢く、アレンはその賢さに煩わされた。だが、如水は勇敢だった。アレンは気高くて素直な如水が母親に会うところを想像した。間違いなく気にいられるだろう。

だから如水には自分の疑念を黙っていた。それは彼女のことでも自分のことでもなく、生き方そのものについてだった。二人はいま互いに道を踏み外した。しかし、二人とも若くて元気だ。昨今ではあらゆる行動様式は覆されていた。他にも日本人女性と結婚してアメリカに連れ帰ったアメリカ人はいた。うまくいった夫婦もいれば、いかなかった夫婦もいる。たとえ勇気があったとしても、二人の結婚はうまくいかないかも知れない。だが、アレンはそんな話で彼女の心に負担をかけたくなかった。家族のことや、早く片付けなければならない婚約のことで、することが沢山あった。他の男との婚約は堪えがたかった。

「よく他の男と婚約したね」突然アレンは尋ねた。

「どうして。日本では私は必ず結婚するわ。あなたは求婚しなかったでしょ」

もちろん彼に非があり、そのことを忘れてはならない。

「僕たちはいつ結婚できるのかな」落ちつかない様子だった。

「どうしてそんなことを！　まず登さんに会って話さなくては。彼がどうにかしてくれるでしょう」

「でもね」アレンは立ち上がった。「それを君に任せるのはどうも——僕がすることだ。僕はこういうことは君ほど分かっていない」

彼は不意に嫉妬を感じた。「その婚約者と結婚するはずはない。問題がいろいろあるだろう」

如水はアレンの唇に指をあてた。「静かに！　私はアメリカ人だと言ったでしょう。だったら、私はアメリカ人と結婚します」愛に震えながらアレンを見た。「あなたと結婚したいわ」

二人はまた抱き合った。苦しかった過去の募る思いが血の中にあふれ出し、心臓が高鳴った。息が止まるかと思った。「話を引き延ばさないようにね。僕は僕で明日から始める。大佐に話をする——大佐に応援してもらう。お役所仕事ではだめかも知れない。素早く片づけようね、ダーリン。君はお父さんと一緒だけど、お父さんに手を出させてはだめだよ」

「もちろんよ」如水は強い口調で言った。「登さんには話しても、父には言いません」

「それなら、僕は午後五時の汽車に乗らなきゃ。一日でも無駄にしないよう早く東京に戻ることにする」

「手紙をくださいね」

「君もだよ」

「上手に書けないけれど、もちろん、できるだけ書きます」

二人は立ち上がった。父が家の中から長すぎると怒鳴るのではないかと如水は冷や冷やしていた。

アレンは夕方の汽車に乗り遅れないか心配だった。何度も長いキスを交わした。

「キスがうまくなったね。アメリカの女みたいだ」

「知ってるの？」

「ばかな、映画を見れば、誰でも分かるよ」

「そうね。でも、日本では公衆の面前でキスはしないものよ」

「アメリカではちがう。今夜手紙を書くんだぞ、分かったね、如水」

「書くわ。あなたもね、アレン」

「僕のタイプライター次第だね」

「そんなぁ」ため息とも取れる声だった。

アレンは去った。一人になって池に映る自分の姿を見た。なぜ恋にはこれほど悲しみが付きまとうのか。アレンをとても愛していた。登を愛していたら良かったのに。そうすればみんなが幸せだった。アメリカ兵が通ったとき偶々藤棚の下に立っていなかったらアレンに会うこともなかったし、アレンが彼女を見ることもなく、すべてが丸く収まっていた。今となってはどうしようもない。喜びと苦悩に満ちたこの愛のために両親も傷ついた。ヴァージニアの彼の家族にもそれが無いとはいえない。しかし、如水はアレンの家族からきっと嫌われない良い嫁になるだろう。

家に入っても父親は現れなかった。父の姿はどこにもなく、しばらくして父の書斎兼寝室にしている部屋から母が出てきた。障子が開いた気配はなかった。

「お父様の具合が良くないのよ。今日はいろいろなことがあったから疲れたのでしょう。今夜は話しかけないようにね。どうしても話があるなら私にしてちょうだい」

母と娘は互いにぎこちなく立っていた。これからどのくらい苦しめることになるだろう。如水はとてもやさしい娘で残酷なことが嫌いだったのに、恋は恐ろしい力を発揮して残酷なことをさせた。その上、人生を家族のために尽くし、やさしい言葉しか言わなかった母さえも傷つけることになるだろう。如水の目に涙があふれ、何も言えず悲しげに母を見た。

言葉をかけたのは母のほうだった。「あのアメリカ人と結婚したいのね」

「ええ、お母様。そうじゃなければ良かった。出会わなければ良かったのに。そうすれば登さんと結婚して幸せだったはずよ。ほかのことは何も知らないのだから。登さんを愛したでしょう。お母様のようにね。結婚したとき初めて父と会ったのでしょう」

堺夫人はにこりともしなかった。平凡で辛抱強そうに表情一つ変えなかった。「時代がちがいます。私の時代はあなたの時代とは全く別です。私は言われたとおりにするだけでした。それが運命でした」

「でも、幸せだったでしょう」如水は声を上げた。

「ええ、そうですよ。でも簡単に手が届く幸せでした。身の丈以上の幸福は望まなかったから」

如水は立ったまま母の腕に手をかけた。「彼をとても愛しています。心の命ずるままにしたいという私の気持ちが分かりますか、お母様」

母は何とも言えず悲しそうな顔で娘を見た。「昨日なら分からなかったでしょうね。今日は分かります」

夫人は娘から顔をそらした。唇は青ざめ、震えていた。

「お母様、だめよ」如水は叫んだ。「昔の話じゃないの。お父様は忘れていたわ」

「忘れていませんよ」きつい声でつぶやいた。

「お父様が思い出したのは自尊心が傷つけられたことだけよ。どれほどプライドが高いか知っているでしょ」

「プライドではありません」かみ殺したような声だった。「傷ついたのはお父様の愛情だったのよ。だからアメリカを離れたかったの。傷ついた愛情。そう、お父様はアメリカを愛していたの。そして、アメリカがお父様に背を向けたとき、かつてのアメリカ女性のときのように愛が傷ついたことでは同じなのよ。アメリカに対する愛情は若いときから育まれたものよ。国を離れるまでね。アメリカはお父様の祖国だったの」

「お母様」如水は囁いた。母をどう慰めたらいいか分からなかった。

「あなたがアメリカ人を愛して当然です。彼と結婚しなさい。登さんとの結婚はあなたにふさわしくありません。お父様ができなかったことをするのよ。そしてアメリカに帰りなさい。日本にいるのは私です。私だけです。あなたの力になります」

二人の女は初めて抱き合って泣いた。


朝、堺医師は目覚めた。疲労感があり気分が悪かった。素直で従順な女だと思っていた妻が昨夜は別人の顔を見せた。妻は娘の味方をして自分に反旗を翻し、こうなった原因は私にあるなどと言った。私が若く未熟な頃に恋をしたアメリカ女性と結婚できなかったから、如水はアメリカ人と結婚すべきだととんちんかんなことを言った。

真夜中に延々と話し合った。「いいか、春子、僕はアメリカ人と結婚しなくて良かったと心底喜んでいる。強制収容所に入れられそうになったら、私ならどうするだろう。子どもを持とうと考えたと思うよ。子どもはどうなるか。強制収容所に入れられるだろうか。日本に混血児は連れて帰れない。日本で混血児がどう思われているか分かるだろう。この子らは国を持たない子ども、流浪の民だ。そんな愚かなことをせずに済んで良かった。私は娘も救うつもりだ」

夫人はまったく支離滅裂なことを言った。「それに、松井登さんを救ってあげなくては。アメリカ人と恋愛中の誰かさんと結婚することにならないようにしなくてはいけません。如水は登さんの妻になってはいけない。あなたが行かないなら、私が登さんに会って話をします」
堺医師は、長年自分に寄り添ってきたこのおとなしい女が、強い決意で反撃に出ようとは夢にも思わなかった。予想外の妻の必死な姿に恐れをなした。日本人には、絶望すると自殺に走る暗澹《あんたん》たる血が流れていることを知っていた。日本人には生と死の間に幅広い完備した橋があった。日本人は躊躇うことなくあっさりとその橋を渡る。妻は頑固で愚かな直感から、昨日秘密を話した理由を完全に誤解していた。妻は私が言いたかったこととは全然ちがう意味、つまり女特有の見方に置き換えていたが、妻を思いとどまらせるのは到底無理だった。妻が松井家、または登のところに行く可能性は強く、それを止めたり、家から出さないようにすれば、妻は抗議して自らの命を絶つかもしれない。

そこで堺医師は無理して寝床から起き出し、娘が教育ある人間であることを拠り所に娘に望みを託すことにした。

如水の姿はどこにも見えなかった。堺医師が起きられそうになったのはすでに正午近くで、ユミが言うには娘は十時には家を出たらしい。ユミは家の中のごたごたに感づいて、黙って昼食を兼ねた朝食を用意した。妻は早く起きたので、ユミに妻の居所を尋ねると、今朝は醬油づくりで忙しいと言った。夫人は大事な醬油を店で買いたがらず、上等の大豆を買って来て、農家で造るのと同じように自分の家でねかせ発酵させて醬油を造るのである。醬油造りの作業中は邪魔されたくなかった。堺医師は家の中に安らげる場所がないので、病院へ行って仕事をすることにした。

「娘は行く先を言ってなかったか」ユミが帽子とステッキを持ってきたとき尋ねた。

「大学へ本を探しに行くと仰いました」

嘘だった。如水は行く先を誰にも言わずに出て行ったのだ。しかし、ユミは主人の白茶けた顔を見て、嘘をつくのは思いやりだと考えた。堺医師は無言で家を出た。

その頃、如水は登と話し合っていた。ほとんど眠らずに夜通しあれこれ考えて、朝になって決心が固まった。登に会うのは早ければ早いほどいい。父とまた顔を合わせる前に会っておきたかった。父に「お父様、終わりました。こうなった以上、登さんに私との結婚の意志はありません。元には戻りません」と言いたかった。

父にそれを伝えてから、アレンに手紙を書いて別の表現で事の次第を伝えようとしただろう。準備万端整い、アレンは如水にどこで落ち合うかを告げるだろう。

決心がつくと気持ちが落ち着いて如水は眠りについた。翌朝早く目覚め、起きて顔を洗い、お気に入りではない紺色の絹の服に袖を通した。軽く髪を梳かし、口紅はつけず、ユミが用意してくれたものを食べて、母親にも顔を合わさず家を出た。

登は毎日遅めに出勤すると本人から聞いていたので、如水は公園へ行って小さな池のそばのベンチにしばらく腰かけていた。花壇にはすでに早咲きの菊が咲き、金魚が勢いよく泳いでいた。空気になんとなく冷気が感じられた。猛暑はようやく去った。そんな静けさの中にいると、生物の成長は止まり、大地が眠りにつこうとしていることが感じられる。自分の人生の一時期、すなわち、若さであり、少女期でもある時期が終わった。如水はこれから女として生きることを選んだ。臆病だったり、心配性だったら、今の孤立状態が恐かっただろうが、如水は心配しない。何が来ても大丈夫という力強さを感じていた。生まれつき恐れを知らない如水は、自分のみならず信じた相手への信頼も強く、アレンに全幅の信頼を寄せていた。世界は変わりつつあり、何があっても二人で乗り越えられると思った。

正午少し前に如水は立ち上がり、松井のオフィスがある現代的な高層ビルを目指して大通りへ出て行った。エレベーターで六階へ上がると「松井家」の入口があった。欧米風のスーツを着た若い日本人が応対に出た。

「いらっしゃいませ」英語で訊いてきた。

英語で返事をした。「ノボル・マツイさんにサカイ嬢が短時間お話ししたいとお伝えいただきたいのですが」

日本語で答えたらこれほど早く対応してもらえたかどうか分からない。応対の男性が目の前から姿を消すと、グレーのフラノのスーツを颯爽と着こなした登が現れた。良く来てくれたという雰囲気だった。二人とも手を触れ合うことなく挨拶した。

「さあ、お入りなさい」

「お邪魔して申しわけございません」如水は日本語で言った。

「ちっとも邪魔ではありませんよ」登は笑顔を見せた。

「秘書を呼びましょうか」

二人きりで部屋に入るのを見られて気にするといけないと考えて登はそう言った。

「いいえ、お構いなく」

登は執務室に案内し、ドアを少し開けておいた。

「おかけなさい」登は座り心地の良さそうな椅子を如水に勧めた。広い部屋で、重厚な家具があった。机の後の白壁に一対の掛け軸がかけてあるだけだった。

登は自分用の椅子に座らず、如水が座る椅子に似た椅子を取り出してそこに腰かけた。二人はまるで松井家の欧米風の居間に座っているようだった。登と向き合って、如水は残酷なことを伝えに来たことに心が締め付けられる思いがした。大柄な登は色白の卵形の顔をほころばせながら自分を見ていた。その顔に自分に対する率直な信頼、婚約者としての喜び、登自身の幸運への確信が見てとれた。裕福な家で愛されて育った息子であり、父親の後継者たる彼は失望や苦悩とは縁がなさそうなことはすぐ分かった。如水がアレンに出会わなければ登はどれほど幸せだったろう。

次に自分を咎めた。どれほど幸せだったかって？　人生の華は恋愛であり、登と結婚していたら彼女は恋を知らずにいただろう。

両手でハンドバッグを握り締めて身体を前に乗り出した。「登さん、今日はとても辛いお話をするためにお邪魔しました。申し上げにくいのですが」

登は身動きしなかった。「心配には及びません」

如水は思い切って言った。「私はあなたと結婚できません」

登は如水を見つめながら次の言葉を待っていた。さぞショックだったろうと如水は思った。

「責任は私にあります」如水は間髪を入れずに言った。「婚約すべきではありませんでした。婚約したことは私の間違いでした。隠し事をしていました。済んだことだと思ったのです。ところが、思いがけなく、私が望んだわけでもなくこうなってしまいました」

登はぽつりと言った。「具体的に話してもらえませんか」

如水はハンドバッグを見つめた。「この春、アメリカ人と出会いました。すぐに愛し合いましたが、別れることにして、彼は立ち去りました。私はこの恋を忘れられると思っていたのですが、昨日、彼が戻って来ました。どうしても私に会いたかったのです。お互いに忘れられなかったのです。あなたにその事実を隠していたのは良くありませんでした」

登は唇を湿らせた。「話してくれてありがとう」

如水は登の顔が見られず、彼の次の言葉を待っていた。だが、それ以上言葉はなかった。

「ご両親はどう思っておられますか」ついに彼が尋ねた。

「認めません。ですが、母は私と同じ気持ちです。その……心のままに従うということです。父は怒り心頭で、建設的なことは何も言ってくれません。ご承知のとおり、父はアメリカが嫌いです。私がアメリカへ帰るなんてとんでもないのです」

「でも、あなたはアメリカが好きなんですね」登は考え込んだ。「あなたがアメリカを愛していることはずっと分かっていました。いつか休暇であなたをアメリカに連れて行こうと考えていました。ウチはアメリカの会社とも仕事で関係がありますし、占領が終われば仕事は拡大するでしょう。カリフォルニアに何カ月か滞在してもいいと考えていました」そこで突然前にかがみ、両手で顔を覆った。

「本当に悪いことをしました。許してください」如水はつぶやいた。

「ええ、その、仕方がありません。ご自身で話しに来てくださったのですね。私もしばらく落ち着いて考えます」登は手で顔を覆ったまま返事をした。

「どなたか別の方に巡り会えればいいですね」言った瞬間に愚かなことを口走ったと思った。

「それは考えられません」登は顔から手を離した。如水は彼が泣かなかったのでほっとしたが、自分を見る目は愛情のこもった悲しい目だった。

「今後は二人だけで会わないほうがいいですね」

「会う必要はありません。会わない方がいいと思います」

「それでは、お許しいただけるなら今申し上げたいのですが」

「もちろん、伺います」

如水は気持ちが軽くなり、早く立ち去りたかった。だが、去るのは彼が言いたいことを聞いたあとである。

登は前に屈み両膝に両肘をついて如水をまじまじと見た「如水さん、一言申し上げます。もし、また私が必要なら、どんな理由でもいい、私を訪ねてください。自尊心など気にせずに」

「まあ、登さん。私は幸せになるんですよ。そういうことにはならないでしょうが、あなたは何と善い方でしょう」

登は笑顔になろうとした。「道を閉じないでおいて下さい。私の願いはそれだけです」

如水はそそくさと立ち上がり、早くここから逃げ出したかった。

「約束します」その言葉が口から出た瞬間にバツが悪くなった。約束とは！　如水は登との約束を守らなかった。ここで初めて彼の握手の感覚が蘇ってきた。暖かく柔らかい大きな手は彼女の小さくて固い手を包み込んだ。

登の身体は震え、目には涙が光っていた。だが、笑顔で頭を下げ、如水もお辞儀をした。こうして話は終わった。

如水が立ち去ったあと登はしばらく安楽椅子に腰かけていた。津波のように破局が彼をのみ込んだ。少年の頃、父から海とのつき合い方を教わった。当時一家は九州の海岸付近に家を持ち、夏になると昼はほとんど海で過ごした。登は幼い頃に泳ぎを覚えたが、父からバテないように泳ぐコツを教えられた。

「海には勝てない」父は言った。「どこまで行っても勝てない運命と同じように、それは変えられない。海に比べれば人間は小魚より弱い。海と戦おうとするな。潮の流れと格闘してはいけない。海に道を譲り、波の後について行け。そうすればおまえはへこたれず、海がおまえを支えてくれる」

登はそれを思い出した。今し方耳にした事実に押しつぶされそうだった。如水への愛は確かだった。彼女以外の女性を愛したことはない。彼は世間並みに遊興の場所へも行き、酒を酌み交わしたり、店の女たちと笑ったり、彼女らが奏でる音曲に聞き入ったことはある。だが、如水の他に妻にしたい女はいなかった。もう彼女は妻にはならない。頭がくらくらするほどの衝撃だった。まるで足下の砂が吸い込まれていくような、頭から波にのまれるような感覚だった。登は目を瞑《つむ》って背もたれに寄りかかり動かなかった。渦巻きに呑み込まれるような苦しみに沈んでいた。きっとそうなんだ、きっと。

一時間ほどして目を開け、机のそばの台に置かれた急須でお茶を一杯いれた。海の中にいるように寒く疲れた感じがして、ゆっくりとお茶をすすった。悪寒はなかなか消えなかった。

それでも、三十分後には机上のベルを押し、秘書が来て、登は手紙の口述を始めた。今夜家に帰ったら早速父に話さなければならない。結婚式の準備をすぐ止め、招待状を回収しなければ。如水のために用意したインド産のピンク・パールの贈り物はもう返品できない。

「登さんには伝えました」如水は言った。

父の帰宅は深夜になったが、如水は待っていた。母はそのことを知っていた。母娘はもう必要のない結婚衣装を片付けてしまった。如水には母の心の内は分からない。母は如水に結婚衣装に触らせず、大事な衣装を丁寧に畳んで樟《くすのき》の箱に入れ、物置に収めた。二人は夕方からずっと衣装の片付けをしていた。母は如水に一言も尋ねなかった。登が何と言ったかさえ知ろうとしなかった。

「もう夜も遅い」如水が話をしようとすると父は言った。

「お話するまでは眠れません」

堺医師は絶望と疲労を顔に出さないようにして腰をおろした。如水は立ったまま絶対にアメリカ人と結婚すると父に言った。

「松井さんに何と言えばいいか困っている。松井さんにしたって、登君にどう伝えたらいいか」父は答えた。

如水は登さんには自分が話したから、もう知っていると父に言った。

「おまえが話しただと?」信じられないという顔で聞き返した。「よくそんな大胆なことができたな。おまえも随分変わったな」

「登さんはとても優しく聞いてくださいました」如水はうなだれた。

「とても優しくだって。登君がとても優しかったというのか」父はばかにして娘の言葉を繰り返した。「だが、おまえが結婚することにいい気持ちはしないと思うがね」

「あの方は親切でした」如水は引き下がらなかった。「別の男性を愛していることを分かってくれたからです」

「不名誉は取り除かれてはいない」堺医師は突き放すように言った。

渋い表情に疲労が滲み出ていた。端正な顔はロウのように青白く、大きな目はくぼんでいた。そして、手を三度強く叩いた。

「あのアメリカ人は絶対におまえとは結婚しない！」

「します！」如水は声を強めた。

「できるものか。アメリカでは教会で結婚するのが慣わしだ。届けを出すだけでは通用しない。アメリカ人には届け出だけでは不十分なんだ。それに、披露宴や招待客はどうするね。誰が証人になるんだ。アメリカ人には証人が必要だよ」

「披露宴はしません。それに、私たちの宗教は何ですか。教会にも行きません」

「私は仏教徒だ。アメリカ人にはアメリカ人の神がいて司祭がいる。私たちもそうだ。結婚式は寺で仏前で挙げる」

「彼もそうすると言うはずです。お父様の望みどおりにします」

「だが、おまえをこの家から連れ出そうとしている」苦々しかった。「連れ去ろうとな。あいつは我が家に忍び込み、私の宝物を奪って返さないつもりだ。私が他に何を求めるね」

如水はうなだれた。だが、娘の顔を見つめながら堺医師には折れる気配は一向にない。ふくよかな赤い下唇は震えていない。父は不意に立って娘を押しのけた、殴りかからんばかりだった。「勝手にしろ」怒鳴りつけた。「アメリカへ行け。だがな、アメリカ人が私らを追い出したようにおまえを追い出しても、家へは戻って来るなよ」

如水は顔を上げた。父と同じように自尊心と怒りに燃えていた。「家へは戻りません。お約束します、お父様」

東京ではアレンが大佐と向き合っていた。二人きりで大佐室にいた。机には書類が山のように積まれていて、大佐はときどき書類の山に目をやった。困ったことに、アレンが話をしている間にどんどん書類が増えて積み上がっていく気がした。

「もちろん、君のプライベートではあるのだがね」大佐はしぶしぶ答えた。「だが、私は君を優秀な男だと思っている。そのへんの兵士らとは心がけがちがう。軍人としての心がけは立派だが、最高の軍人になるには軍人魂だけでは事は成就しない。君が五つ星*まで上りつめたいならな。私は君ならできると思っている。君が日本人を妻にしたら、当然ながらそのチャンスはない。軍人として昇進したいなら、伴侶は非常に重要だ」

「仰るとおりです」アレンは答えた。シンシアだったら理想的な妻だろう。大柄の金髪美人で、如才なく、愛想が良く、天真爛漫だが決して愚かではない。だとしても、シンシアには恋をしていなかった。

「うまく捌《さば》けないのかね」大佐は食い下がった。「こういうことにかけては日本人と我々の考え方はちがう。この国の男はうまく捌いている。女は男に結婚を望まない。日本の男は恋愛とは関係なく自分と同等以上の相手と結婚する。恋愛は次元がちがう」

大佐は高い教育を受けた人だった。性についても、本能的な性欲にちがいはないが、その満たされ方は人によって千差万別だと思っていた。目の前にいる青年の繊細すぎるほど端正な顔立ちと決意を秘めた青い目には、一般の兵士にはない複雑な性質が現れていた。そういう人間でも性欲は強く感じるだろうが、ロマンティックな想像という魔術がないと満たされないのだろう。それは絶対的強さではないにしても、頭と心の中でもつれ合って満たすことはさらに難しくなるが、確かに必要だった。

「仰るとおり私がうまく捌ける男だったらよかったかもしれません。残念ながら、私には……できません」

「まあな。男はみんな同じではないよ。二、三日考えさせてくれないか」大佐は頷いた。

アレンは話を終わらせたいのだと気づいてすぐに席を立った。「今度は……」

「考えが固まったら君を呼ぶ」大佐は書類を片付け始めた。

「一つだけお伝えしたいのですが」アレンは立ったまま言った。「私たちはもう決めています。私が決心する、しないの問題ではなく、どうすればいいかということだけです。つまり、アメリカ人が日本の良家のお嬢さんと結婚したい時どうすればいいか。大佐に伺いたいことはそのことです」

大佐はかっとなった。「私に任せておけ。いいな、ケネディ。よく考えもせずに優秀な部下にそ

＊陸軍元帥

んな真似はさせられない。今は考えられない。これを見てみたまえ」大佐は書類を摑んで振った。

「分かりました」アレンは立ち去った。

大佐の本心は家に帰って妻と話したかったのだが、未婚の男には分からない。アレンが部屋から出て行くと大佐は仕事をするふりをやめ、タバコを吸いながら考え込んでいたが、急に妻に電話をかけた。妻は今何もすることがないと言った。

「今日はブリッジじゃなかったね」大佐は尋ねた。

「ブリッジは明日ですよ」

「そうか。じゃあ、早めに帰るから一緒に昼飯を食べよう。ちょっと心配事ができてな」

大佐はオフィスを出て、今朝オーバーを持って出れば良かったと思った。空気は澄み、道路のあちこちに早咲きの菊を売る露天商が出ていた。これほどの大輪の菊は初めて見た。ニューヘイブン*のフットボール見物でエドナによく買ってやった黄色いボールよりもずっと大きい。エドナは軍人の妻としては申し分なかった。つねに適切な判断と行動ができ、部下の妻には偉ぶることなく接し、上官の妻には身分をわきまえながら卑屈にならないように振る舞った。ユーモアのセンスがあるが、行き過ぎなかった。大佐と結婚しても、女性のあるべき態度として、軍の生活を真剣に受けとめていた。

エドナは夫の帰りを今か今かと待っていた。茶色のウールのスーツを着て、暖かそうなのに重い印象は与えない。髪と目は茶色だ。夫は妻が髪を染めて白髪を目立たなくしていることに知らん振りをしていた。ちっとも上品ぶらず、男というものを理解していたが、それでも着替えのときは一人になりたがった。彼が言うところの、準備中はお呼びではないということを知っていた。大佐は妻に微笑んだ。

「いい服だな。おニューか」

「とんでもない。十年も前のものよ。ロンドン駐在中に買ったでしょ」

「君が何を買ったか知るかい」大佐は言い返した。「昼飯はできてるか」

「ひょっとしたらと思ってカクテルも用意しておきました」

「そうか」

大佐の住まいは日本の富裕者から徴用した家であり、日当たりの良い大きな居間でカクテルを飲みながらあの嘆かわしい話を妻にした。

「ケネディのやつ、日本人の良家の娘と関わり合いになりおった」藪から棒に話し始めた。

「まあ、ロバートったら」夫がそれに加担でもするかのように、声を上げて非難した。

「分かってるさ。だが、私たちに何ができるね。君の頭の中にあることは全部あいつに言ってやったよ」

「ここにいる間だけということではだめなの」

＊コネティカット州南部の市。イェール大学の所在地

「私もそう言ったんだがな」

「で、どうするの」

大佐はカクテルに軽く口をつけて、きれいに刈り込んだ口ひげを小さなナプキンで拭いた。「ケネディは分からず屋じゃない。道徳の問題ではなさそうだ」

「他に理由があるのですか」夫人は問い詰めた。

「育ちが良すぎるんだ」大佐は言った。「私の言う意味が分かるか。女を自分のものにして、逃げられない。やることだけに興味をそそられないタイプだ。それでは興奮しない」

「まあ、ロマンティックなのね」エドナは力を込めた。

「おそらくな」大佐は認めた。「何と呼ぼうがね。だが、ロマンティックでないとだめな男もいる。そういう男はあてにできない。私はむしろ多少の金を払って片を付け、仕事に戻るやつのほうがいい」

エドナは気の置けない女だった。そんな話も平気だった。相手の気持ちが分かるのだ。同時に、男とはどういうものかを知っているので、恋に嵌《はま》ることはなく、夫の話し相手になれた。

「二杯でやめておきなさいね、ロバート」夫がまたグラスに注いだので注意した。

「昼間飲むとたいへんよ」

「そうだな」不機嫌そうに言った。エドナはほとんど酒を飲まないが、夫と飲むときは断らなかった。つねに物事に前向きだが、あまり熱中しない。思慮がありすぎてのめり込めないのだ。

「どうかしら。休暇を取らせては」しばらくしてエドナが言った。

「今か。朝鮮の雲行きが怪しいときにか」

「帰国させなさい。自宅に戻してみるのよ。確かヴァージニアだったわね。いつか写真を見せてくれたとき白い立派な家が写っていたわ。すぐ家に帰しなさい。何か手があるでしょ。帰国して誰か見つけたら忘れるわよ。これは禁欲の問題であって、心の問題ではないという気がするわ」

エドナは茶色い目を輝かせて夫を見つめ、夫婦で笑い合った。お互いにまともな人間であることを知っての上でときどき下品な冗談を言い合った。

「賢いやつだ」しみじみと大佐はつぶやいた。アルコールが入って身体が温まり、広い部屋に差し込む陽差しや、心地よさ、安心、優越感でぽかぽかしてきた。大佐は腕を伸ばして妻の首を引き寄せ、力をこめてキスした。「世界一の女だ」妻の唇に向かってつぶやいた。


登は死ぬほど疲れていたが、なかなか家に帰らなかった。彼は身体が大きく柔軟なおかげで丈夫で疲れることはないが、心の悩みでは影響を被りやすかった。もし信仰を持っていたら、是が非でも幸福で満ち足りたそぶりをし続けなければならないということだ。それはただ一人残った息子としての義務だと思っていた。父が大きな犠牲を払ってまで主義を守ったことを知っており、誰よりも父を尊敬していた。登の父は戦前日本の豪商の中でただ一人、政府を牛耳った軍国主義者の方針は誤りだと主張した。

「力ずくで帝国は握れますまい」松井崇は国会の委員会に呼ばれて進言した。

「イギリスはそうした」将軍は主張した。

「時代が違います。三百年前のインドを現在のシナの例にすべきではない。シナは日本の征服を黙認しないでしょう。シナの国民は支配されたことはありません」松井さんは述べた。将軍は「帝国樹立の方針を放棄すれば、我が国が植民地主義者の手に落ちることになる。欧米が帝国主義を捨てたと考えてはならない。現下においてアメリカは一大勢力になりつつある。アメリカは帝国を夢見ている」と反論した。

「アメリカは貿易を夢見ています」松井さんは頑固に食い下がった。

「貿易か――貿易ね」将軍は薄笑いを浮かべた。「帝国はどこも始めは貿易だった。イギリス人は貿易を目指してインドへ進出したが、その結果三百年もの帝国支配を打ち立てた。我々がアジアを支配しなければ、アメリカが取るだろう」

「ご承知のとおり現代ではロシア勢力があります。恐るべきはアメリカよりロシアです」松井さんは静かに言った。

「我々が同時に取って見せましょうか」将軍は広間に鳴り響くほどの大声で答えた。

松井崇は富豪で旧家だったのでひどく面目を失うことにはならなかったが、引退を余儀なくされた。松井家の権益は無視され、再興は占領後だった。その間、登の長兄は戦死し、次兄はロシアで行方不明になった。両親の深い悲しみを見て一生懸命に親孝行に努め、最大の親孝行は両親の前ではつねに幸せそうにすることだと気づいた。だから両親には決して不満を見せず、厳しい克己で自制心の強い練れた人間になった。

帰り道で、いつもどおりまず考えたのは父のこと、そして、自分を襲ったショックを父に何でもないとどう分からせたものかということだった。母は父の考えに従うだろう。母は長い間懸命に自分を殺してきた旧い型の妻であり、父の影のような存在、つまり、実体ではなく投影だった。

晴れて寒い夜だった。道々に菊の鉢を売る売店が並んでいた。通りがかりに父が持っていない菊は無いかと眺めていると、花の中心に金色を帯びた花びらが巻き、ほんのりピンクがかった白い菊を見つけた。登はその鉢を買い、古新聞に包んでもらった。それを大事に抱えて門までの少しの道のりを歩いた。占領前はこんな風に鉢植えを運ぶなど思いもよらなかったが、今ではそれが民主主義だと考えられた。登はその便利さを自由でいいと思った。

父に新しい菊を見せたかった。それをきっかけにして嫌なことを伝える。いつ持ち出すかは流れに任せることにした。早いほうがいい。自分が父ほど気にしていないこと、気の進まない相手を妻にしたくないと言って父を安心させる必要があるので、父に話した後のほうが自分を抑えるのが楽だろうと思った。

父は習慣で夕方になると庭を散歩した。庭を愛する人間の例に漏れず、松井さんは庭の究極の姿を求めて満足を知らない。目が肥えているので普通なら気づかない些細な点にも目が届き、必ず気にくわないところを見つけるからだ。

登は菊の花に囲まれている父を見つけた。赤や黄色の見事な菊の花の中で口をすぼめている。

「登、今年の菊は去年より劣るようだな」

「いま行きます」登は返事をした。「ですが、その前にお父さん、このピンクがかった菊は家にありましたっけ。ないような気がしますけど」

松井さんが両手を伸ばそうと突き出した手を見て登ははっとした。骨が浮き出るほど痩せていた。こんなに痩せていたのだ。父の愛しい顔をつくづく眺めると、やはり痩せていた。松井さんはいつも和服なので首が丸見えだった。鎖骨もこめかみもへこんでいた。父よりも背が高く体格もはるかに立派な登は、自分が親になったような気持ちで老いてゆく父の姿がいとおしかった。登は笑いかけた。

「これありませんよね。新種の菊を見つけましたよ」

かさついて黒っぽい父の顔がほころんだ。「信じられんな、松井家の菊といえば有名なんだぞ」

父と息子は一緒にかがんで新しい菊を眺め、はかなげな美を堪能した。

「さて、どこへ置こうか」松井さんは困った顔をした。「赤や黄色の菊といっしょではだめだな。お母さんはきっとこの新しい菊が気に入るぞ。お母さんみたいだ。眺めやすいようにここへ置いといてやろう」

「お父さん、これを見つけてよかったですよ。菊のおかげて申し上げにくい話がしやすくなりました。私の結婚は取りやめです」

松井さんは目を瞬いた。言葉が出てこなかった。登は父が何も言えないので話がしやすくなった。「お父さんはこのことで困ることなんかありません」登はやさしく語りかけた。「私はなぜかこの縁談はないだろうという気がしていました。堺先生はお父さんに心酔する余り、無理にお嬢さんに勧めたのではないかという気がします。先生はお父さんをとても尊敬しています。相当がっくり来ているでしょう。先生を許してあげる方法を考えないといけませんね。お嬢さんが事前に私に話してくれて本当に良かった」

「堺の娘さんが、自分でか……」松井さんは唾を飛ばして言った。

「そうですよ」登は冷静だった。「彼女は根っからのアメリカ人ですね。オフィスを訪れて正直に話してくれました。アメリカ人と結婚したいそうです」

「アメリカ人の相手がいるのか」

「いるらしいですよ。そういう事情ならそれが一番いいことです」

松井さんはショックから立ち直って怒り出した。「そうだろうとも！　そんな女は松井家にふさわしくない。だが、おまえは大丈夫か」

登は笑顔を見せた。「私はこのとおり平気ですよ」

松井さんは手を伸ばして息子の腕を叩いた。フラノの上着の袖の内側にやさしく力強い感じを受けた。「顔を合わせて話すなぞ、さぞ辛かっただろう」

「辛くないですよ」登は明るかった。「むしろ私は彼女の率直さが気に入りました。新しさを感じました。彼女は頭のよい女性です。日本よりもアメリカで生活したほうが幸せでしょう。十五年間もカリフォルニアにいたんですから。真の日本人にはなれないと思いますよ。気がかりなのはお父上のほうです。素晴らしい人ですが、深い傷を負っていると思うのです。一つの祖国を失い、もう一つの祖国で生き直すことができないのですから」

父と息子は腕を取り合ってゆっくり家の方へ歩いた。

「お母さんに何と言おうか」松井さんはつぶやいた。

「今は話さないでおきましょう。今夜は普段どおり夕食をとって、後で二人きりになったとき話してください。堺先生に会う方法は明日考えましょう。急がないほうがいいと思います。先生も心の整理が必要でしょうし。その後で気持ちよくお会いしましょう」

松井さんは登の腕にもたれた。「お前のことだけが気掛かりだ。おまえが何でもなければいいが……」

「私はそうやすやすとへこたれません」登は自分を見上げる父の顔に向かって微笑んだ。息子の茶色い目とやさしい声に力強さが感じられたので、松井さんは息子を信じた。

「そこでだ。君は次の木曜日に休暇を取って国に帰れ。常識の範囲ならいくら長くてもいいぞ」

アレンはにやりとした。「馬鹿にしないで下さい」

大佐は書類に目を落としサインを続けていた。今日は元気で頭が冴え、自信が漲っていた。

「馬鹿にしているもんか」大佐は言い返した。「君が馬鹿にされようが、されまいが私の知ったことじゃない。君には家に帰って頭を冷やしてもらいたい。暖かい家庭の雰囲気に触れ、家族と再会し、女の子たちと会えばいい」

「そんなことをしても変わりません」

「変わるかもしれんよ。変わらなければここへ戻って来るな」

この端正な顔立ちの若い将校があまりにも強情なのでかっとなった。これまでケネディにはいろいろ気を遣い、目をかけてきた。それが日本人の女のためにすべて無駄になることに腹が立ったのである。お上品にしなければ、と思った。それにしても、お上品なアメリカ娘というのはいたかな。大佐は混血は好ましくないと考えていた。アメリカ人と日本人の混血児はすでに何千人もおり、シナ人との混血児も多い。イギリス人とインド人との混血人も大勢いる。アメリカ国務省でさえ解決できない戦争の落とし子だ。軍は国民のためにアメリカを守ろうと努めている傍らで、兵士たちはその意図を蝕んでいた。ケネディも例外ではない。軍が外国に駐留中、性欲は仕方がないと大佐は考えていたが、結婚は別である。

「有り難うございました」アレンはとりあえず礼を述べた。

「戻って来いよ」大佐は怒鳴った。

アレンは部屋を出た。三日か。三日で何ができるだろう。大佐が仕掛けた罠に無性に腹が立ったが、いまそこに嵌り込もうとしていた。太平洋を挟んで何度も電話でやり取りされたにちがいない。

誰の思いつきだろう。大佐の奥さんに決まっている。こんな悪知恵は女しか思いつかない。去年の春なら帰郷のことばかり考えていたかもしれない。今となっては望みは一つ、日本に留まることだった――如水と一緒にいられるならば永住でもいいと考えていた。彼女と共に人生を送れるなら、今この瞬間は二度と故郷に戻れなくても、両親に会えなくてもいいと誓えるほどいい加減な自分にあきれた。アレンの怒りには愛以上の何かがあった。これほど横暴なやり方で阻止されたことはなかった。だめだと言われた経験はめったになかった。一人っ子なので大事にされて不満を抱いたことはなく、今になって我慢する気にはなれなかった。アレンはつねに欲しいものは何でも手に入れてきた。

「三日か」

「出発の準備をしておけ。君には何も頼まない。二度とその女性に会わず、とっとと立ち去ることだな」大佐は言った。

アレンにそのつもりはなかった。一番列車で京都へ行くつもりだった。もちろん国へは帰らなければならない。そうしないと一種の不服従になり、それは避けたかった。いずれにせよ、日本に戻って来ることをどう納得させるかだった。如水と婚約者との距離が縮まらないことを願った。問題は彼女が辛抱強く待てるかどうかだ。

それを考えると居ても立ってもいられなかった。如水が必ず待っていることを確かめなければ国へ帰っても気が気ではない。確かなことは一つ、結婚することだった。今すぐ結婚したほうがいい。

だが、どうやって。いつまで待っても許可は得られないだろうし、大佐が邪魔をするだろう。日本式の結婚はどうだ。彼女は納得するだろうか……。

アレンは明日の午後の汽車で京都へ行くと如水に電報した。今朝の汽車には遅すぎた。帰国の荷物をまとめて、一分でも長く彼女と過ごそう。そうだ、彼女を説き伏せて胸に抱き、誘惑し、結婚してもしなくても、彼女を自分のものにしてしまおう。愛を確かめ合ったら、帰国してすぐに戻って来ることにしよう。

部屋に戻りながら次々に考えが湧いてきた。転勤はどうだ。アメリカに留まり、国務省あたりで事務職に就く。アレンは太平洋諸島、日本、韓国と経験して来て今再び日本勤務に就いた。アメリカで仕事ができるだろう。それから如水が自分の元へ来る。彼女はアメリカ生まれだから国籍の問題はなく入国できるだろう。

気持ちが晴れ晴れした。大佐に邪魔されても、それが一番いいと思った。家族を説得するのに多少時間はかかるだろう。日本人に反感を持っている。母親には労を惜しまず日本の風景、愉快な経験、ここでの生活の楽しさを話して聞かせたいと思った。すべてが思い通りにいけば、日本に留まってもいいと思った。魅力的な国であり、住みやすく、愛すべき国民だ。アレンはそう考えるまでになった。たまに夜中に悪夢で目覚めることもあった。鬱蒼《うっそう》としたジャングルの中でいつ恐ろしい敵に襲われるかも知れない。敵を欺くために身体を緑色に塗った日本人がすぐそばにいた。当時アレンは半ば目覚めた状態で眠り、敵の存在を聞きつけ、感じとる方法を習得した。こういう悪夢もあった。ほとんど眠った状態で飛び上がり、頑丈な日本人の身体に短刀を刺した。そうそう慣れるものではなかった。彼は殺し屋ではない。彼がその短刀を敵の身体に突きさす夢だ。硬い皮膚に突きさしたところで……

電報局に飛び込んで如水宛の電文を書いた。「明日午後着く。帰国命令が出た」そこまで書いて手を止めた。彼女は腰を抜かすほど驚くだろう。心配させてはいけない。アレンは鉛筆を噛んでつけ加えた。「死ぬまで君のもの、アレン」

電報はその夜届いた。堺医師が配達人から受け取り、本人に渡す前に目を通した。呼び鈴は如水にも聞こえ、配達人の姿が見えたので自分宛ではないかと思った。初めに父が目を通すことに反対する気は起こらなかった。遅かれ早かれ父には見せなければならない。

堺医師は無言で電報を娘に渡したが、表情は明るかった。

如水はゆっくりと二度読み返してアレンの真意を正しく理解した。如水のために帰国を命令されたのだ。彼は優秀な将校だった。帰国しなければならなかった。結婚の意志が固いことを如水に知らせたかったのだ。

それにしても、どうすれば結婚できるのか。頭の回転の速い如水は、諸般の事情を考え、答を出した。

「すぐに結婚したいわ」父に言った。

「それはならん。帰国させなさい。戻るかどうかだ」堺医師は大声を出した。

「結婚したら彼と出て行きます」

「おまえを部屋から一歩も出すものか」

如水はその言葉を鼻で笑い、堺医師はその笑い方に衝撃を受けた。可愛い顔が軽蔑で引きつっていた。父を横目で見、口は歪んでいた。「彼が私を閉じこめておくものですか。家を壊しますよ。アメリカのやり方を知ってるでしょ。止められるわけないじゃない。相手は戦勝国だということを忘れないで」

「お父様とはもう関係ありません。彼といっしょに行きます」

父と娘の怒鳴り合う声が聞こえたので母が大急ぎで駆けつけた。ユミは廊下で奥様と出会い、指で正面の部屋を指した。「下品な連中みたいですよ」と囁いた。

「如水、如水ったら。お父さん、やめてください」夫人は叫びながら片手で夫を、片手で娘を押さえながら割って入った。

どちらも夫人には目もくれずに睨み合った。

「この外人を試すのにまたとないチャンスだぞ」堺医師は怒鳴った。

「ところが、この恥知らずの娘ときたら、男が逃げないように帰国する前に結婚するとぬかしおった。悪いのはあの男ではなくこいつだという気がしてきた。見られるために門の前に立って密かにあの男を見ていたんだ。まったく情けない娘だ！」

堺医師は顔を天井に向けて両腕を伸ばした。

夫人を見た。「すぐに結婚はできませんよ。時間がかかります。あちらにしても許可を取らなければならないし」

「彼といっしょに行きます」如水は言い張った。

如水は両親の顔を交互に見て、どちらも反対なことが分かった。こんなことは今までなかった。少なくとも兄の堅山がイタリアで戦死し、自分が一人になってから初めてのことだった。

「勝手にします」如水は叫び、背中を向けて自分の部屋へ走って行った。

一人にしておこうと両親は悲しそうに見送った。

「どうすればいいのでしょうね」夫人は困惑した。

「あの子は強情です。アメリカ育ちですからね。性格は変えられませんよ」

「これから寺へ行って法宗和尚に会ってくる」堺医師も悲しげに返事をした。「どうしても結婚するつもりだろう」

アレン・ケネディは真鍮の呼び鈴を振った。どうなるか気が気でないが、腹を決めた。堺医師が邪魔しても絶対に引かない。如水がもう少し年上だったら良かった。相手に向かって二十歳の娘は自分のことは自分で決められるとは言いにくかった。しかし、如水の気持ち、意志の強さ、冷静さ、強さはよく分かっていた。落ち着いているときの愛らしい顔の内側には気概があった。アレンは自分の人生を邪魔されて怒り、障害を取り除いたことが多々あった。今もそれで怒っていた。大佐も、堺医師も、二人が協力しても自分の決心を変えることはできない。

アレンは玄関の前で待っていた。玄関はすぐ開き、ずんぐりしたお手伝いのユミが立っていた。お手伝いは二言、三言喋り、中に入れという意味と受け取った。中に入ったときお手伝いが慌てなかったので間違いなかった。彼女はお辞儀をして後について来いという仕種をした。意外だったが素直に従った。家は静まり返っていた。声も、足音も聞こえなかった。罠か。ばかばかしいがそう思った。

罠ではなかった。美しい広間へ通された。障子は開かれ、整然とした庭が見え、庭には山に擬した小さな丘のそばで滝が段になって流れ落ちていた。

床の間には風景を描いた掛け軸があり、そこからやや横に、平たい鉢に初秋の葉が盛られ、その前に堺夫妻がいた。堺医師は右側、夫人は左に座っていた。夫妻は立ち上がってアレンを迎えた。二人とも正装で足袋を履いていた。夫人の紫色の絹のちりめんには藤の花の模様があり、堺医師は黒の着物に羽織りだった。なぜ正装しているのか。

「お座り下さい。椅子のほうがいいですか」堺医師は達者な英語で話した。

「日本式に慣れています」

アレンも頭を下げ、長い脚を折って見苦しくないように座布団に座った。如水はどこだろう。彼は待った。もしどこかへ連れて行かれたのであれば後を追うつもりだった。形式張っているのは、彼が招かれざる客であることを知らせようとしているに違いない。

だが、意外にも堺医師は怒りを表には出さず穏やかに話し始めた。「私は長年アメリカに居りましてね、ケネディさん。だからアメリカ人が率直を好むことを知っています。率直にお話しましょう」

「ぜひ」アレンはつぶやいた。

「娘と話をしました」堺医師は続けた。こうなった原因は娘の方にも多少あると確信しました。我が家にとっては非常に迷惑なことです。といいますのは、娘は私が尊敬し、深い親交のある友人のご子息と正式に婚約したからです。私どもの友情を取り戻すために大変苦労しています。そして今し方、あのような電報を受け取ったものですから、娘をどうしたものかと苦慮しています。本心を聞かせて下さい」

堺医師は高飛車にそう質問した。アレンは質問を率直に受け、即答した。「帰国する前にお嬢さんと結婚したいと思います。つまり、今日明日にも」

「そんなことできる訳がないでしょう。許可をとる必要だってありましょうに」

「分かっています。しかし、各国にはさまざまな法律上の結婚が確立されています。私の友人が台湾で日本女性と結婚しようとしたことがありました。その男は日本の法律に従って結婚し、丸一年かかってようやくフランスの法的手続きを完了しました。それでも式は有効と認められました。私はそれに似たことを考えています」

アレンの熱意、率直さ、そして何よりも礼儀正しく丁寧な言葉遣いに堺医師は少しまごついた。日本でこういうタイプのアメリカ人に出会ったことはない。この男はその辺の道で会う兵士たちとは全くちがっていた。堺医師はそんな連中とは挨拶さえしなかった。

「昨今では何もかも規則外れです。諸国の慣習は混乱しています」

アレンは身を乗り出して説得に努めた。「私はお嬢さんを愛していて結婚したいのです。故郷の家に連れて行き、両親に会わせたいと思っています。彼女のありままを見せたいのです。今は日本に残して行かざるを得ませんが、必ずアメリカに来られるようにします。内緒ですが、私はもう日本へ戻って来ない決心をしました。東京ではなくワシントン勤務に変えてもらうおうと考えています。お嬢さんと自由に生活したいし、それは日本よりもアメリカのほうがし易いと思います。ご両親にはアメリカを訪れてもらいたいし、私たちも日本へ来たい。発つ前にどうしても如水を妻にします。結婚が既成事実なら呼び寄せは楽ですから」

堺医師が何と返事をしたかは分からなかった。というのは、この時、如水がついたてを押しのけたからだ。ついたては倒れ、如水が部屋に飛び込んできて両親と顔を合わせた。

「お父様、お母様、アレンの言うとおりにします」

如水はそのとき銀白色の着物を着、両腕を広げ、美しい小鳥のようだった。頭を高く上げ、頬は紅く染まり、黒い瞳は輝いていた。これほど美しい彼女は初めてである。アレンは立ち上がって嬉しそうに彼女を見た。

如水は手を伸ばし、アレンはその手をしっかり握った。ほどなくアレンは如水の目に気持ちを読み取り、躊躇いながら彼女をしっかり抱き締めた。二人の背後には両親が静かに座っていた。夫人は顔をそむけ、堺医師は身動き一つせず二人を見つめていた。

如水は恋人の腕に抱かれたまま振り返った。

「お父様、お母様、いつでも結構です」

両親は立ち上がった。

「ケネディさん、こうなると思っていました。私たちは仏教徒です。寺に準備を整えてあります。正式な式ではありませんせん、お分かりですね。先例もありません。ですが、法宗和尚は占領時代という変則状況をよく理解して式を執り行ってくれます。あなたの国で挙げる式についてはあなたにお任せします」

堺医師はそう言い、頭を下げてアレンの返事を待たずに部屋を出て行った。夫人も夫の後から目を伏せてアレンの前を通り過ぎた。

如水は両親の後姿を見送った。それからアレンを振り向くと、目に涙が光っていた。「両親のことはどうか気にしないで」懇願するように言った。「とても辛いのです。私は一人娘なんですから。私の夫は息子になるのよ」

「僕は息子になれるかな」

如水は首を横に振った。「父も母も受け入れないわ。今のところはね」

アレンの胸に顔を押しつけると額に心臓の鼓動が伝わってきた。如水はもちろんこの心臓が信じられた。

「いつか分かってくれる」アレンは両手で如水の頭を強く自分の胸に押しつけた。

まだこの世に生まれてこない魂の源を誰か知っているだろうか。それは藤の花を吹き抜けるそよ風や、芳しい香りの中で蠢《うごめ》き出す。春、松の木の下に現れる蛍の光の中や庭での初めてのキスで輝く。引き裂かれた二つの心が涙にくれる痛みの中で形ができ、最後のキスで近づき、神仏の裁可を待つのだ。

数百年もの歴史ある大きな寺の深い茅葺き屋根の下でささやかな婚礼が執り行われようとしていた。ユミと庭師が証人である。二人とも事情がよく飲み込めないままに主人と奥様の後に立っていた。法宗和尚は恋人たちの前に立ち、位の低い二人の僧侶が左右に控えていた。和尚はこの結婚を認めていないので気持ちは晴れやかではなかった。だが、堺医師がこの時代の特殊な事情を説明して無理に頼んだ。堺医師は「仏教が生き残るためには時代に適応することも必要だ」と主張した。和尚はキリスト教の賛美歌をもじって仏教の賛美歌を考え出した似非キリスト教徒を絶対に認めないし、「青年仏教徒連盟」のようなものも嫌いだった。そんなものは神仏を信奉するに値しないと考えていた。

「どれほど辛いかどうぞご理解下さい。娘を失うか、結婚させるか二つに一つしかありません」堺医師は一歩も引かなかった。

「お嬢さんを自由にしすぎましたね」和尚はそれとなく言った。

「私の過去のすべての過ちは現在を変えません」堺医師は微妙な言い方をした。

寺が少なからず寄進を受けたこと、信心の篤いこと、それに、もどかしさが相まって和尚はこの度だけ目をつぶろうと考えて婚礼を執り行うことにした。釣り鐘の音が鳴ると厳かに本堂へ入り、音が止むのを待った。和尚は仏壇に向かい、婚礼を挙げる二人と、両親と、証人にそばへ来るように身振りで知らせた。法衣を着ているので背が高く見える場所に移動して待った。アメリカ人は本来着用すべき黒装束ではなかったが、堺医師の言うとおり、今は占領時代であり変則でも仕方がないとすることにした。新婦は白い着物を着ていた。

和尚は目の前の若いアメリカ人をしばらく見てから目をそらした。女性のほうは見ずに、式の始めに高らかに声を張り上げて日本語で説教をした。

「今日ここに、私たちは、この二人を完全なる夫婦にするために慈悲深い御仏の面前に集いました。結婚は最も神聖な生命の源泉であり、ここから次の世代の人間が生まれ、道徳の源泉となります。物事は原因なくして生ぜず、従って、二人の末永い神聖なる結婚は偶然に起こることではありません。まさに運命に定められた過去の数多くの生命の結果であり、御仏が導かれ給うたものであります」

和尚はそこで頭を下げ、低い声で祈りを唱えた。「神聖なる結婚に入ろうとする新しい夫婦が、清い心のままに、誓いを守り、愛し合い尊敬し合って、悲しいときも苦しいときも助け合い、心身ともに清らかで、徳を守り高め合いますように。これは幸福な結婚、そして、御仏の教えに従って正しい道を歩む上に欠かせないことです」

和尚は顔を上げて二人を見、アレンを見つめた。

「誓う前に、夫は妻を支え、慈しみ、心身ともに誠実で、病めるときも悲しみのときも妻を慰め、子育てを助ける義務があることを忘れてはなりません」

今度は如水に向かって言った。「妻は夫を愛し、支え、つねに辛抱強く、優しく、何事に対しても誠実であらねばならない義務があります」

さらに代わる代わる二人に「法律上の婚姻を全うする障害はないと誓えますか」と尋ねた。

如水はアレンを見て一言二言囁いた。

「障害はありません」アレンは英語で繰り返した。

「障害はありません」如水は日本語でしっかり返事をした。あらゆる障害を乗り越えたのではなかったか。

和尚は再びアレンのほうを向いた。「アレン・ケネディ、あなたはこの女性、堺如水と法律上の婚姻をして妻としますか」

如水は再びアレンを見た。

「します」アレンは英語で答えた。必死にこらえたが声が震えていた。

「それでは、あなた」和尚は如水に尋ねた。「堺如水、あなたはアレン・ケネディと法律上の婚姻をして夫としますか」

「します」如水は日本語で答えた。

寺に来る前に気持ちを固めていたアレンは小指からイニシャル入りの指輪をとって和尚に渡し、和尚はその指輪を如水の指にはめ、二人の手を重ね、その上に数珠を置いた。

「あなた方は仏式に則って結婚することに同意しましたので、夫とし、妻とします。あなた方が末永い愛情と思いやりで結ばれますように」

和尚はそれから二人を仏壇のほうへ導き、身振りでアレンに御仏の前の壺に線香を供えさせ、如水は火の付いたことよりで線香を焚いた。

和尚は金色の大仏の下に立ち「御仏は『父母を助け、妻子を慈しみ、天職に従いなさい。これこそが最大の恵みです』と仰いました」と言った。大仏の下には小さな仏像が並んでいた。

和尚はアレンに語りかけた後、式の締め括りに御仏のほうを向いた。和尚の後に四人の僧侶が人間のついたてとなった。

和尚は一人で御仏に向かい、聞こえないほど低い声で唱えていた。それは釈明であり、許しを乞い、この結婚への祝福を願い、無理な結婚なら女性が無事に母国へ戻って来られるようにとの祈りだった。

金箔の仏像は純金でできているように見える。不動の立像は両手で久遠《くおん》の祝福を現し、両目は静止していた。

アレンは頭を下げていなかった。非現実的な不思議な世界だった。法衣を纏って前に屈む和尚やほかの僧侶、その上にある仏像を眺めていた。仏陀の立像はキリスト教教会の見えざる神と同様、実在ではないのに現実感があった。寺には神聖な雰囲気が漂っている。神仏のせいではなく、見つけられないものを探し、求め、懇願しに来る人びとの悲しみと祈りのせいだった。ここには人間臭さがあった。永遠に手の届かないものへ手を差し伸べ、答のない答を求める。アレンは如水とともにここに立ち、次第に頭を下げた。ずいぶん前に祈ることをやめ、信仰も捨てた。それでも、故郷では両親と教会へ行き、聖歌を歌い、頭を垂れた。この日、自分の必要からひとりでに祈りが口をついて出た。アレンはせき立てられる思いに身体が震え、これから現世に出ようとする子どもは無言の祈りの内に生命の誕生を待つばかりだった。


アレンは如水が娘時代を過ごした部屋で夫として彼女のわきに寝た。如水の両親は自室へ引き揚げた。寺で婚礼を挙げて家に戻ると、堺医師はアレンにこれからこの家の人間として受け入れると短い言葉をかけた。もう拒絶されることはなく、好きなように出入りできた。

堺医師はアレンが礼を言う前に行ってしまった。夫人は姿を見せなかった。ユミは新郎と新婦が二人だけでとる夕食の支度をし、食事が済むと、一言も喋らず、にこりともせずに絹の布団を敷いて寝床を整えた。それから新郎新婦に深く頭を下げて障子をぴたりと閉め、廊下の灯りを消した。

ついに二人きりになった。二人の間に立ち塞がる者は誰もいない。

その夜アレンも如水も子どものことは頭になかった。恋人とはそういうものだ。感じるのは愛のみであり、とてつもなく大きく、漠然として、世界中が満たされ、見るもの感じるものすべてが愛である。その混沌とした大きな力はやがて男と女の形、彼ら自身の姿をとり、血汐《ちしお》の叫び、肉体の欲望の高まりの中で力を増幅し躍動する。大気の中で待っている子どもは存在へ引きずり込まれるが、愛し合う二人は知らない。母は若い処女だが、神々の母親のように処女がすぐ受胎するとは限らない。初めての訪れではこと足りない。もしかすると父親に問題があるかもしれない。すべての父親が神々ではない。二人は子どもの魂のことなど考えもしなかったが、得体の知れないぼんやりした雲のようなものが刻々と永遠の一点に近づいていた。

親はこの世に出るのを待っている子どもに気づかなかった。愛が満たされるまで手を震わせ身体を揺らし合うお互いのことしか眼中になかった。

この家は二人だけのようだった。広い家なので如水の両親は必ずどこか襖の奥にいるはずだった。だが、アレンがどこへ行っても無口なお手伝いさんのほかには誰にも会わなかった。

「君のご両親は不思議だね。だけど、ご両親に迷惑をかけたくない。僕と君は宿屋に行けばいいのじゃないか」

「それはだめ。不思議な家というのはちがいます。私たちに家がないので両親が気を遣ってくれたのです。いずれ両親に感謝しなければ」

どちらも子どもの話はしなかった。もちろん、子どもができるはずはない。数時間後にアレンは如水を残して立ち去ることになっていた。

「長くはない。二、三週間じゃないかな」アレンは言った。

しかし、恋人たちにとって数週間は数年、二、三時間は一日にも二日にも感じられるものだ。如水は二日目、つまり最後の夜、夜中にすすり泣き、愛は充足感を伴った。如水は奇妙な虫の知らせを感じた。二度とアレンに会えないかも知れないと思ったり、アレンが海で行方不明になったり、飛行機が山に衝突するかもしれないと思ったり、アメリカの家族が二人の間を裂くかもしれないという予感だった。二人がいっしょにいることが人生のすべてであり、他にはありえなかった。

アレンは如水を抱き締め、如水は胸にすがりついて泣いた。どうしても約束が信じられない。如水は恐怖で憔悴《しょうすい》した。明日別れたままになるかも知れないと言い張った。離ればなれになって二度と会うことはないと思った。

「でも、どうして」アレンは苛立って如水に言った。「飛行機で太平洋を渡る人間は何千人もいるのに、なぜ僕だけが落ちて溺れたり、山に激突するのさ。それに、僕の家族を知らないくせになぜ疑ったり、僕のことを知らないのに疑ってかかるの」

アレンは最後には厳しくなった。「如水、それで僕が辛くないと思うのか。君を愛していなかったら今僕がここにいると思うか」

こういう恐れや疑惑に対する答は一つしかなかった。二人は身体と身体、心と心を重ね合って何度も愛を交わし合った。子どもはすぐそばまで来ていた。

翌日は辛い別れが待っていた。アレンは如水に駅に来てほしくなかったし、如水もついて行きそうになる自分を恐れた。父と母は見送りに出た。両親は頭を下げ、男同士の握手をしてから二人を残して立ち去った。引き裂かれるのはどれほど辛いかを伝えた。手を離したときは生傷を裂かれる思いだった。

「毎日手紙を書くからね」アレンは約束した。

「私も」如水は囁いた。顔は涙でぐちゃぐちゃだった。

「何でも伝え合おう」アレンは約束した。「いつも僕のことを考えてね。できるだけ早く君をアメリカに連れて行くから。さあ、笑顔で――お別れのときだけでも。昨夜のことを考えてごらん。私の愛しい人は君だ」

アレンは駆け出し、玄関先で今にも倒れそうな如水を振り返り、また戻って来てもう一度強く抱き締めた。

「もう振り返らないよ」喘いでいた。

アレンは無理矢理前を向き、間一髪で動き出した汽車に乗り込んだ。

第二部

ケネディ夫人は息子が帰って来る準備をしていた。面識のない大佐夫人からそのいきさつを手紙で知らされた。

「私にケネディの母親へ手紙を書かせてちょうだい。あなたが書けば、私がケネディと浮気して、あなたが彼を厄介払いしたいのだと思うでしょう」

大佐夫人はアレンの母親とほぼ同年代の女として、母親ならどうしてほしいかを考えたとケネディ夫人に一筆認《したた》めた。アレンは夫の右腕として活躍する優秀な将校であり、どうしても守ってやりたいと書いた。司令部が入れ替わって新体制を模索する現状で休暇を与えるのは大変なことだが、夫は犠牲を覚悟で休暇を認めたのだと伝えた。

ご子息は平均よりはるかに優秀なので（とケネディ夫人に書いた）並の方法ではとてもだめです。週末とか、同棲とか、一般的なことを言っても通用しません。ご子息は南部出の紳士ですから日本人女性にも騎士道精神を発揮します。当然ながらアレンはその女性が最高で、結婚以外に考えられないと思っています。ですが、ご子息は他の方法を考えなかったのではないかと思いますし、日本人は誰でもアメリカへ行きたがりますからね。アメリカを地上の楽園と考えており、比べればそのとおりでしょう。

ケネディ夫人は慎みある女性なのできちんと礼状を認めたが、あくまで息子の価値観と判断に信頼を寄せていた。当たり障りのない返事だったので、慎み深くもなくレディでもなさそうな大佐夫人は受け取って驚いたことだろう。大佐に見ろといわんばかりに食卓にほうり投げ「ちょっと見て。日本人の嫁がいいのか悪いのか分からない」と言った。

大佐は注意深く返事を読んだ。「まったく分からんな。もう止めたほうがいい。いずれせよ、ケネディは戻りたくないとか何とか言いおった。配置換えするつもりだよ」

ケネディ夫人は大佐夫人の手紙をまず夫に、次に内緒でシンシアに見せた。誰にも見せないと夫に約束したからだ。「この町は篩《ふる》いのように何でも洩れて筒抜けだ。いいかね。家族の問題を口外するなよ。あの子の言い分はまだ聞いていないしな」

シンシアは何も言わなかった。手紙を注意深く読んでケネディ夫人に返した。「大佐のご夫人連中はですね……」少し思案した。

「何なの」ケネディ夫人は尋ねた。

「噂好きなんですよ」ぴったりの表現を思い出そうとしたが思い浮かばなかった。

「そうかも知れないわね」夫人もそう思った。「それにしても、アレンは男ですよ。可愛い子だったわ。ちょっと普通とちがうと思っていたけど。でも、そうじゃなかった。父親そっくり。それに、アレンは世間の生活から切り離されてきたのよ。私の力になってね、シンシア」

シンシアは青い目を大きく見開いた。「もちろんですよ、ケネディさん。アレンのためなら何でもします」

ケネディ夫人はそっとシンシアに近寄って軽く頬にキスした。シンシアが帰ると、広い屋敷の中を見回って見落としがないかをチェックした。時間があれば二階のアレンの寝室と居間の装飾を手直ししたいと思っていた。しかし、時間はなかった。シーツがぱりっと乾いているか、毛布はふわふわか、マントルピースと机の上にきれいな小菊の鉢が置いてあるかどうかしかチェックできなかった。黄色いバラを摘んで銀の小瓶に入れて簞笥の上に置くのが精一杯だった。思い通りの家族的な雰囲気になった。重厚で感じがよく、たった一人の跡取り息子にかける愛情にあふれていた。夫人は昔から息子に逆らったり、禁じたりすれば負けだということを知っていた。怒らせてはいけない。夫人は夫にも日本人女性のことを話さなかった。忘れようとした。その女性は存在しないのだ。

アレンが到着したとき、夫人はゆったりした銀白のシフォンの茶会服を着て玄関広間に立ち、両腕を差し出した。アレンはすぐ家族に溶け込み、夫人を長い両腕で抱き締めて頬ずりした。息子はなんと大きく身をかがめたことか。

「ずいぶん大きくなったこと」夫人はにこやかな顔で息子から少し身体を離して見た。「お母さんも相変わらずいい香りだね」アレンは言った。やれやれ、お互いに真正面から向き合うことはなかった。夫人は何でも茶化してハチドリの羽のように軽い調子だった。

「まあ、あなたの顔ったら」頬をこすりながら言った。「日本を出発してからヒゲを剃ってないわね」

頬ずりした個所がほんのり赤くなっていた。「ちょっと待ってて」アレンは大慌てで階段を駆け上がって行った。ちょうど父親が階段を降りてきたところで、二人は強く抱き合った。父は大げさな愛情表現をしたことはなかった。

「お母さんがヒゲを剃って来いって。家に帰って来たって感じだよ」アレンは言った。

「そうか、行っといで」父はやさしく言った。

そんな調子だった。どれほど長く家を留守にしていても、戻って来ると両親はいつもと同じだった。留守にしていなかったようだった。アレンは自分の部屋に飛び込んで全体を眺めた。居間、明るい窓のある大きな寝室、そして、その先には立派なバスルームがある。アレンと如水はこの家で暮らせるかも知れない。父親は苦労も何の心配もなくここで生活する道を選んだのだろう。父の困った顔を見たことがなかった。不幸な世界にあってここは天国だった。アレンと如水がここで生活できないわけはない。

アレンはその夜、如水に手紙を書いた。「ダーリン、僕はいま自分の部屋にいる。君と僕が暮らす部屋だ。君を両腕に抱いてこの部屋に入るとき我が家だと思えるように説明しておきたい。この迷信のこと知ってるかな」

アレンは部屋のこと、家のこと、両親の様子、窓際の机から月夜でも見えるなだらかな丘や谷の風景の様子について伝えた。机の上には菊があるが、日本で見かける大輪の菊の花ではなく小菊である。兄妹のようなつき合いをしている幼友達シンシア・レヴァリングと両親とだけで食事を取ったと手紙に書いた。シンシアも兄弟が戦死したため現在は一人っ子である。兄の一人は太平洋で、もう一人はドイツで命を落とした。「きっと君の良い友だちになるよ。とにかく良い人だ。君より年上だけど二、三歳しか離れていない」と書いた。

アレンはシンシアが美しくなったのに驚いた。彼女の美はゆっくり花開いた。昔は身体ばかり大きく青白い子で、金髪が真っ直ぐ伸び、背の高すぎる女の子にありがちだが、友人に対して内気で引っ込み思案なところがあった。もう臆病ではなく、引っ込み思案なところは控え目な良さに変わっていた。艶のある短い巻き毛、美しい肌、ほんのり赤い唇。シンシアはすらりとした長身の美人で、胸を張ってありのままの自分を生きていた。

シンシアが喜んで会ってくれたのは嬉しかった。如水のことをすぐ話したかったが、両親にもまだ話していないので、先に彼女に言うのは順序がちがうと思えた。いずれシンシアと二人で会うこともあるだろう。

如水宛の長い手紙を書き終えて暫く目をつぶり、彼女の姿を思い浮かべた。日本を発つ前に結婚したのは正解だった。彼女はもう自分のものであり、必ずここにやって来る。誰にも邪魔されない。如水がこの大きな家の中を着物で歩き回るを姿を思い浮かべた。彼女は着物姿が実に絵になる。如水にはアメリカ人ぽくなって欲しくなかった。今のままの東洋の美人でいてほしかった。この家の誰とも分かち合えない人生の一部を分かち合う相手でいてほしかった。

アレンはフランス風の長いドアからバルコニーへ出て、月明かりの景色を眺めていた。他人には話せない人生の何年か、戦争中の時期があった。若いときに別の人生を歩まされた。そのときの光景は脳裡に焼きついて離れず、体験は彼の人格に逃れられないほど深い影響を及ぼした。じめじめしたジャングルの毒気、ヘビや害虫に悩まされたこと、敵のみならず病気でいつ死ぬかもしれない危険に常に囲まれていること、そして一度も日の当たらない場所の腐った臭気を今でも思い出すことができた。だが、何より恐ろしい記憶は、人間のやや硬い皮膚に刃を突き刺し、それが柔らかい肉に溶け込んでいく感覚である。ここでは死は別世界のことだが、それでも忘れられなかった。

アレンは急に向きを変え、バスルームに入ってお湯と水の蛇口を同時に捻り、大きな音をたたせてバスタブを一杯にした。石鹸できれいに身体を洗い流して眠りに就くのだ。


「あの子の様子をどう思う?」ケネディ夫人は夫に尋ねた。

「元気一杯で幸せそうだな」夫は言った。

夫妻はそれぞれの寝室へ入ろうとしていた。妻は絹のネグリジェにレースの上着を羽織り、ドアを半ば開いたまま立っていた。夫はパジャマの紐を結んでいた。

「私は一言も言いません。自分で考えさせましょう。私は何も知りません」夫人は言った。

「それがいい。話をしても何もならんと思うよ」

ケネディ氏はドアに近づき妻に軽くキスした。「もう寝たほうがいい。今日は忙しかったからね」夫人はまだ部屋に入ろうとしなかった。「あの子はハンサムね。子どもの頃はあんなになるとは思わなかった。あなたに似て良かったわ」

「もう寝なさい」夫は言い返した。「あの子は私には似ていないわ。私は私の母とロンバート家に似ている。あの子は父親似よ」

夫妻はもう一度キスしてそれぞれのベッドに行き、部屋の間のドアは開けられていた。夫人はときどき夜中に目を覚ましてこっそりドアを締めた。夫は一度もそれに気づかなかった。だが、朝になるといつもドアは締まっていた。彼はどうしてかと一度も尋ねたことはなかった。仮に尋ねたところでどうにもならないと思っていた。

「みんな知ってるわよ」シンシアは言った。

シンシアは翌朝まったく偶然にアレンと出会った。シンシアの母は買い物に行って必ずその日に必要な大事なものを買い忘れてくるので、母親の代わりに買い物に行くところだった。子どもの頃からそうやって改めて町に買い物に行ったものだった。町まではそう遠くない。木陰の多い道路を十五分ほど歩けば店に着いた。自分の車を持ってからも歩いた。みんなと出会って話ができるからだ。そこでシンシアはアレンと出会って一緒に歩き、道で会う人たちに話しかけた。シンシアはアレンほど背は高くなかった。

アレンはそのとき如水のことをシンシアに話した。誰かに話したかったのだ。四六時中如水のことを考えてはいられず、毎晩手紙を書くこともできず、誰にも話さずにもいられなかった。遅かれ早かれ両親には話さねばならないが、タイミングを見計らってきちんと話す必要があった。妻が誰だろうと、母親は素直には妻を受け入れないだろうとアレンは読んだ。息子が結婚したことを知れば、如水だからとくに歓迎されないとは思えないが、結婚しているから歓迎されるとも思えなかった。

シンシアには、彼女のためを思って知らせたかったとはどうしても思いたくない。女は自分に恋をしているものだと考える男たちをアレンは軽蔑したが、如水と出会わなかったらシンシアに会うために帰郷したのではないかと心のどこかで感じていた。自分に対するシンシアの明るく誠実な態度に理由があろうはずはない。その裏に何かあるとは露ほども疑わなかった。彼女は誰に対しても同じだろう。

アレンは聞き返した。「みんなが知ってるって?」信じられなかった。

「大佐夫人がお母様に手紙を書いたのよ」シンシアは軽い南部訛りでゆったりと喋った。南部訛りをなくそうと随分努力したが、どうしてもなおらなかった。

「大佐は知らないよ」アレンは驚いた。

「こうしているのはまずいわ、アレン。みんなが見てる」

アレンは急に歩き出し、シンシアは追いつこうとした。「走るのはよしましょう」シンシアは笑った。「大佐が何を知らないって言うの」

アレンは速度を落とした。「僕は如水と結婚した。そのことは君以外に誰も知らない。力になってもらいたいと思って君に話したんだ。僕は京都へ行って彼女と結婚した。僕らはもう別れない。僕はなぜ休暇が与えられたのか知っていた。そうすれば僕が如水を忘れるだろうと考えたのさ。大佐と奥さんは僕が帰郷するのが一番だとね」アレンは木陰のある道路、立ち並ぶ店、歩道の先にある白い家並を見つめていた。「僕が忘れると思ったんだよ。それで、あの女が母に手紙を書いたんだ」

アレンは眉間にしわを寄せ、シンシアは憎々しそうに彼を横目で見つつ恥ずかしくもあった。何の権利があって外国へ行き、外国人の妻を見つけてくるのか。アメリカ中の小さな町や村で年取ってゆく彼女のような女たちはどうなるのか。外国の女は自国の男と結婚すればいいのだ。アレンはシンシアのものだった。強制的に派遣されなければ今ごろ二人は結婚していただろう。絶対にそうなるはずだったし、生まれてからずっと我が家のようにしていたケネディ家でいつかは暮らしただろう。彼がこれほどハンサムでなく、自分より背が高くなかったらよかった——自分より背の低い男性と結婚するつもりはなく、ほとんどの男性は自分より低かった——シンシアは文明国に生きる教養ある女性ではないかのように咄嗟《とっさ》に本能的に決心したが、しなければよかったかもしれない。シンシアはアレンではなくアレンの母と組むことにした。日本人の女性をここへ来させないためなら何でもしようと思った……

アレンは早口でつぶやいていた。「彼女の問題が片づいたらすぐにこっちへ呼び寄せる。幸い彼女はアメリカ国民だ。アメリカ生まれだからね。十五歳までアメリカに住んでいた。英語は申し分ない、そう、ほぼ完璧だ。無意識だとアレン・ケネディと呼ぶんだ」

「日本人と結婚するのは無理じゃないかしら」シンシアはクリーム色のつば広の帽子の下で笑みを絶やさず、道路を見ながらときどき知り合いに手を振っていた。

二人はちょいちょい共通の知り合いと出会って、今もアレンが返事をする前にまた立ち止まった。

「アレン・ケネディさんでしょ」

金曜日の朝のブリッジ倶楽部に行く途中の女の子たちに囲まれた。「シンシアさんは今朝は倶楽部には来ないでしょ！」

「仕方ないわねぇ！」

女の子のはしゃぐ声が冷たい秋空に響いた。新しい秋の装い、小さめの可愛い帽子、輝く髪、目をきらきらさせて、動き回る幾つもの小さい手がアレンとシンシアのまわりを暖かく囲んでいた。無邪気だが確かに女の匂いがあった。

若い雌たちの目はアレンを吟味して赤い唇を開いた。きれいにお化粧した女性たちの顔には男をあさる若い雌の眼差し、つまり、良い雄が現れたらいつでも仲間を出し抜いてやろうという気持ちが現れていた。みんな一人だったが、シンシアは幸いアレンと一緒だった。いつもは優しいシンシアの心に復讐の炎が燃えた。笑顔をつくり、もったいぶった声で「アレンには素敵なことがあったのよ。帰国直前に美しい日本人と結婚したんですって」と言った。

女の子たちの表情は一変した。懸命に表情を変えまいとしながら、上辺だけ喜んでいるような表情を浮かべた。「アレンったら、すごいじゃない」

「どういう人なの」

「その人の写真持ってる?」

アレンは怒ってシンシアを見た。「こんな風にみんなの前で言うつもりじゃなかったのに」と言うのがやっとだった。

如水と別れる前に彼女の小さい写真をもらった。制服姿のスナップ写真だった。良く撮れた写真ではなかった。表情が硬く、服は似合っておらず、地味な髪型だった。だが、女の子たちは写真を摑んで順番に見せ合い、若く生真面目な顔を見ると何だという風に声を上げた。「本当に可愛いわね、アレン」

女の子たちは笑顔で頷き、写真をシンシアに渡して立ち去った。シンシアは歩きながら如水の顔をよく見た。目が変わった感じだった。

「あまり実物に似ていない。本物はもっと美人で、和服姿が美しいんだ」

「ここでは着物は着られないでしょ。目立つんじゃないの」

「そうだろうな」シンシアから写真を取り返して札入れにしまった。

二人は少し一緒に歩いた。「結婚式はどうなふうだったか話してくれなかったわ」シンシアが言った。

「お寺で結婚した。仏教徒だから」アレンはさりげなく言った。

「珍しいわね。教会で挙げる式みたいなものなの」

「いや、まあ、そんなところだ。何の宗教でも基本的には同じだと思うよ。司祭と僧侶と、神仏がいる」

「神仏?」

「偶像だよ、カトリックみたいな。もちろん、日本人は偶像を礼拝しない。偶像というのは偉大な聖人や神に心を集中するためだけにある」

「それで、あなたは誓いを守ると約束したの」

「何もかも約束した」アレンはしっかりと言った。

なぜ彼女は何でも聞きたがるのか、本当に友人なのかと疑った。「どうして君はあの子たちに話してしまったんだ。町中に広まってしまうじゃないか」アレンは問い詰めた。

「わざと言ったのよ」シンシアは普段より落ち着いていた。「早く広まればいいわ。さよなら、アレン。私はここに用事があるの。帽子の店だから入らないでしょう」

やはりシンシアは友人ではなかった。

アレンからの第一便が届いた。如水は結婚のことは誰にも知られずに大学に通っていた。堺医師はアメリカから法手続きを終えた書類が届くまで結婚のことは伏せておきたかった。手紙は彼女の留守中に届いた。母親が受け取り、それと知って夫に渡した。堺医師は手紙を机の一番上の引き出しにしまい、二日間如水には知らせなかった。病院の仕事が忙しく、手紙をどうするか考えている間は手を触れなかった。堺医師は毎日松井家を訪れていた。高齢の友は秋の蟹を食べて胆囊炎を起こしていた。松井さんの食生活は質素だが、毎年秋になるとどうしてもワインを飲みながら蟹が食べたくなる。蟹が大好物だった。蟹が何を食べたかによって体調を壊したり、壊さなかったりといろいろだった。この年の秋は害があった。松井さんの具合は相当悪く、堺医師は数日かなり心配し、息子の登も父のそばを離れなかった。その後松井さんは回復の兆しを示し、登は外出こそしなかったが、書斎で仕事をし、始終父のそばにいることもなくなった。

松井さんは生き延びたことを大変感謝し、今年のことを教訓にして二度と食べないと医師に誓って、毎年蟹を食べたがる自分を恥じた。そのうち、往診は病院の仕事が終わってからにして、今日は少し話でもしようと言えるまで回復した。堺医師はその通りにした。疲れていたが、娘の松井家に対する無礼には贖《あがな》っても贖いきれないと感じてもいたし、一家の心の広さには感謝しきれないほどだった。堺医師がそのことに触れると松井さんはにこやかに右手を振るだけだった。「どうでもいいことですよ」と彼は言った。態度にも行いにも、怒ったり恨んだりする素振りは毫《ごう》も見せなかった。本当にどうでもよかったのだろう。それでも堺医師はプライドが高いので忘れられなかった。

この日、夕方、堺医師は友人の寝床のそばで打ち明けたい衝動にかられた。家の中は静かで、部屋の扉は閉まっていた。秋になって空気が冷えてきたことと、部屋の真ん中にある三脚の真鍮の火鉢からほんのりと暖かさが伝わってきたためだろう。わずかに開けた窓の隙間から流れ込む空気が清浄さを保っていた。

松井さんは布団に横になり、灰色の絹の羽織りを頭から両肩にかけて掛け、胸を通して両腕の下で結んでいた。顔色はよくなった。黄疸は消え、苦痛に歪んでいた顔は穏やかさを取り戻した。

「おかげで命拾いしました」

「義務を果たしただけです」

「義理はもうとっくに果たしましたよ」松井さんは言った。

堺医師はその意味を察して心が暖かくなった。前に屈んで小さい声で話しかけた。「是非あなたの助言をいただきたい。娘に手紙が届き、机の引き出しに入れてあります。娘に見せないのは間違っているでしょうか。アメリカ人と別れてほしいと願うのはあの娘のためです。本当にあの娘のためなんです。娘がアメリカで不幸になるのは目に見えています。私がそうでしたから」

松井さんは単なる友人として考えた。そのお嬢さんを家族の一員に迎えたいとは思っていなかった。結婚してしまったので、息子には初婚の人がふさわしいと考えていたからだ。

「手紙は見せておやりなさい。何と言ってもあなたのお嬢さんですよ。気持ちは分かりますが、家族の内で拗《ねじ》れるのはよくありません」

堺医師は軽く頷いた。

松井さんはすぐに話題を変えた。「私はね、玄関の広間を拡張して茶室にしようと思っています」

その夜、如水がお休みを言いに来たとき、堺医師は机の引き出しを開けた。

「これが届いた。おまえが留守のときだ」

堺医師は手紙が何日に届いたかを言わず、如水も尋ねなかった。父と母に深く頭を下げて部屋へ戻った。待ちに待った手紙だった。すぐには開かなかった。手紙にほおずりし、胸に抱き、そしてキスした。その後で丁寧に眺めた。宛名はアレン・ケネディ夫人と明記され、念のためにその下に「堺如水様」と書かれ、住所、京都市、日本と続き、きれいな切手が貼ってあった。航空便だから高かっただろう。アレンが速く届けたかったからで、大切に読みたかった。顔を洗ってから読むことにした。寝支度が整うまで手紙を小さな衣装箪笥の上に置いた。如水は柔らかい白と青の絹の寝間着に着替え、髪を梳《と》かして三つ編みにしたが、手紙に染みがつくといけないと思って顔にクリームをつけなかった。支度が済むと、如水は切手を切らないように気をつけながらハサミで封を切り、中から便せんを取り出した。

一語一語注意して読んだ。アレンが見たことを正確に知るためには一語たりとも疎かにできず、ロサンジェルス時代の記憶を基にイメージを摑もうとした。しかし、ヴァージニアは何もかも如水の記憶より素晴らしく、想像を逞しくして、なだらかな丘や庭園、アレンの実家である邸宅を思い浮かべ、また、いつか自分も一緒に暮らすことになる部屋の様子に気を遣った。アレンは金褐色の絹のベッドカバーが掛かる大きなベッド、同色系のカーテンや敷物と深紅や薄い黄色が調和していることなどを詳しく伝えていた。それでも地味な部屋だと言うが、地味とはどの程度のことをいうのだろう。居間には暖炉があった。アレンは二部屋を自分のために——そして、如水のために——使っていて、この家の庭ほどもある大きさだが、手入れが行き届いている。それに、大きな窓があり、暖炉のそばの壁に本が並び、二人で座っても十分なほど幅の広いゆったりした椅子もある。如水は部屋について記されてあるところを何度も繰り返し読んだ。そこが彼女の家になり、馴染んでおけば実際に住むようになったとき居心地よく感じられるだろう。アレンの両親も健在だった。まだ両親には伝えていなかった。しかし、如水に恐れる気持ちはなかった。アレンがとても優しく迎えられたからだった。アレンの両親はまず息子のために自分を歓迎し、それから本当に自分を歓迎してくれるだろう。きれいな着物をたくさん持参しよう。もちろん外で着るのではなく家の中で着るためである。

如水は電灯を消し、手紙を胸に抱いて布団の中で丸くなり、しばらく声を押し殺して泣いた。あまりにも遠く離れ、独りぼっちで、幸せだったからである。

アレンは急いで両親に話さなければならなかった。両親といっても母親だ。父は温厚な人でどうにか分かってもらえる。シンシアと別れてからアレンはぶらついた。問題は先に父に話して助け船を出してもらうか、あるいは母に正直に話して認めてもらうかだった。親である男と女の力関係を天秤に掛けた。それは直感的に分かった。今でも細々した問題ではそうする。子どもの頃はやや臆病だったこともあり、欲しくてたまらないものをどうしても手に入れたい時はまず父に話してから一緒に母に話しに行ったこともあった。思春期にはまたも直感と経験から父に話しても仕方がないということが分かった。父に相談してから母に話をもって行くと母は余計に反発した。例えば、シャーロッツヴィル*の大学にいたとき自動車が欲しくてたまらなくなったが、その時は直接母親に話した。自動車を買うことに疑問だったのは父のほうで、それが母の意志を固くした。

「車を持つべきよ。独立しなければ」母は主張した。

アレンは深くため息をつき、そうしよう、さっそく母に話さなければと考えた。ほどなく電話がじゃんじゃん鳴り出すだろうし、話さなかったら母はよそよそしい態度に出るだろう。

アレンは白い大理石の階段を駆け上がって太い柱のポーチから家の中に入り、母親を呼んだ。

「お母さん、どこにいるの」母は息子に呼ばれると嬉しかった。

「ここよ、温室にいるわよ」遠くから返事があった。

この家には家の左裏に祖父が建てた八角形の温室があり、ダイニングルームへつながっている。ダイニングルームはボールルームの一部で、ボールルームは今は図書室と下の客間や居間に改装されている。ボールルームは時代遅れの見栄だと父は言った。

ケネディ夫人は両手に手袋をはめ、光る真鍮のこてを持って長いシダを植えた平鉢に手を突っこんでいるところだった。朝の陽差しがシダと鉢植えの菊に降り注いでいた。

「大きい菊だね。日本の菊ぐらいあるよ」アレンは声を張り上げた。

夫人は日本にはまったく関心を示さなかった。

「ダンスパーティをやろうと思っているのよ」母は言った。

「みなさん、あなたに会いたがっているわ。しょっちゅう電話があるの」

アレンはすぐ本題に取りかかった。「電話でいろいろ噂話が出る前にちょっと話しておきたいことがあるんだけど。シンシアが言うには、お母さんも知っているそうだけど、全部は知らないと思うよ。シンシアから聞いたけど、大佐夫人から手紙を受け取ったそうだね」

夫人は苔の生えた根を静かに掘っていた。

「日本の女性のこと？」

「そうだよ」

「真面目に受け取らなかったわ」軽く受け流した。

「どうしてか分かるわ。遠くで寂しかったのでしょう。素敵なアメリカの女の子もいないしね。でも、もう帰って来たのだから……」

「ちょっと待ってよ、お母さん」

夫人が顔を上げると、アレンの白い顔が見えた。口はへの字でからからに乾いていた。

「一体どうしたの、アレン」

＊ヴァージニア州中央部。ヴァージニア大学などがある

「如水のこと何もかも誤解しているよ。如水というのはその人の名前で、僕の妻だ」

「アレン・ケネディ！」赤子のときから、悪さをしたり、おっぱいを噛んだり、オモチャを投げつけたり、初めてのスーツをどろどろに汚したり、学校をさぼったり、財布から一ドル札をかすめたり、初めてタバコに手を出したり、酔っ払ってダンスから帰って来たりしたときは大声で名前を言った。

「僕たちは結婚したんだよ、お母さん。すぐにでも彼女を連れて来たいんだ」

夫人はタオルをおろし、手袋を外した。「図書室へいらっしゃい。話しましょう」

「話し合うことはあまりないよ。済んだことだから」しかし、アレンは母の後からついて行き、火の気のない暖炉の片側に座った。

「きちんと話してちょうだい」夫人はきつく言った。両手を握りしめ、なるべく明るい声で話そうと努め、軽い笑みを浮かべていたが、夫人の目は——アレンが見た母の目は暗かった。

子どもの頃よくこの部屋で母に叱られ、その時の子どもっぽい罪の意識が大人になっても取り憑いていて、話しながら自分にも母にも腹が立った。ごめんなさい、もう二度としません、お母さんを愛していますといつも謝ってばかりいた。その流れは変わっていなかった。母が怒り、悲しみ、それから許してもらい、母を愛しているから良い子になると言わされるはめになる。

アレンは同じ轍《てつ》を踏まず、自分を通すつもりだった。母には話をするだけだ。家に居て欲しくなければ正直にそう言えばいい。世の中は広いし、アレンは遠くまで旅をしてきたのである。

だが、夫人はいつもと様子がちがった。如水と二人だけの時を過ごした二晩のことは話さなかったが、それ以外は何もかも話し、母はとても優しかったのである。きちんと耳を傾け、怒らなかったが、身体は激しく震えていた。アレンは母が明らかに自分自身と戦っている様子を見て無意識に優しくなった。怒ってくれた方が良かった。そうすればこちらも強く出られたはずだ。

「すぐに如水が好きなるよ」そう言いながら頼むような自分の声の調子が我ながら嫌だった。「如水は日本人みたいじゃないよ、お母さん。きれいな英語を話すし、アメリカのことをよく知っている」

「純粋の日本人だと言ったわね」

「そうだよ。でもカリフォルニア生まれだ。話さなかったかな?」

前に話したが、もう一度聞いてもらいたかった。

「顔は日本人でしょ」

「肌は黒くないよ。アメリカの黒人とは全然ちがう」

「もちろん白人ではないでしょ」少しきつい声だった。

アレンはこの言葉に何も言えなかった。二人の間に束の間の沈黙があった。それからケネディ夫人はまた強い口調で言った。「私たちは敵である日本人と戦ってきたのに不思議ね。そう昔でもないのに、あなたはこの家に日本人の女性を受け入れろと頼んでいるのよ」

「お母さん、気持ちは分かります。正直に言えば僕だってそうです。如水に会う前は同じことを考えていて、なぜ彼女が他の人と結ばれなかったのかと思いました。僕がその相手と彼女を結びつけなかったのです。彼女は何者でもない、私が好きになって妻にした女性です。たまたま彼女の先祖が西洋ではなく、東洋の島からやって来たというだけです。イギリスで生まれていたかも知れないじゃないですか」

「私たちの先祖はイギリスから来たのよ」

「幾つかの島の集まりじゃないですか」アレンは繰り返した。その時何かを思いつき渋い顔で微笑んだ。「彼女のお父さんも、お母さんと同じような考えでした。私は白人だから息子にしたくないようでした」

夫人はそんなことに関心はなかった。堺医師のことを想像できなかった。アレンは考え込んで深紅の絨毯を見つめていた。

「堺夫人はとても控え目な人で、生粋の日本人です。写真で見合いをしてアメリカに嫁いで来たんですよ」

ケネディ夫人は顔を上げた。「写真で見合い結婚ですって?」

アレンは言わなければ良かったと思った。「随分昔の話ですよ。移民法でアジア人の入国が禁止されていたから、日本人は写真で日本人の妻を選び、代理人か誰かを通じて結婚したんです」

「良家の出ではないわね」夫人は冷淡だった。それでも関心はなかった。

アレンは前に屈んで膝に肘をつけ、夫人の顔にわずかでも明るさが見えないものかと笑顔をつくろうとした。

「どうですか、お母さん」

再び目と目が合った。「あなたの言うとおり、仮にもう結婚したのなら……」

「しました」アレンはしっかりと言った。

「一つだけ……」

「何ですか、お母さん」

夫人は口を噤《つぐ》んだ。「何でもないわ。つまらないことよ」

「でも……」

ケネディ夫人は感情的になって声を上げた。「もういいわ、しばらく一人にしてちょうだい。お父さんとも話さないといけないし。お父さんにもショックでしょう。あなたには同国人と結婚してもらいたかった。私たち夫婦はシンシアならいいと思っていたのよ。そして、孫たちがこの家の中を駆け回る姿を夢に見ていたの。家が大きいですものね。私はもっと子どもが欲しかったけどだめだったわ。できなかったのよ」

「お母さん、子どもは生まれるでしょう」慰めようとして言った言葉だったが大きな誤算だった。

夫人は自分で自分をどうすることもできなかった。

「止めて、もうたくさんよ」夫人は声を上げて立ち上がった。

「お母さん」アレンは驚いて席を立ち、母を止めようとした。夫人は息子の腕に倒れ込んで泣き、アレンはどうしようもなく泣くがままにしていた。母が泣く姿を見るのは初めてだった。夫人は息子に涙という武器を使ったことはなく、この涙は防御のためではなかった。アレンは母の手を握って「お母さん、泣かないで。いつか分かるよ……」繰り返しつぶやいた。

しかし、ケネディ夫人はアレンを振り切って急いで部屋から出て行った。

ケネディ氏はゆっくり散歩から戻って来て、家の中の空気がおかしいことに気づいた。朝の散歩は父親が死んでから習慣にしてきたものだった。ケネディ氏の父親はテネシー州ナッシュヴィルで綿の仲買人をしたり、ケンタッキーで馬を育てて蓄えた財産をただ一人の相続人である彼に残した。ケネディ氏は毎朝遅めの朝食が済むと何人かの友人を訪ねるのだが、毎日同じ友人だったことはない。口数は少なく、もっぱら聞き役に徹する彼はこの辺りで一番の情報通だった。一年に何回か国内各地を旅行して、広く人びとの考えを知ろうと努めた。幅広い見識があり、その気になれば上院でも下院でも立候補できただろうが、知識を利用したり伝えたりすることに興味がなかった。異なる環境で育ったら哲学の教授になったかもしれないし、言葉への拘《こだわ》りが強ければ詩人になっていたかもしれない。そうならなかったが、ケネディ氏は湧き出るような知恵をもつ優しい人間であり、人目につかなくても知恵は内なる喜びだった。

ケネディ氏は非常に感じやすい鋭い感覚を持った人で、上天気のこの日、正午近くに玄関を入ったとき何事かあると感じた。そっとコート掛けに近寄って灰色の布製のコートと帽子を掛け、玄関ホールの隅に置かれたシナの大きな青磁の壺にステッキを入れた。それとほぼ同時に階段で息子の足音が聞こえ、息子が降りて来た。

「帰って来てくれて良かった」アレンが螺旋《らせん》階段を降りてきた。「どこへ行ったのかと思っていたよ。お母さんを怒らせちゃったみたいで、鍵を掛けて出てこないんだ」

ドアに鍵を掛けたら一大事だと互いに顔を見合わせた。

「どう説明したらいいのか」アレンは父と誰もいない居間に腰かけた。

「いつかこうなると思っていた。おまえが日本に特別な関心を持っていることは暫く前から知っていた。大佐は……」

アレンはもどかしくなって話を遮った。「お母さんが動揺したのは私がジョスイ・サカイと結婚したからです、お父さん」アレンはベルベットの大きな椅子の肘に寄りかかって無意識のうちに幼い頃の決まり事に反することをやっていた。

頬が垂れたケネディ氏の青白い大きな顔にほんのり赤みがさした。なめらかな肌で薄茶色のひげをきれいに剃り、下がり気味の下唇の下に少しだけあごひげを残している。目は薄い灰色で、瞼は生気がなく半分閉じていた。瞼は彼が動揺しない限り持ち上がらなかった。ケネディ氏は瞼を上げた。

「おまえな、私たちに話しておくべきだったんだよ」小言を言った。

「すぐ結婚すると思わなかったんだ。事情ですぐ式を挙げることになった。僕はそれで良かったと思っている。彼女の家は立派な家だ。それに僕は他のやり方ができるような男ではない。少なくとも僕はそう思わない。たぶんそういうことを見過ぎて嫌気がさしたからだ」

ケネディ氏はそれには何も言わなかった。父子の関係は掛け値なく親密だった。感情とは関係がなかった。

「どんな女性だ」白い大きな両手で椅子の肘をしっかり摑み、とんだことになったという気配がありありと分かった。今までこんなことはなかった。

「お母さんは、その気になれば絶対に如水が好きになるよ」アレンは理屈っぽく表現した。「お父さん、僕は幸運だよ。僕たちは一目惚れだった。彼女はただ美しい女性で終わった可能性もあったが、それ以上だった」

「お付き合いは長いのか」

「長くないけど、今後もっとよく分かり合えるということは十分に分かったよ」

アレンは椅子から立ち上がり、父を見ずに部屋をうろつきながら話をした。「なぜ、どうしてこんなことになったのかは言えない。今年はすごく働いた。とくに司令部に交替があった後は。そして、ある日仲間から二、三日休暇を取って京都見物に行こうと誘われ、考えてみると何カ月も一日の休みも取っていなかったので一緒に出かけた。たまたま大学の門を入って行く彼女を見かけた。お互い、ただちょっと目が会っただけだった。何とも思わずに通り過ぎたかも知れなかった。だが、そうじゃなかった。僕は翌日同じ時刻にそこへ行き、二人は出会った。彼女は美しいだけではなかった。どこか普通とはちがう魅力に引かれたのだろう。これまで会ったどの女性ともちがっていた。東洋人だからかも知れないが、よく分からない。東洋に三年以上も暮らしていたので僕の血の中に忍び込んだのかも知れない。そう言う男たちもいる。そうなったらアメリカ人とは結婚できないと言っていた」

「お母さんは絶対に気に入らんだろうな」ケネディ氏は生気のない声で言った。「他のことなら何も言わんさ。白人の女はそうだろうと思う。だが、白人でない女を受け入れる、つまり、嫁として家に入れるのは別で、お母さんの気持ちは私には分からない。お母さんの部屋に行ったほうがいい」

ケネディ氏は大きな両手に力を入れてゆっくりと身体を持ち上げ、重そうに部屋を横切って階段に出ると、一段一段踏みしめながらゆっくり上がって行った。妻の部屋の前に来るとドアの取っ手を何度も静かに回してみた。

「ドアを開けてくれないかね」ケネディ氏は妻を呼んだ。

ほどなく妻が近づく音がした。ドアは開き、ケネディ氏は中に入ってやさしく妻を抱いた。夫人は夫の肩に頭をもたれかけ、夫は妻の髪を軽く叩いた。

「アレンはあなたに話しましたか」夫に尋ねた。

「ああ」

「どうしましょうか」

「いつも言うとおり、一番いいのは何もしないことだ。流れに任せよう」

「でも、ここへ連れて来てしまうわ」

「連れて来させよう」

「いやです」

「君がいやだと言うなら仕方ない。息子は家を出てどこかに落ち着くだろうさ」

夫人が離れたので、ケネディ氏はため息をつき、夫人がコロンを浸したハンカチでこめかみを擦りながら部屋をうろうろしている間立ったまま待っていた。

「頭痛で頭が割れそうよ」

「そうだろう」

ケネディ氏は用心深くバラ色のタフタの椅子に腰かけた。彼の身体はその椅子には大きすぎて座り心地が良くなかったが、この部屋ではこの椅子しか座れなかった。

妻がこめかみを押さえている間静かに待った。妻はすぐに拗《す》ね、独占欲が強く、思い通りにしたがる女だが、本当は良い人間で、良き妻であり、そして、国家の強さは彼女の中にあることを知っていた。みんながケネディ氏のようだったら秩序、そして恐らくは良識もなくなるだろう。家庭は屠殺場となり、町中のみんながつけ込むだろう。彼は妻がもう少し情熱的であってくれたらと思うが、男というものは良き妻と愛人を同時に持つことはできない。彼にもう少し甲斐性があれば、他の男性のように誘惑に惑わされたかも知れないが、それはそれで煩しい。彼は平和を愛し、彼なりに家庭に平和を見出していた。

「ねえ、君」ケネディ氏はやさしい声で話し始めた。「大人なんだからこんなことはやめなさい。

気持ちはよく分かる。私も似たような気持ちだよ。孫の親になるのはシンシアだと思っていた。だが、息子は別の女性を選び、既成事実をつくった。私たちがそれを戻すことはできない。受け入れなければならない。良い結果にするには何ができるか考えようじゃないか」

夫人はハンカチを捻ったり、結んだり、ほどいたりしていた。かがみ込んでハンカチをいじくり回している彼女の白髪混じりの巻き毛の下のほてった顔はまだまだ美しかった。「どうすれば良い結果になるの。トム、結婚は二人だけの問題ではないのよ。家族をつくることでもあるわ。彼らは子どもを持ってはいけない。絶対にね」夫人は強い調子で言った。

ケネディ氏は答えなかった。言いたいことは分かった。半分日本人の顔をした子どもたちがこの家の中を走り回ることを思い浮かべると実に苛立たしかった。「子どもは持たないかも知れないよ」力なく言った。

「あたりまえでしょ」夫人が言い返した。「あちらの出産率についての記事を読んだことある？東洋の女はウサギのように多産だから、産まないようにしなくちゃいけないわ」

ケネディ氏はとても繊細な心の持ち主なので、妻の言葉の意味を尋ねることに躊躇い、黙っていた。これ以上ここに居ても仕方がない。白髪混じりの薄茶色のあごひげを生やした顔も眉も髪も疲れていた。

「アレンを正気に戻さないと。あの子の目を開かせることしかないわ」

「だが、結婚していたとすればどうだ」

「離婚できるでしょ」

妻の顔に明るさが見えた。明るい希望が頭に浮かんで、ハンカチを落とした。

「トム、あの子は本当は結婚していないのじゃないの」

「結婚したってさ」

「でも、そうじゃないかも知れないわ。とにかく、仏教って何よ。本物の宗教じゃないでしょ。寺は明らかに教会じゃないわ、偶像がいっぱいでしょ。日本人はあの子を欺したのよ」

ケネディ氏は妻が哀れだった。「そんなことはアレンにとって何の意味もない。あの子はその女性と結婚したと信じたいのだ」

「まだよ——ちょっと待って。十分でないと分かれば……目のつり上がった女が我が家や街中を歩き回るなんて考えられないでしょ、トム。披露宴に誰を呼んだらいいの。私たちの人生は終わりよ」

夫人は悪いことも良いことも何でもできる。「君はこの町では大きな存在なんだから、なんとかできると思うよ。君がそのことを最大限良い方向に利用すれば、みんなは好意的に考えるだろうと思うがね」

夫人は頭を振り、唇を噛み、顔を髪で隠した。「それはできないわ、トム。結婚していないふりをするわ。それからアレンを私と同じ考えにしてみせるわ」

ケネディ氏は立ち上がった。「さてと、私は何が大事かについては忠告した。一言つけ加える。

君の息子なんだから大事にしろよ、シュガー」

ケネディ氏はゆっくり出て行った。無性に強いウィスキーが飲みたくなった。

正面のポーチでウィスキーをかき混ぜ、ちびちび飲みながら、願望、規範、世論、身分や地位、そして人類共通のスローガンが個人的意味合いを帯びるに至る問題について考えた。日本人女性がこの家にやって来ても彼はこれまでどおりにやるだけだ。彼の生活を混乱させることは何一つない。妻も息子も幸せにできないなら、少なくとも自分は幸せでいたい。その幸せとは美味しい食べ物、規律正しい住人、この国でいちばん気持ち良いベッド、そして、夜ぐっすり眠れるという精神的な意味にあった。自分には刺激となる人間的な感情が欠けているのは知っていたが、今さら刺激は受けたくなかった。

一方で、悪い知らせが表沙汰になり、妻がそれに直面したことは、結果がどうなるか定かではないがありがたいと思っていた。妻が考えるとおりの人間ならこれ以上その話を持ち出さないだろう。何か企《たくら》んでそれを実行するつもりならば、遅かれ速かれ自分にも分かるだろう。ただし、知ったときは遅すぎて何もできないだろう。妻は育ちが良すぎるので家の中で感情の対立があっても平気であり、今夜夕食に降りてきたときは何事もないように装うだろう。時間が経てば癒やされもするし、明らかになる事実としばらく生活を共にすれば、残りの人生をそれと暮らせるだろう。つり上がった目にも慣れるだろう。

外へ出たときアレンは父が空のグラスを床に置いたまま居眠りしている姿が目にとまった。足音でケネディ氏は目を覚まし、息子がスーツケースを手に、コートを腕に掛け、帽子を持っている姿が目に入った。

「二、三日出かけます」

ケネディ氏は眠い目をやっと開けた。「どこへ？」

「ワシントンです」

「そんなところへ何しに行くんだ」

「仕事探しです。それに、如水を呼び寄せるには何が必要か知りたいと思って」

「お母さんに言ったか」

「いや、言っておいて下さい。数日留守にするだけです。仕事が見つかれば戻って来てすることがあります」

「分かった」

ケネディ氏の瞼はふさがったが、アレンは立ち止まった。「お母さんはどうですか」

「ご機嫌を直した」眠そうに返事をした。ウィスキーを飲むといつも眠くなる。

ケネディ氏は息子の留守中大事に保管してきた車に息子が乗り込むのを眺めていたが、そのうち深い眠りに落ちた。

ケネディ夫人は不可避という言葉を信じなかった。信じないので不可避なことは受け入れなかった。友人は多いが信頼を寄せる人間はいなかった。だが、友人たちはみな自分は親友でジョゼフィーンが考えることも行動も知っていると思っていた。夫人は知ってもらいたいこと以外は夫に話したことはなく、夫もそれでいいと思っていた。夫はこの我が儘な女性の頭と心のすべてを知ることは空恐ろしかった。夫は自分に迷惑にならない限りなるべく知ろうとはしないし、我が家に来ることを待ち望んでいる悪気のない日本女性に同情しているかも知れないと夫人は思っていた。夫は自分では何もできないので依怙地《いこじ》になって気持ちを隠しているかもしれないが、本当はアレンの味方かも知れなかった。男というものは愛情より反抗することで男らしくなっていく。ケネディ夫人は反抗の方が強力だろうと思うこともあった。夫人だって反抗できた。

アレンの留守中、家の中は普段と変わりない生活が続き、ケネディ氏は妻がはずんだ声で電話に答える声を耳にするようになった。「まあ、そんなこと真に受けませんよ。男の子はいろいろなことを言ってくるものよ。どうしようもないと思うでしょ。それも不幸な戦争の一部です。いいえ、あの子は正式に結婚していません。仏教のお寺で婚約式のようなことはしたと思うけど、それがアメリカでも効力があるかどうかは、私はかなり疑問だと思っています。とにかく、そのことについて今は話さないつもりよ」

素晴らしい天気が何日も続いた。庭のバラがまた咲き始めた。遅咲きのバラは春に咲くバラほど大きくも鮮やかでもないが香りは強い。アレンはたまに葉書を送って来て、すぐに戻って荷造りすると書いてあったが、一向に帰って来ない。理由が分からず物事の進捗が遅れた。ワシントンは迷宮で、アレンは道に迷ったような気がした。今のところ当てにならない約束があるだけだった。

食事のときケネディ夫人は何食わぬ顔で夫に葉書を読んでやった。夫人は東京の大佐夫人に手紙で注意してもらったことに感謝を述べ、今後とも支援してほしいと依頼した。

「アレンをヨーロッパに行かせることは可能でしょうか。それができれば最善の解決策になるでしょう。その女性を連れて来る前に一度遠くへ行かせてもらえれば、私たちに時間ができます」と説得した。

それでアレンはワシントンのあちこちで理由がはっきりしないおかしな対応を受けた。日本への帰任はすぐ消えた。手配は早かった。つぎにヨーロッパで日本で従事していた任務と同じことをするという思いがけない人事案が持ち出された。アレンは他国の政情に関する分析能力が優れていると評価され、それにはドイツ周辺国の情勢分析が必要だと考えられた事情があった。

恰幅がよく、てきぱきしているがどこか教養のなさそうな担当者はアレンにこう言って任務を勧めた。「君は分かりやすい文章が書ける。大卒でもなかなかそうは書けないよ。君の文章を読んだときすぐに言いたいことが分かった」

「ありがとうございます」アレンは礼を言ったが、少なくとも如水がアメリカへ来てから一緒に行くのでなければヨーロッパに赴任するつもりはなかった。ヨーロッパは別世界だった。アレンは何度もヨーロッパで生活した経験がある。

仕方がないので家へ帰った。考える時間をもらい、必要なだけ私的休暇を取ることになった。ヨーロッパへの赴任を断れば、当面はワシントンでの仕事はなさそうだった。この回答は容易に信じがたく、アレンは疑った。誰かが邪魔しているような気がしたが、とても大佐の仕業とは思えなかった。大佐はアレンが日本へ戻ることを強く要望していたからである。ワシントンに声が届くほどの人物は他に見当がつかなかった。いずれにせよ、アレンはヴァージニアの肥沃な農地を運転しながら、すぐにでも如水を呼び寄せようと思った。ワシントンでは手続きに走り回った。如水はアメリカ生まれだったので問題はなかった。昔、教会で落ち着きがなく牧師の言うことを聞かされた子どもの頃に、いやいやながら聞いた失われた聖書の断片がアレンの心をよぎった。追放されたパウロは横柄なローマの役人に向かって「多大な犠牲を払って私は自由を買った」と言った。「だが、私はもともと自由なのです」パウロは顔を上げて言った。

如水もアレンと同じように自由な人間として生まれた。法律上はアメリカ人であり、変えることのできないこの事実をさっそく利用した。

夜、家に着くと、まだ時間も早かったので両親は居間でチェスをやっていた。両親はチェスが得意で、母の方が少しばかり上手だった。母は勝とうとし、父は勝負に拘らないからだ。

「これはこれは、チャンピオン様」アレンはそう言って居間に入った。

両親は驚いて顔を上げ、喜んだ。ケネディ夫人は少しぎこちなかったが、息子の帰りを喜ばないようではよくないと考えた。すぐに立ち上がり、息子の頬にキスし、息子の腕に両手をかけた。

「帰って来て嬉しいわ。仕事は見つからなかったでしょう、ダーリン。まだだめよ。あなたがいないと我が家は空っぽなんだから」

「まあね、なかったよ。というか、勧められた職務は受けたくなかった。ヨーロッパだってさ。なぜアジアで得たものを無駄にしてヨーロッパなんかへ行くんだ。誰も得しない。決まってるよ」

「まあ掛けなさい」父は言った。「どうしたものかな。例によってクィーンに追い詰められた」

「静かに」母は言った。「アレンは腹ぺこなのよ。夕食は済んだの？」

「まだだよ」急に気持ちが明るくなった。二人ともよそよそしくはなかった。ケネディ夫人は遠回しに気まずくないことを分からせようとしていた。口に出して謝らないが、これは夫人のやり方だった。アレンは安心すると急にひどく疲れを感じた。世の中のことは何でも複雑で一筋縄ではいかないが、少なくともここではすべてが普段どおりだった。如水がこの家に入っても生活が乱されることはない。両親が生きている限り平穏を維持するだろうし、二人が死んだらアレンが後を継ぐ。彼には以前からこの家をこのまま維持していく意志も決意もあった。


如水はいつものように手紙を読んだ。一回目は愛情表現の言葉に拘りながら走り読みした。肝腎なのは愛の言葉だ。次に内容や新しい情報を理解しようと注意深く読み直した。その後は一日に何度も読み返してアレンのそばにいるように心を通わせたいと思った。如水は手紙を通してアレンに対する理解を深めて行った。相手を理解しようと思うとき相手がそばにいると邪魔になるというのは不思議議である。彼の腕に抱かれているときはもちろん、近くに来るだけでも頭は停止し、思考は散逸した。しかし、海を挟んで、二人は心を通じて互いの存在の中で生きることができ、思考は自由に跳躍し、理解は深まった。

離れて暮らすうちにアレンの人となりが分かり始めた。初めに考えたほど強くなかった。彼も両親に頼っているところがあった。アメリカの若い男女は家族とは完全に自由で、自分の好きなように行動すると思っていたので意外だった。服従を求めも、求められもしないと思った。その通りにちがいないが、求められるものはあり、日本ではそれをするのは父親だが、アレンの家では母親だということが分かった。如水はじっくり考えた。ご機嫌を取らなければならないのは彼の父親ではなくて母親だ。それはあり得る。日本でも姑次第で嫁の幸不幸は変わる。アレンから家と両親の写真が送られた。如水は先方の両親の顔を何度も眺めた。生物学教室から虫眼鏡を持ってきて目鼻立ちや表情を研究した。如水の家は古く、代々ある種の知恵を受け継いでおり、無心に眺めているとアレンの両親のことが驚くほどよく分かった。依然シンシアという名前の女性のことが気になった。シンシアは彼らの結婚を最初に知り、アレンはシンシアと良い友だちになれると言った。彼女の写真は送って来ず、それからは言及することもなかった。

最近の手紙は如水の渡米のことばかりで、今日来た手紙は呼び寄せの意志を明確にし、航空券が入っていた。すごい宝物だった。如水は航空券を隅々まで眺め回し、一言一句見落とすまいとした。天国へ入るための許可は実に簡単だが、とても貴重なものだった。問題は何もない。旅券は持っているが、ビザが必要で、東京で飛行機に搭乗し、アレンがサンフランシスコの空港で出迎える。車でサンフランシスコへ行き、家まで二人きりのハネムーンドライブにするつもりだった。

手紙を繰り返し読んでから母を探し、夜、父が帰宅したら母と二人で父に話すことにしようと考えた。母は池で尻尾が扇のような金魚に餌をやり、竹の棒で静かにゆっくりと水をかき回して金魚を眠りから覚ましていた。寒いので金魚の動きは鈍かったが、泥の下に隠れ込むのはまだ時期が早かった。

朝靄《あきもや》の中で銀色っぽい青い地の着物でうずくまる母の姿は、突然目の前に写真を見せられたようだった。この母と会えなくなるのだ。アレンと一緒になることにばかり気が向いていたので母に会えなくなるのを考えなかった。母は静かで、目立たず、引っ込みがちだが、母と遠く離れればなれになると思うと辛くて話をする気になれなかった。枯れ草の上に膝をつき、しばらく胸にしまった手紙を出さなかった。

岩の下から金魚が薄い尻尾やひれをゆらゆらさせて出てきたが、餌は眼中にないらしい。

「きっと眠いのね」如水は話しかけた。

「金魚は冬になることを知ってるのよ」

夫人は餌やりに夢中で娘の顔を見なかった。ほどなく如水が用事があって来たことが分かって、半分驚いたように顔を上げた。「何か用があるの」

「はい」如水は手紙を差し出した。「私に来てほしいって。航空券を送ってくれたわ」見せると、母親は読めないので何度も航空券を裏返しては眺めた。

堺夫人は手紙と封筒と航空券を如水に返した。

「お父様は何と言うかしら。呼び寄せを頭から信じていなかったから」

「もう信じるでしょう」夫人は立って、餌の小瓶の蓋をしっかり閉めた。

母娘は立ったまま池の水を眺めていた。金魚は餌を食べると急に元気になった。金魚は餌を忘れていたが、好物であることを思い出した。眠る前にまだ食べる時間はあった。

「しばらく会えなくなるわね。もう二度と会えないかも知れない。お父さんは絶対にアメリカへは行かないでしょう。そう言ってましたよ」

「私が会いに来るわよ」如水は約束し、子どもの頃にいつもしていたように母の手に自分の手を絡ませた。

「子どもがいればね……」夫人はそう言いかけて止めた。

どんな子でしょう。生まれていれば良かったのに。だが、堺夫妻は子どもが生まれればいいと思ったのだろうか。一人一人の女性がこの問いを自分に投げかけた。愛があるとき子どもはいてはならないのか。夫人は自分が知らない愛もあるということを知っており、その不思議な力を如水に見ていた。一人前の女になって親元を離れようとしている娘、如水を通して夫人はその力を感じていた。夫人はそういう力を感じたことはなく、両親の手でアメリカの見知らぬ男性に嫁がせられたときは疑問を持たずにいった。それが彼女の運命だった。如水は知っている男の元へ行くのだから自分より恵まれている。だが、日本の女はアメリカの男が本当に理解できるのか。それはこれからのことだった。結局、夫の堺は日本人であり、優秀だが他の日本人と変わらない。だから、自分の子どもは黒髪、黒い目、黄色い肌の日本人と分かっていたが、如水にはどんな子どもが生まれるか分からない。父親のように明るい色の目を持った子どもかも知れない。そうしたらどうするか。夫人はそうなるかも知れないことに驚き、如水は母の顔を見た。

「お母様、どうしたの」

「ちょっとね。考え事をしていたのよ」夫人はぼんやり返事をした。

「何のこと?」

「アメリカの女性は、自分の子どもが何色の目や髪になるか分からない。気にならないのかしら」

「それが私と関係あるの」如水は尋ねた。

「関係あるでしょ」夫人は心配そうだった。「あなたを見て、あなたの目が黒くなかったら私は気になる。子どもの目が黒くなければ、本当に孫だと思えるかしら」

「お母様ったら……」

如水は笑おうとしたが、良い気持ちではなかった。子どもが青い目だったら、何もかも自分に似ていたらアレンは違和感を感じるかも知れない。母の言うとおり、本当に気になった。

「子どもは生まないかも知れないわ」如水は言った。

母は首を振った。「そういうわけにはいきませんよ」経験に富んだ声だった。「受胎の時なら受胎します。誰も子どもの生命を止めることはできません。霊魂は約束された時に入口で待っています。

生きる時と死ぬ時は決まっています。輪廻を早めることも遅らせることもできません。短命もあれば、長命もあるけれどすべては決まっています」

母の辛抱強さ、無抵抗、受容、限りなく大きくシンプルな力の源はそういうことだった。如水は答えられず、ただ母の大きさが身に染みて、うつむいたままそこを去った。

母の心の中を覗いた後、初めて子どもは必ず生まれると思った。

父は渡米を告げたとき意外にも反対しなかった。というより、驚きだったが、絶対に行くことになると思っていた。堺医師は娘と一緒に東京へ行き、ビザの取得を手伝った。サンフランシスコの銀行に堅山のために残した貯金がいくらかあることを娘に告げた。口座を如水の名義にするつもりだった。

神様が如水のために露払いをつとめてくれたかのように何事もスムーズに行った。ロサンジェルスで生まれた証しである出生証明書、両親の併記旅券から分離して新しい旅券を作るための写真も規則通りだった。唯一の問題は旅券名をどうするかで、ミセス・アレン・ケネディにしたいと思った。

堺医師はそれに反対した。「それはだめだ。ジョスイ・サカイにしなさい。この名前が必要になるときが必ずあるから」

如水は父に腹を立てた。「どういうことですか、お父様。私の将来を信じていないのでしょう。

私を信用していないのですね」

「私は人生を信用していない」堺医師は言った。

如水は父の言うとおりにした。これから始まる人生で正しさを証明するしかなかった。自分の考えるとおりに物事が運んだら父も分かるだろう。年配者は疑い深い。手続きがすべて完了すると、いったん自宅へ戻った。如水は父が機嫌良く振る舞っていることに心を打たれた。娘との別れについて一言も触れなかったが、汽車の窓からちょっと見てごらんと言った——首の周囲に腫れ物ができている男や、目を病む子どもが見えた。堺医師は窓を開けて、しがないポーターの男に声をかけた。「おい、首に腫れ物のある君。それは治るよ。東京の病院へ行くか、京都の私の病院へ来ないかね」

無学な男は大声で返事をした。「これも私の人生です。人生を切り取るんですかい」

堺医師はため息をついて窓を閉めた。外科医の仕事はたいへんである。まず男に治療すれば治ると告げ、次にそれを信じさせなければならない。治療は最後のいちばん楽な仕事だった。

堺医師は人間、とくに無学な人間の頑固さについてしばらく話し、とくに若者や女性の心も強情だと言ったように感じた。

それでも、如水の幸福に影を落とすものはなかった。出発の日時が決まり、時はどんどん進んだ。すぐに朝がやって来て、一日は飛ぶように過ぎて行った。如水は幸せ一杯で時の過ぎるのを何とも思わなかった。父が毎年楽しみにしている庭の赤い実には目もくれなかった。床の間を飾るのも二度忘れたが、両親は大目に見た。両親にとって娘はすでにいないも同然だった。

如水は気づいていたが、それにかまけてはいられなかった。愛と希望に満ちあふれ、心はすでに海を越えて、今か今かと待ち続けていたからだった。

出発の日が来て、この家や庭に、ユミに、そして最後に何よりも母に別れの挨拶をしたときも、父と一緒に飛行場に向かったときも、数時間後にはアレンに会えると思ったときも、幸せ過ぎて何が何だか分からないくらいだった。両親や別れのことなど考えられなかった。

出発の二、三日前に如水は一通の手紙を受け取った。松井登からの短い手紙だった。幸せを祈るという主旨の心の行き届いた手紙で、アメリカに小さな結婚祝いを送ると書いてあった。さらに、仕事が出来て父親が前向きなら、来年のいつかの時点でアメリカに行くかも知れない。如水が嫌でなければ自宅を訪問して新しい家族と知り合いになりたいとも書いてあった。登はつねに如水の友情を大切にし、彼女が必要であってもなくても、いつも友情があった。優しい人だから手紙を書いたのだと考えながら読んだが、如水にはその優しささえ感じ取れなかった。手紙を持っているのも残しておくのもいやで線香の壺で焼いた。

如水は離陸の瞬間を見ることができた。長身で痩せた父がコートを風になびかせて立っている姿が小窓から見えた。両手をステッキに置き、しっかり脚を開き、頭を高く上げて娘の方を見ていた。父に自分が見えるかどうか分からなかったが、そのとき如水には父の姿がはっきり見えた。この日、空は晴れ、三日間降り続いた雨や強い風が止んで強い陽差しが端正な父の顔に当たっていた。覚悟を決めて落ち着き払った父の態度の裏に気高い寂しさ、威厳に満ちた悲しみ、どうしようもない後悔を感じ取った。堪えきれないほど心が痛んだ。

それも長くは続かなかった。飛行機は空へ飛び立ち、地上はだんだん小さくなっていった。やがて大海原の上だった。頭の中も夢もさらに先へと飛んでいた。

第三部

サンフランシコ空港で飛行機を降り、自分の姿を探している如水を横から見ていてアレンはやや躊躇った。この日に限って寝坊してわずかに遅れたため恥ずかしく思いながら人並みをかき分けて進んだ。

「如水！」アレンは大声で呼んだ。

如水はアレンの姿を見て微笑んだ。初めは、不安そうな顔を見てほんの少しがっかりした。記憶の中ほど美しく見えなかったのだ。来ている灰色の服のせいだろうか。しかし、はにかんだ笑顔を見せるとやはり如水だった。如水はなんといっても笑顔が最高で、少しはにかみながらアレンの方へやって来た。アレンは人混みの中で彼女を抱いた。だが、周囲から好奇の目で見られていることにすぐ気づいた。長身のアメリカ人が日本人の女を抱く光景に視線が注がれていた。誰も何も言わず、自分のことに忙しそうにしながら、ちらちらと好奇の目を向けていた。アレンは他人の目は気にせず如水を大きな腕に抱いた。しかし、周囲が驚きの表情を向けるので如水はそれとなく身を引き、手を握り合うだけにした。

「さあホテルへ。スイートを取ってあるから二、三日ホテルに泊まる。急ぐ必要はない。君と二人だけの時間がほしい。家へはゆっくり帰ればいい」

家へ着く頃にはこれからのことが分かることになっていた。家の流儀をすべてきちんと教えるつもりだった。つまり、知る限りのことをすべて話すつもりだったが、知りたくてもほとんど何も知らなかった。知っているのは母が一切無視すると決心したことぐらいだった。だが、母は如水が玄関に現れたら無視できるだろうか。そばには自分もいるのだから。

アレンはそんな考えを振り切った。家に着くまでは二人きり。シンシアはこの時期はニューヨークで過ごすのが常だが、今年は行かないでいてくれればいいと思った。シンシアが力になってくれるかもしれない。いや、応援はいらないだろう。

「静かだね」

「景色を見るのに忙しいの」

アレンは車で来ていて、二人でそれに乗った。

「あなたの車なの」

「僕たちのだよ。僕のものは君のものだ」

如水は微笑み、アレンは手を握った。

「注意して運転してね」如水は心配そうな顔をした。

「ここはアメリカだよ、如水。忘れたのかい」アレンは笑った。

だが、アレンは金の指輪をはめた如水の小さな手を撫でながらゆっくり運転した。結婚式のとき彼女の指にはめた指輪である。その夜、アレンの家からも如水の家からも遠いホテルの薄暗い上品な部屋に二人きりになった。アレンは如水の指から一度指輪をはずして、はめ直し、二人で「この指輪とともにあなたと結婚します」という誓いを立てた。

如水には事情が飲み込めなかった。アレンがこれから教えるだろう。

ホテルに着いても如水は相変わらず寡黙で、アレンは少し戸惑った。荷物をボーイに預け、エレベーターで十七階に上がった。窓から海が見渡せる部屋だった。アレンはボーイにチップを渡してドアに鍵をかけた。あまり似合っていない帽子をとり、コートを脱がせ、しっかり彼女を抱いた。芳しい肌、美しいうなじ、アレンの胸を圧迫する小さな乳房に触れてアレンはもう待てなかった。なぜ待つことがあるだろう。輝く黒い瞳、若々しく柔らかい唇。如水も彼の気持ちが分かった。如水は女の本質をすべて身につけた東洋の女であり、本能的に心を読んだ。

「僕をまだ愛しているかい」アレンはじっと彼女の言葉を待っていた。

「あなたを深く愛しています」囁《ささや》きではない。美しい声ではっきり言った。「アレン、あなたを愛しているからここまで来たのよ」

生まれてくる子どもの人間としての生命はいつ始まるのだろう。日中の明るい陽差しの中や夜の闇のどの瞬間に魂は永遠からこの世に生まれ落ちるかを二人は知らない。海に突き出た最高級の部屋か、西向きの高級な部屋か、それとも、立ち去りがたい思いで二、三日宿泊した雪を頂く山頂の山小屋か、はたまた、果てしなく続く平原か、中西部のなだらかな丘陵地帯の心地よい部屋か二人は知らない。二人で過ごした素晴らしい日々のいつか、昼も夜も愛を交わし合ったどこかで、子ど子どもはこの世に生まれていたが、二人は知る由もなかった。子どものことより自分たちのことを考えていた。

「到着する日をご両親に連絡しないと」如水は言った。二人とも口には出さないがずっと考えてきた。いつかこの大旅行の終わる日が来て、素晴らしい日々、華やかな夜が過ぎ去ることは分かっていた。よい塩梅に小春日和だったのでどこへ行っても素晴らしかった。やがてそれも終わる。これは生活ではない。ただの恋愛であり、どこかに生活と恋愛が溶け合う場所があるはずだ。如水はアレンよりも現実的であり、最終日にそれとなく言った。アレンの表情に敏感なので、家に連絡したがらないことに気づいていた。それが何かは分からないが、前途に立ちはだかるものに対してできるだけのことをしようと決心していた。如水が心を配り、本分を尽くし、力になり、常に年長者優先を考えるならば一家は楽しく生活できるだろう。彼女には一家の要という自覚があった。夜中にアレンが眠っているとき、如水はこの男性について分かってきたことを思いめぐらした。夫への愛情は日に日に深まり、何もかも夫の言うとおりにするが、女は男が欲する以上には従えないということが朧気《おぼろげ》に分かり始めた。受け取る量と与える量は五分五分でなければならない。アレンは何もかも言うとおりにしてもらいたいのか。如水にもそれは分からない。

「どこかで二、三日過ごさないと明後日家に着いてしまう」

「あなたは家に帰りたくないの」

「もちろん帰りたいよ。身を落ち着けないと。仕事のことも考えなければね。軍はやめるつもりだ。兵役に関しては僕の任期は何年も前に終わっている。たぶん親爺のようになるんだろうな。田舎紳士にね」

如水は一言一句聞き逃すまいとしていたが完全には理解できなかった。言外の意味や特有の言い回しがよく分からなかった。辞書の意味は分かるがそれ以外は難しかった。

「家に到着する時間を知らせないと」如水は義務感が強い。

「明後日の午後六時頃だ」

「じゃあ、お願いだから明日ご両親に電話してね」なだめるように言った。

言うとおりにさせようとする彼女の姿は、アレンの目には子どもが指図するようにかわゆく映った。アレンを愛し、従いつつも、懸命に導こうとしていた。彼女の目にはアレンは常に最高の姿であって欲しかった。少なくとも他人の前では。如水はアレンが朝なかなか起きなかったり、パジャマを床に脱ぎ捨てたり、彼女の髪や服をぐちゃぐちゃにしたり、わざとからかって喧嘩させようとしたり〈やんちゃ〉をすると笑った。喧嘩をすると如水はアレンが本気かと思うほどむきになった。アレンが堪えきれずに笑い出すと、「アレン、悪い子」と声を上げ、小さい右手で口を覆って笑った。如水は確かにアレンを甘やかしていた。旅行中の宿では細かい雑用に手を借りようとはしなかったし、入浴したときはタオルを抱えて待ち、ひげ剃りが終わると後片付けをした。

初めはアレンもそんなことはしなくていいと断った。「いいか。君は僕の妻であって奴隷じゃないんだよ」と。

だが、やめなかったので、アレンは愛情表現なのだと考えて彼女のしたいようにさせた。確かに気分はよかった。自分で何もしなくていいのは楽だし、雑用から解放された気楽さがあった。如水は生粋の日本人であることを見せた。アメリカ女性はそういう尽くし方をしない。東洋の女を知るとアメリカの女を愛せなくなると言われることが分かり始めた。

「今朝ご両親に電話してくれるわね」翌朝、如水はやさしく尋ねた。

「ああ、適当な時にね」アレンはいい加減に返事をした。この日もアレゲーニー山脈*に薄紫の霞がかかり、快晴の一日が始まった。アレンはこの山脈がいつまでも終わらなければいいと思っていた。如水を見ると心配でたまらない様子なのでかわいそうになった。「安心しなよ、電話するから」

「そう。いま電話してくれたら嬉しいけど」

アレンは笑い出した。「分かったよ。こんど公衆電話を見つけたら車を止めよう。あのきれいなブルーベルを見てごらん」

花を眺めていると十分もしないうちに家々が固まって建っている光景が目に入った。村ではなさそうだった。「あそこ、あそこにあるわ」如水は右手の中指で指さしながら叫んだ。

仕方なく車を止めた。「ここで待ってて」と如水に言った。気が進まないが、とうとうその時が

*アメリカ東海岸を走るアパラチア山系の一部

来た。何があっても子どものように恐がったりしない。彼女とどこかで楽しく暮らせるだろう。だが、生家を離れたくなかった。長い海外生活で故郷や、自分の州や町、そして曽祖父が子孫を守るために建てた屋敷に対する愛着が強まった。こういう生活は滅びる運命にあるかも知れないが、アメリカではアレンの世代までは続くだろう。彼もここに住み、ゆったりと満ち足りた賢明な父親と同じような生き方がしたかった。

アレンは電話ボックスの中で先方が出るまでそんなことを考えていた。それにしても如水は母の後を継げるだろうか。

「先方が出ました」交換手の声がした。

「もしもし、お父さん？　アレンです」指名通話で父を呼んだ。母が出るとまずいと思ったのである。

「どうした、今どこだ」驚くほど力強い父の声が響いてきた。

「アレゲーニーの山の中だよ。明日の晩か、ゆっくりして明後日には着くから伝えておこうと思ってね」

「そうか。いいかアレン、到着した日の夜はホテルに泊まったほうがいい。私とおまえで話し合ってからだ」

「一体どうしたの」

「今は話せない。相談しよう。リッチモンドに泊まってくれ。私は午後リッチモンドへ行って待っている。着いたらホテルに電話してくれ」

「分かった。では、ホテルで」父が相談したいと言ったことが何であれ、真正面から立ち向かいたかった。

「それじゃ、明日ね、お父さん」

「わかったよ」

アレンは受話器を下ろし、雑貨店で少し時間をつぶした。チョコレートを買っておつりをもらった。顔から不安の表情が消えるのを待った。如水はとても鋭い目を持っていて彼が考えていることを読み取り、精神状態をつかんでしまう。アレンは心を偽りたくないが、傷つけないためには仕方なかった。アレンもまた如水の人となりを知り始めた。彼女にはすぐに絶望し、諦めやすく、最悪を考えようとするなど日本人特有の傾向があった。始まったばかりなのに諦めてはいけない。

　アレンは笑顔で車に戻り、チョコレートを渡した。

「まあ、ありがとう」如水は喜んだ。贈り物に心から感謝する礼儀正しさが嬉しかった。相手を受容する暖かい感謝の声だった。「ご両親と話せたの」

「父さんと話した。だけど、まずリッチモンドのホテルに一泊する。いいホテルだ。父が会いに来るって」

「まあ、なんてやさしい」如水は涙ぐんだ。「ご高齢でないといいけど。たいへんだわ。それで、お母様は？」

「母は家をきれいにしたいんだって」アレンは思いつきで答えた。

話を聞いた後の如水はとても嬉しそうだった。運転中にチョコレートを少しずつアレンの口に入れ、自分もほんの少し食べて残りを銀紙にきちんと包んで新聞紙にくるみダッシュボードの小物入れに入れた。ものを無駄にしない彼女の態度にアレンは感心した。如水は食べ残しも、アレンの服と自分の服、余白のある筆記用紙、切手など細々したものを大事にした。節約して利用することを教えられた人びとの中で暮らしていた。無駄の多い大きな屋敷を如水はどう思うだろう。使用人四人、山のように運ばれてくる食料、捨てられる残飯、金銭や衣服など何でも簡単に取り替えるのを何とも思わない感覚をどう感じるだろうとアレンは思った。考えながら困ることもあった。如水には頑固なところがある。従順に見える態度の奥には頑として動かない一徹なところがあった。明るく強靭な精神には正義という不動の道徳的価値があった。アレンへの愛に流されたけれども、正義は残った。正しいと思ったことは態度にせよ、話にせよ、行動にせよ、ひたむきだった。アレンには自分と同じひたむきさは求めなかったが、自分自身には厳しかった。将来、如水は彼の財産や食べ物や幸福を必死に守ろうとするのではないか。無駄も良しということや、昔からいる使用人がお金をくすねるのは盗みではないことを納得させることはできないだろう。すべてはアレンのためにするのだろうが、この愛もまた一途かも知れないとアレンは思った。

リッチモンドの閑静な通りにある小さいホテルに車を止めたのは、如水と入ったときあまり人目につかずに済むと思ったからだった。他人の好奇な視線と口には出さない問いかけに慣れる必要があった。日本でも似たように好奇の的になったはずだが気づかなかった。如水がそのことを言ったか、言わなかったか、どうだったろう。アレンは如水が気づかない限り、不必要に彼女の感情を害さないように今ここで聞こうと思わなかった。

感じの良いホテルだった。如水は昔風の静けさが気に入り、二人は小さいスイートルームに落着いた。窓から四角い小さな公園が見渡せ、樹木は鮮やかな秋色に色づいていた。アレンは父のホテルに電話した。

ケネディ氏は今か今かと電話を待っていた。前日からこのホテルに滞在し、旧友を訪ね歩いた。相手の自宅ではなく事務所を訪れた。時間はたっぷりあり、先方も話題豊富なケネディ氏がいろいろな情報を持って来てくれるので会いたがった。トム・ケネディは新聞より優れた情報源だった。

「すぐ行くよ」ケネディ氏は息子の電話を受けて言った。

受話器を置き、このホテルでいつも泊まる感じの良い大きな部屋をゆっくり歩き、グレーと茶のツィードのたっぷりしたコートを着、少し型くずれした茶色のフェルトの帽子を被って広い螺旋階段を降りて行った。エレベーターはなく、あっても普段は使わなかった。

外は季節外れの蒸し暑さだった。ケネディ氏はタクシーを止めて「マンスフィールド・ホテルへ頼む」と指示し、身体を斜めにして座った。タクシーは町をうねって進んだ。妻ジョゼフィーンとの長い話し合いを隠すつもりはなかった。遅かれ早かれ事実と向き合わねばならないなら早いほうがいい。時は人を待たずに過ぎていく。アレンが宿泊するホテルに着いて料金を払い、若い黒人のボーイがゆっくりと入口にやって来たので首を横に振った。

「私は宿泊客じゃない。人に会いに来ただけだ」

ケネディ氏は我ながら驚いた。なぜ「息子に会いに来た」と言わなかったのか。ケネディ氏の中に気詰まりがあったのだろうか。もしそうなら、彼はその理由を突き詰めたいと思った。ケネディ氏は偏見というものを軽蔑していた。彼の頭の中では、全人類は同じ皮膚の色になる日が必ず来るだろうし、その日は早ければ早いほどいいと考えていた。みんな不純な茶色になってしまえばいいのだ。それがどうした。そうすれば人類のごたごたの原因の一つがすぐにも取り除かれるだろう。

かつてニューヨークに行ったとき公の夕食会で我が国の女性問題に熱心な闘士と同席した。

「それにしてもケネディさん、人種問題をどうすればいいですかね」強硬な女性から尋ねられた。

周囲は見知らぬ人ばかりで、南部出身の知人たちから離れていたので、ケネディ氏は、これほど手強い女は初めてだとばかりその女に嚙みついた。「なくせ、なくせ」とふざけて言った。相手の女性は二度と話しかけて来なかった。

ケネディ氏は受付へ行き、生気のない係員に「アレン・ケネディさんへ、これから父親が上がると伝えてくれ」と頼んだ。

「かしこまりました」係員はケネディ氏を見ながら言った。

みんなが注目していたのではないか。ケネディ氏は気づかなかった。

「エレベーターはあちらです」係員は声をかけた。

「歩くよ」ケネディ氏は返事をした。一階上がるだけだった。運動が嫌いだったので、階段を歩いて上がれはいいのだと思っていた。広い階段なので上がるのは楽だったし、廊下には厚い絨毯が敷かれていた。足音を立てず、アレンから聞いた二十二号室のドアを強く叩いた。ドアの上の隙間から小さい声が聞こえ、続いて「父だ」というアレンの声がした。

ドアはすぐ開いた。アレンが笑顔で迎えたが、部屋はがらんとしていた。「如水は寝室へ髪をなおしに行きました。印象を気にしているんです　入ってください、お父さん」

「女は誰でも髪を気にするな」

ケネディ氏は中に入り、アレンにコートを脱ぐのを手伝わせて、帽子と杖を預け、いちばん楽そうな椅子に腰をおろして小さい居間を見回した。ぐずぐずしてもいられなかったが、まず葉巻に火を付けた。

「彼女が来る前に、お母さんの気持ちが変わっていないことを伝えておく。おまえの奥さんの前で話したくないからだが、私とおまえで考えよう」

父の顔が悄然《しょうぜん》としていたので、アレンはその場に立ちすくんでいた。

「お母さんは家に来て欲しくないと言うのですか」

ケネディ氏は残念だという表情をした。顔をそむけて葉巻を吸った。「そうじゃないよ。おまえの奥さんを家に迎え入れる心の準備ができていないのだ。もちろん、おまえにはいつでも会いたいし、いつでも歓迎すると伝えて欲しいと言われた。いつ戻ってきてもいいように部屋はそのままにしてある」

「ちょっと待ってください」

アレンはすばやく居間から寝室に入り、間のドアを閉めた。長い沈黙が支配した。ケネディ氏はその間ずっと葉巻を吹かしていた。細長い葉巻をくわえると先から細長い煙が上ぼった。ケネディ氏は、本当は奥さんには秘密にしておくほうがいいと思っていた。女は知らないほうが物事ははるかに楽に処理できる。しかし、アレンもそうだが、結婚したての夫は妻に何もかも話したがる。夫が知恵をつけるまで暫く時間がかかり、それは父親であっても息子には教えられなかった。

ケネディ氏は妻のこと、あの惨めな夜のことを考えていた。妻にはリッチモンドへ行ってアレンと花嫁に会うと正直に話した。妻は喜ぶどころか、ケネディ氏が役に立たないと思ったらしく、ひどく罵倒した。

「良いようにしなくてはならん。私たちがしなければ傷つくのは誰だね。君と私だよ。若い夫婦はどこかへ行って新しい生活を築くだろうさ。この家に取り残されるのは私たち二人だ。一人息子と縁を切るわけにはいかないじゃないか」

「そんなこと言ってませんよ。さっきから言っている通り、アレンはその女をこの家に連れて来られないと言っているだけです」

「二人は結婚したんだよ」ケネディ氏は繰り返した。

妻の愛らしい顔にずいぶん昔に気になった表情が浮かんだ。冷笑だ。初めてその表情を見たのは新婚旅行だったが、その理由は忘れてしまった。彼がキスするための可愛い唇が、彼の愛情さえ寄せつけないほど歪むのを見たときの衝撃は忘れなかった。その時に愛情は愛する者さえ変えられないことを知った。それ以来ずっと妻を愛して来たが、すべては愛せなかった。妻のことを考えたくないと思う時や、愛情は後回しになる時が増えた。

「結婚していません」ケネディ夫人はきっぱり言った。女らしく上品に見せたいときの優しい喋り方だが、声を荒げるとケネディ氏も恐ろしかった。

「なぜ、またそんなことを言う。寺というのは教会と同じようなものだと言ったじゃないか……」

「寺なんてどうでもいいのです」

妻の勝ち誇ったような顔は実に嫌らしかった。以前にもそういう表情を二、三度見たことがあった。かつて自分とアレンの意志に反してアレンを軍隊組織の私立学校に入れたときもそうだった。ケネディ氏が妻の言うとおりにしたのは、息子を退学させろと言ったら大騒ぎになりかねなかったからだった。

「君がとやかく言うことではない……」ケネディ氏は喋り始めた。

夫人はムチのように鋭い一声で夫の長々とした講釈を遮った。「仰るとおり。私やあなたが何を考えたってどうしようもありませんとも。法律ですから。ヴァージニア州法では白人と有色人種の間の結婚は禁止されています」

夫人はさあ答えてみなさいという目つきで夫を見つめた。

「ジョゼフィーン、その法律の対象は黒人だ」

「法律です」夫人は繰り返した。

ケネディ氏は腰を上げて夫人の前から消えたが、寝る前にお抱え弁護士のバンクロフト・ハインズに電話をした。事実だった。州法ではアレンの結婚は禁じられていた。女性にアジア人の血が流れているからだった。ケネディ氏は息子にどうにかしてそのことを伝えなければならなかった。

ドアが開いてアレンが如水とやって来た。恐れていたことが現実となった。ケネディ氏は息子と手を繋いでいる女性を見つめながら立ち上がった。内気そうで可愛い女性だった。乳白色の肌がほんのり赤く染まり、大きな黒い目は不安から潤んでいた。何と可愛い顔だろう。おずおずし、理解してもらいたい一心で一生懸命に気を遣っている。この女性に対する同情が胸に込み上げてきて隠しようがなかった。

「如水です」アレンは紹介した。

ケネディ氏は重い足取りで部屋を横切り、大きく柔らかい右手を差し出した。「お目にかかれて嬉しいですよ。遠いところからよく来てくれましたね」できる限りの気持ちを込めて言った。手のひらの中にある小さな硬い手を優しく握りしめた。「お疲れでしょう。多少ホームシックもあるでしょう」

「そんなことありませんわ」如水は囁くような声で返事をした。ケネディ氏の大きさに圧倒された。

次の瞬間には何とやさしいのだろうと感じた。唇を震わせながら笑みを浮かべ、これ以上ないほどの大きな目でケネディ氏を見上げた。

ケネディ氏は肌が黒くないのでほっとし、愛しさにも似た気持ちで如水を見た。南部の良家にだってもっと色の黒い娘たちは沢山いるじゃないか。ジョゼフィーンにそう言ってやろうと思った。

「ずいぶん小さいね」と息子を振り返った。「日本の女性はみなこんなに小柄なのか」

「如水は小さいほうではありませんよ」アレンは胸が熱くなった。父はいじらしいほど繊細な彼女の魅力に気づいてくれたので誇らしかった。どうして息子が彼女に恋をしたのか父は納得しただろう。父は味方になってくれるだろう。

長身の二人の男の間で如水は笑顔を見せた。もう恐くなかった。義理の父であるこの大男が助けてくれて何もかもうまくいくだろう。ケネディ氏が好きになった。この人を恐れることはなく、この人の家で幸せに暮らせるだろう。この人の息子ならアレンは素晴らしい人にちがいない。そして、如水も完璧な嫁になるだろう。

如水はアレンから離れた。「お父様、どうぞおかけ下さい。アレン、お茶がないので、お茶とお菓子を持ってくるように頼んでくださらない」

「私は何もいらないよ」ケネディ氏は変わらぬやさしい声だった。何て可愛い娘なんだろう。「朝食を済ませたばかりだからね。アレンは私が朝食をもりもり食べる人間だということ知っているよ。だが、昼間はほとんど何も食べないんだ。夕食までね」

ケネディ氏は腰をおろし、如水はどうしようかとアレンを見て「ウィスキーソーダでも、コーラでもどうですか」と言った。二人で旅をしている間にコーラを飲むことを覚えた。アルコールは好きでないからだ。

「じゃあ、ウィスキーソーダにしようか」如水が喜ぶならとケネディ氏は頼んだ。

アレンが注文し、如水はボーイが運んでくるまで気が気ではなかった。トレイで運ばれて来るとアレンにはグラスも氷も触らせず全部自分でやった。ケネディ氏にウィスキーソーダを注ぎ、小さなテーブルを持ってきてその上に全部きちんと揃え、ケネディ氏がグラスを手にするとようやくほっとし、ケネディ氏がグラスに口をつけるまで心配そうに見守っていた。

「美味しいですか」

「最高だね」ケネディ氏はやさしく答え、如水が喜びそうなことを言ってやりたかった。

「さあ、君は座って休みなさい。息子は親切にしてくれるかね。大事にしてもらわないと」

「如水、掛けなさい」アレンが言った。

如水は無言で、すぐに座った。しなやかな身体を緊張させて二人の男を代わる代わる見ていた。

「いつもこんな風におまえを甘やかせているのか」ケネディ氏は息子に訊いた。

「日本人は女性はこうでなければと考えます」アレンは笑顔で答えた。

「素晴らしい人たちだな」ケネディ氏は言った。

そこで大事なことを思い出した。悲しいことや辛いことはすぐ忘れることにしてきたのでそれまで忘れていた。だが、もちろんこの女性の前では話せない。彼女の心はずたずたになるだろう。それはだめだ。ケネディ氏とアレンの二人で考えねばならなかった。息子に良い手だてを授けたいが、一体どうすればいいのか。

ケネディ氏は深刻な面持ちで、如水はすぐ二人の雰囲気を察して再び心配そうにアレンを見て、この人に日本語が出来たら何か悪いことをしたかと訊けるのだがと思った。アレンが自分を見なかったので、この沈黙といい、父親が悲しそうに自分でもアレンでもなくグラスや足下や窓を見つめているのが急に堪え切れなくなった。如水はそっと動いてアレンの肩に手を置いた。「私、何か悪いことをしたのかしら」と囁いた。

「もちろん、してないさ」アレンは普段どおりの声で言った。「でも、お父さんは僕と二人きりで話がしたいようだ。あっちの部屋に行っててくれないか」

如水はその時何かとても悪いことを感じたが、子どものように言うとおりにした。寝室へ向かい、ドアを開け、部屋へ入って静かにドアを閉めた。

ケネディ氏はその時避けられないと悟った。逃げ道はなかった。グラスを置いた。「いいか、悪い知らせだ」

アレンは返事をせず、父の次の言葉を待った。

「率直に言ったほうがいいだろ」

「もちろんですよ」

「そう言うと思っていた」

ケネディ氏は椅子に座ったまま前に屈み、両肘を膝につけ、大きな手が膝の間に下がった。彼はその手を指が捻れるほど握りしめた。「お母さんの言うとおりだ。おまえたちの結婚は違法だ」

「どういう意味ですか」アレンは食ってかかった。

「この州ではだ」ケネディ氏は重苦しそうに言った。「人種間の結婚を禁じる古い法律がある。お母さんは何かの手段でそれを知った。仲間の誰かがどこかで聞き出したのだろう。前々から知っていたとは思えない」

「その古い法律は黒人との結婚を禁じているんですよ」アレンはきっぱり言った。

「そのとおりだ」ケネディ氏は言った。ひどく汗をかき、広い額は汗がびっしょりになって両耳のわきを流れた。「だがな、それは白人以外のすべての人種との結婚を禁じているんだ」

「誰がそう言ったのですか」

「弁護士のバンクロフト・ハインズに訊いたら、そう言った」

ケネディ氏は立ち上がって窓際へ行き、外を眺めた。しばらくアレンに立ち直る時間を与えたかった。

「この州では暮らせないってわけですね」

「そういうことだ」ケネディ氏は息子が喋ったので安心して振り向いた。「だから他の土地へ行って民事婚をすべきだ。そうすれば安心だ。本当にそうしたいならな」

「なぜ本当になんですか」アレンは訊いた。疑っている素振りに急に腹が立った。

ケネディ氏は穏やかに言葉を返した。「自分のことは自分が一番よく知っている。念のために言っているだけだ」

「僕たちは他の州へ行きますよ」アレンは怒った声で言った。「ニューヨークへ行きます。ニューヨークで仕事を見つけます。二度と家には戻らないとお母さんに伝えてください」

「そんなことは言わんよ」ケネディ氏は息子をたしなめた。再び腰をおろしてグラスを手にし、半分ぐらい飲んでテーブルに置いた。「そんなことを考えちゃいけない。度々戻っておいで。おまえは一人息子なんだから」

「お母さんはそう思ってませんよ」アレンは言い返した。

「まるで子どもだな、おまえは。お母さんはおまえが可愛くてしょうがないんだ。子離れできないところが問題なんだ。胎盤からまだ血が流れているんだよ。おまえだけではなく、おまえに関わる生活のすべてがそうなんだ。子どもを生めないことが分かったとき死ぬかと思うほど泣き続けた。あいつは乗り越えられないと思ったよ。私の部屋の古い椅子に座って一晩中あいつを抱いていた。二人とも眠れなかった。あいつは神を絶対に許さなかった。夜、祈りの言葉を言わなくなった。何年もだ。日曜日に教会へは行っていたけどな。だが、その態度を崩してない。私に対してさえ理解できないようなやり方を頑なに続けている。私のせいでないことは神様もご存じだ」

「あの人は何でも自分のしたいようにしようとするんだ」アレンは怒鳴った。

ケネディ氏はアレンの言葉をはぐらかし「あいつは哀れな、素敵な、子どもっぽい人間なんだ」と愛おしむように言った。初めてアレンに対し一人の男として語りかけた。「お母さんは強いし、何でもできる。ときどき私にも止められないほど親分肌で物事を取り仕切る。そうかと思えば、恐がる子どものような一面を見せる。おまえには理解できないだろうな。だが、私は理解している。あいつは自分のやり方しかできない女で、私には面白い女だ。私は面白い女でなければ愛せない」

ケネディ氏は恥ずかしそうな、取り成すような何とも言えない表情で息子を見た。アレンは胸にじんと来て照れくさかった。母親を妻たる女として見られなかった。丸裸の姿は見たくなかった。アレンはその話に触れまいとして元気よく立ち上がった。

「お父さんはできるだけのことをしてくれました。後は私に任せてください。私たちと一緒にお昼を食べて行きませんか。午後にはホテルを出ようと思っています。そのうち本や衣類を取り寄せるつもりです」父に言った。

「私は今日中に発つ。落ち着き先が決まったらまた会いに行くよ」ケネディ氏は疲労感を覚えたし、もうあの可愛い女性に会うのはよそうと考えた。

「決まったら知らせます」アレンはそう言い、父と息子は強く手を握り合った。歳のせいでかなり曲がった父の肩に頭を預けたくなる気持ちを必死にこらえ、真っ直ぐ正面を向いてきっぱり言った。

「正直に話してもらって良かった。すべてがはっきりしたし、自分の立場も分かりました」

ケネディ氏は咳払いをして、アレンのために何か言ってやろうかと思った。膝がぐらつき暫く横になりたくなった。

「さて、もう行くよ。必要なときは連絡してくれ。私はずっと変わらんよ」

「分かっています」何気ない言葉にも感傷的な響きがあった。父は別れ際にはいつもそう言った。とはいえ、ケネディ氏にできることは何もなかった。

アレンは出て行く父を笑顔で見送ってドアを閉めた。一人になると腰をおろして両手で顔を覆った。

隣の部屋では如水が待っていた。名誉にかけて父と息子の話を聞こうとはしなかった。だが、自分にとって抜き差しならないことが話し合われているのは分かっていた。寝室の真ん中でじっとしていた。疲れていた。旅行だけでなく、久しぶりに椅子に座り、ベッドで眠る生活から来る疲れだった。脚の筋肉が緊張して痛み、マットレスが柔らかくて腰が痛くなった。まごつかないように、そう見えないようにしようとすることだけで疲れた。如水とアレンはそれほどお互いを知らなすぎた。理解が必要なときに重圧が課せられた。如水の愛は強かったが、アレンの愛はどうだろう。ずっとそのことを考えてきて、まだ答が出ない。

隣室のドアが閉まる音が聞こえ、呼ばれなかったが、部屋を隔てるドアをそっと開けて覗いた。夫は腰かけて頭を抱えていた。どれほど悲しいのだろう。

「アレン」

アレンははっとした。彼女がいることを忘れていた。顔から両手を離した。

「どうしたの」如水は声を上げた。急いで彼のそばに跪《ひざまず》いた。「アレン、何があったの教えてちょうだい」

アレンは恥ずかしくて如水に話せなかった。ヴァージニア州法が結婚を禁じている現実、他者を引っかける網に本来は対象でなかった彼女がかかったことをどう説明すればいいのだろう。スズメバチ除けに仕掛けた仕切りがチョウまで寄せつけないとどう説明したらいいのか。

「母の具合が良くないみたいだ。良くなるまで待ったほうがよさそうだから、しばらく住むところを探さなくては」アレンは気まずかった。

如水の表情が変わったのでアレンはあわてた。「アメリカでは両親とは一緒に住まない。そうしないものなんだ。若者はたいてい同居を嫌い、年長者たちも長く一緒に住みたがらないんだよ。クリスマスには家に顔を出せるだろうから、それまでは……」

アレンは立ってポケットに両手を突っ込み、部屋をうろついた。跪いたまま彼を見つめる如水の白い顔は落ち着き、大きな黒い目はただ彼の動きを追った。

「ニューヨークへ行こう。大都会ではいろんな人たちが生活している。いいかい、僕の故郷は小さな町で、住人は何世代もそこで生活してきた人たちなんだ。十数家族ほどの家とその家で働く人たちや周辺の町などからできている。日本人を見たことはないだろうと思うよ」

「それじゃ見せてあげるわ」如水は言った。

アレンは言い逃れができなかった。如水の前に立ち、懸命に笑顔をつくって自分を見上げる彼女の顔を見た。

「君のお父さんが僕をどう思ったか覚えているだろう」

「でも、アメリカでは」

「アメリカではそうなんだよ。アメリカこそだ。覚えているだろう？　大きくなるまでロサンジェルスにいたときのことを。忘れてないよね」きつい口調だった。

忘れていなかった。うなだれて、長い睫毛の下に涙がたまった。「変わったと思っていたわ」如水はつぶやいた。

「変わりつつある、たぶんね。僕はその変化の一部だし、君もそうだ」

如水はその言葉で顔を上げ、恐る恐るアレンと目を合わせた。

「なんだか寂しい」小さな声だった。

「二つの星が居場所を探してさまようってとこかな。見つかるとも」

アレンは如水の手を取って足下へ引き寄せた。「もう心配しないで、お願いだよケネディ夫人。新婚旅行は終わった。これからは生活だ。君をこれからジョー・ケネディと呼ぶからね。それがいい。アメリカ人ぽくていいじゃないか」

アレンは怒りから勇敢になり、反抗心から勇気が湧いた。古いものも過去も糞食らえだ。軍を除隊してニューヨークで仕事を見つける。良き夫になって家庭を支える。父になるのか。それには二の足を踏んだ。そうなったら、目立たない場所で、隣人もなく、ハチの巣の巣室のような、誰も他人に関心を示さない小さなアパートでということになる。
「おいでよ、ジョー」アレンは固い決心で如水を抱いた。怒りの感情だけがそうさせた。「荷物をまとめなさい。北へ行こう」

変化は楽そうに見えた。アレンは難なく週刊誌の仕事を見つけた。書類は申し分なく、容貌も良く、経験もあった。陸軍の名誉除隊証を見せ、リバーサイド・ドライブに見つけた小さなアパートに住めるだけの給料をもらった。如水もコロンビア大学の学生と結婚した中国人の女性や、教育学と心理学を勉強中の日本人夫婦と友だちになった。

しかし、変化は二人の間にも訪れた。如水もアレンもこの愛を壊すまいと必死で、一時はさらに情熱が高まったが、次第に互いに心に秘密をもつようになった。それに、二人はこぢんまりしたアパートが天国に見えるようなスラム育ちではなかった。エレベーターやテラスやすすけた屋根が身体に染み込んでいるアパート育ちでもなかった。二人は広々した豊かな環境で育った。如水はこぢんまりしたキッチンをきれいに片付けながら、京都の我が家の光景を思った、襖を開けると一つの部屋から次々に部屋が続いた。アレンは狭いクローゼットに服を掛け、大きな屋敷の自分の部屋を思い浮かべた。屋敷は彼が受け継ぐことになっていて、法律上の後継者である彼から奪い取られることのない所有物だった。二人は心の中で庭や池を思い浮かべ、如水は遠い故郷の滝の水しぶきを夢に見た。如水にとっても、流れる水、池、格子戸の家、床の間の愛蔵品は自分のものだった。愛を忘れたことは一瞬たりともないが、それぞれが現在も今後も手が届きそうにないものを夢見ていた。

それに、アレンも如水も内心この街がだんだん嫌いになっていた。ここは一時的な生活の場だった。ハチの巣のような部屋で暮らして生活と言えるだろうか。胎児ならそうかも知れないが、生きて、動き、感じる人間が生活する場ではないと、如水は、絶対に口には出さないが、心の中で思っていた。アレンは自分の密かな夢にとらわれていて、如水の心の秘密など考えもしなかった。

アレンは家のことや子どもの頃のこと、そして両親への愛を考えまいとして怒りをつのらせた。大好きな家で暮らす両親のことを絶えず考え、母親よりも父親に強い怒りを感じた。男は命令し、女に言うことをきかせるべきだ。そうしないのは男としての弱さだ。自分は父とはまったく違うという自覚はなかった。彼は非常に潔癖で誰の女にもなる売春婦を抱く気にはならなかったが、敗戦国を征服したことはアレンを変えた。アレンだけでなくすべての男を変えた。敗戦国の女を力ずくで服従させたい気持ちになる男は大勢いた。それは戦争の最終局面における一個人としての勝利の完結だった。自分はそういう男ではないと断言したが、そうだったのだ。父親は傲慢ではないが、息子はそうであり、父親は意地っ張りではないが、息子はそうだった。アレンは力に秀でた世代の一人であって肉体の強さによって征服し、誰からも支配され管理されることを望まない父親とはだいぶ異なる。

毎日そう考えていると、アレンは知らぬ間に如水に対しても一段と意地を張るようになり、命令口調で、強情になった。如水は驚き、自分が何をどう間違っているのか分からなかった。如水は完全主義者で、物事をきちんとし、食堂兼居間の隅のテーブルに花を活ける時間にも気を遣った。しかし、一つのことに拘ってアレンが帰宅する前に何もかも片付けようとしてもできないことがあった。使用人はなく、アメリカでは使用人を使う女性は少ないので雇う気もなかった。それに、時間をどう過ごせばいいのか。冬になって公園に行けなくなったら学校へ行こうかと考えた。ニューヨークには無数の学校があった。アレンが残業で遅くなると、取り寄せた学校案内を調べたりして帰りを待っていた。毎週そんな夜が何日かあり、うち一日は締め切りで忙殺される。帰宅が明け方になることもあるが、如水は必ず待っていた。

学校に行くとすれば、そういう時間に勉強できるだろう。如水は近所の図書館から本を借りて来て読んだ。良い本もあれば、そうでない本もあった。アメリカ風の生活に関する本を探すには高齢の司書に丁寧にお願いするほかなかった。そうして借りた本を読むほどに如水は驚き、戸惑った。アメリカ女性が抱える問題や女性問題のどこに自分は位置するのか。自分の生活は愛する人と暮らすこの小さなアパートの中にしかなかった。

それにしても、永遠にこの生活が続くのだろうか。家が小さな箱に見え、苛々《いらいら》してどうにかしたくなる時もあった。これがすべてなのだろうか。

「アレン、お友だちはいないの?」そんな日々を過ごしていたある日尋ねた。

如水は夫の好物のすき焼きとご飯を用意していた。

「友だちだって？」

「一緒にお喋りしましょうよ。私こういうお料理を作るわ。男女二人ずつ呼んでお喋りしましょう」

「仕事以外に時間がなかったからな。もう少し先だな」

如水はある日公園で出会った日系アメリカ人の男女を家に招いた。シアトルで生まれ育ち、現在はコロンビア大学の学生だった。楽しかったが二人とも遠慮していた。如水の夫は将校だと思ったのである。アリゾナ砂漠の有刺鉄線の中で暮らしたことを忘れられなかったのだ。それでも、楽しい夜だった。若い二人は収容されていた間砂漠に生えるヨモギの曲がった根に彫刻していろいろな形にした。如水がどうしてもと頼んだので彼らの傑作のいくつかを持って来て見せてくれた。絶対に売ろうとしなかった。

「忘れないように大切に持っています」ずんぐりした妻は言った。

気兼ねしながらも心のこもった会話があり、如水の手料理をとても褒めてくれたが、二人は早めに帰った。如水はもう二人を家に招かなかった。「あなたには合わなかったかしら」客人が帰った後でアレンに尋ねた。

「そんなこと気にするな。とても感じのいい人たちだった。君に友だちが出来るといいと思ってるよ」アレンは実にやさしかった。

それからは苛々が急に消えた。ある日、毎日買い物に行くマーケットから帰って来ると気持ちが悪くなり横になった。以前から気になる徴候はあった。生理の遅れや、わずかな体調の変化を感じていたが、気のせいと思った。生理は以前から不順だった。

子どもから大人になる時期にアメリカを離れ、それまで見聞きしてきたものすべてがご破算になり、友人関係のみならず慣れ親しんできた風景などからも切り離されて情緒不安定になり、祖国であり異国でもある日本の風土に順応しなければならないことが心と頭に強い緊張と負担を強いて身体に影響を及ぼしたのだと日本にいたとき医者から言われたことがあった。ここ暫く、妊娠したのではと思いながら、子どもは欲しくなかったので、そうでないことを願っていた。今の暮らしで子どもが生まれたらどうしよう。遊び場もない箱のような家だけではなく、公園の問題もあった。如水は公園で白人女性が黒人の子どもから我が子を守る姿を見ていたのだ。自分の子はあの公園へ絶対に連れて行くまいと思った。子ども、である。

「困った」如水はつぶやいた。

この日、横になって休んでいると身体の中に動きを感じた。ごく僅かな動きだが、自分自身ではなかった。認めたくないが徴候がはっきりと形になって現れた。彼女の身体の中でもう一つの生命が動いた。疑いのない事実だった。子どもができたのだ。

如水は恐ろしくてじっとしていたが、向きを変えて枕に顔を埋めて泣いた。

まだ生まれていない子どもは母親が泣いたのを知らない。子どもは意志とは無関係に暢気に生命の時を刻み始め、母親の苦悩とは無縁だった。一人ぼっちでこの世に出る準備をしながら、勢いよく成長し、臨終のとき忘却と安らぎの中で迎える末期の深い眠りと同じ眠りについている。だが、目覚めている時間は毎日少しずつ長く、眠っている時間は短くなり、脚で蹴ったり腕を伸ばしたりして永遠から切り離される誕生の危機に備えている。子どもにとって時は動き始めている。

この子、レニーの世界も始動している。子どもは母親がしばしば泣くのを知らなかった。何も考えずに成長していた。誰のところに生まれるか知りもせず、気にもせず、微小世界における力強い融合のことも知らなかった。眠り、臍《へそ》から栄養を摂って、動きは徐々に活発になり、自分の存在は自分と母親だけの深い秘密であることを知らなかった。

妊娠に気づいたことをアレンに言おうとしなかったからである。如水は恋をして結婚し、今も深く愛するこのアメリカ人が幸せでないことを感づいていた。夫は一生懸命に働き、やさしく愛してくれた。夫婦の間には愛情に満ちた長い時間があったからである。夫の腕に抱かれてすべてを捧げ、愛に溺れ、思考は止まり、すべての感覚を失って肉体は永遠に溶け合った。それでも如水は秘密の第三者のことがいつも気になっていた。それは愛の融合を共にしたのか。自分のいる海が外から嵐に襲われているように感じておかしいと思ったのだろうか。

「どうしたの。何を考えているんだ。君はどこかへ行ってしまったみたいだ。戻って来てくれ」

「私はどこにも行かないわ」如水は手を伸ばした。「ほら、あなたとここにいるでしょう」

如水は夫に言おうとしなかった。夫とのズレを感じていたからだ。随分前から夫に秘密があることを知っていた。アレンには別の人生を生き、妻と分かち合えない考えがあった。自分が引き離した故郷の家と家族、分かち合えない子どもの頃の記憶だけではなかった。アレンは政治に関心があり、如水にはついて行けなかった。夫は自分が読めない本を読み、小型ラジオでニュースを聞いていてひどく腹を立てたり、新聞を読みながら不愉快な顔をした。自分にとってはどうでもいいことだが、夫が大きな関心を持つことなら自分も興味を持つべきではないか。教えてもらえるのは夫以外になく、理解しようといろいろ尋ねると、夫は顔には出さないものの面倒くさそうに答えた。夫のもどかしそうな態度はだんだん顕わになり、如水はとても傷ついた。

「私に教えるのは負担なのね」ある日きっぱりと言った。

「ちがうよ。疲れて帰って来たからだ」

だが、その通りだった。思い通りに学校に行けていたら如水はアメリカについて学ぶことができただろう。だが、それは論外だった。子どもが生まれようというときに行っても何もならない。堕胎を試みたことはあったがだめだった。友人の日本人に話して一緒に医者へ行くと、どうしても生みなさいと言われた。遅すぎたのだ。医師は堕胎はしなかった。如水はようやく納得した。生まれる前に子どもを殺すのは子どもに対して公正ではない。この世に生まれてくるのは子どもの責任ではない。それは運命だった。

秋が過ぎて初冬を迎えた。如水は秘密のことを考えると惨めになり、何度もアレンに話そうとしたが結局は明かさなかった。口が重くなって話せなかった。夫が恐いからではなく、生活が不安定になると感じていた。小さいアパートでも月決めで借りていた。月単位で人はどうやって暮らせるのか。

「そのうち家に行こう。その時が来た。母が生きている間僕たちを拒んでも、いつかは母は死ぬ。そうしたら拒めない」

「アレンったら。親のことをそんな風に言ってはいけないわ。罰が当たるわよ」

アレンはちっとも気にする様子はなかった。「死は自然なことだ。年寄りが死ぬことはいいことだ。年寄りがいなくならないと進歩はない」

「あなたのお母様でしょ」しなやかな手を口にあてた。

「母は狭い世界の人間だ。あの小さい町で生まれ育った。物事は変化することを理解できないか、理解したくないのさ」

「あなたもその町が好きなんでしょう」

「そうだよ。だから僕がそこで暮らすことを認めようとしない母が許せない」

「お母様が死ねばいいなんて思えない。誰であってもよ。死ねばいいなんて思えないわ」

アレンの態度は変わらなかった。「君は人を殺したことがないからさ。いいか、如水。僕は人殺しを教えられたんだ。大したことじゃないよ。座って編集長の話を聞いていて彼が敵ならどうやって殺すかと考えるときもある。あいつの大きな図体の急所が分かる。自分を守る方法も知っている。首の柔らかいところとか、肋骨の下とかね。銃剣があいつの肉に滑り込むんだ」

如水は恐ろしくなって立ちすくんでアレンを見つめた。ピンクの可愛いエプロンをして皿を洗っていたが、持っていたガラスの皿に思わず力が入った。

アレンは笑った。「心配するな。僕はそんなことはしない。そういう訓練をしたという話だよ。なぜ死が恐くないのか理由を説明したんだ」

如水は返事をしなかった。後ろを向いたまま熱い湯でまた皿を洗い始めた。

アレンは母親が大好きなのだ。そうでなければあれほど怒るわけがない。

「私は家を出たほうがいいのではないか。愛するものすべてから夫を遠ざけているのはこの私だ」如水は思った。

どうしたら出て行けるか。サンフランシスコの銀行に多少の預金はあるが、落ち着き先はなかった。父に手紙を書けば送金してくれるだろうが、きっと帰って来るなと言うだろう。それに実家へ帰ってどうするのか。子どものこともある。如水のほかに子どもが欲しい人はない。子どもと実父が一つ屋根の下で暮らすのは無理だ。つねに自分が盾になって間に入らなくてはならない。生まれる子はまちがいなくアレンに似ていると思った。白人の血は他の人種より優性で必ず表に現れると聞いたからだ。そういう子が黒い目、黒い髪、黄色い肌の人間ばかりの国で幸せに暮らせるだろうか。幸せになれないのではないか。似たような顔の人間の中にいるべきだ。だから、どうしたら出て行けるのだろう。

日本人の友人たちともだんだん疎遠になった。昼も夜も頭から離れないことを他人に話せないので、体調が良くないから休養を取るという口実をつくった。学生夫婦は学業に忙しく、如水は次第に誰とも会わなくなった。

そんなある日、アレンから電話で幼友達のシンシアという女性を連れて帰るという知らせがあった。アレンの職場に訪ねて来て、如水に会いたいと頼んだのである。その晩連れて来るというので、美味しいすき焼きを作ることにした。電話の夫の声は明るく弾んでいた。しばらくそんな声を耳にしたことがなかったのでとても嬉しかった。

室内をきれいに掃除し、小菊と、日本の実家の庭に秋になると沢山咲いていた大きな菊の花を三本買いたくなった。買った花を飾るために二時間かけて狭いアパートになんとか見映えのする場所を作ろうとしたが、結局は窓辺に置き、空と建物の屋根を借景に利用した。

料理にはかなり気を遣った。炊き上がったご飯がべたつかないように何度も米をといだ。二十日大根を花の形に切り、チキンスープにクレソンとエンダイブを少量きざんで飾りにした。魚はお頭つきである。アメリカでは頭を切り落として出すが、それは嫌だった。魚は全体がそろうと美しいが、頭がないと見られたものではない。如水は食器を磨き、隅々までキッチンの掃除をしたので、とうとうお腹の子どもが文句を言い出し、横になって安静にした。

如水はお腹の子どもに名前を付けた。生まれる前でも話しかけるからだ。じっくり考えた。生まれて来る子どもの名前は何にしよう。父の名前とも母の名前とも全然ちがうこの子らしい名前にしたい。アメリカ人のジョゼフというのはどうかと思ったが、気に入らなかった。亡き兄の名前の堅山にしようと考えたが、兄の名前を名乗っていいのかどうか。許可なく使うのはいやだし、いいと言ってくれる人もいなかった。如水は子どもの顔を想像した。思い当たる人の誰にも似ていないようでいて似ているような、まさしく地球の子どもである。アレンの母がこの子の存在を認めようとしない時に、アレンと名付けようとは思わなかった。アレン、そうか、父親の名前の一部をとってレニーにしようか。如水がその名前をつぶやいた瞬間に子どもの名前になった。生き生きした小さい顔が見えた。大きな目の色は分からないが、はっきり見えた子どもの顔はレニーという名前がぴったりだった。掃除で室内を動き回ったり、立って野菜を切っていたりするとレニーはご機嫌斜めで、如水はやさしく彼を叱った。

「すぐ座りますからね、レニー。本当に座りますよ。でも、座って野菜を切る人なんていませんよ。立って切るものですからね。だからどうかおとなしくしてて」

それでも子どもが暴れるときは横になった。

アレンは妊娠に気づかないが、シンシアという女性は気づくだろうか。敵だろうか、味方だろうか。

シンシアを見た瞬間に味方だと思った。長身で、見事な金髪美人がアレンと一緒にやって来た。あまりの美しさに如水は見とれた。アレンが結婚するはずだった女性だ。すぐにそれが分かり、アレンの母親の気持ちがよく分かった。シンシアこそ結婚相手だったのだ。そういう女性がいたことを知っていたら、如水はアレンを深く愛していたので、彼の求愛を断っただろう。

如水は言葉が出ず、手を差し出しだすと、シンシアは両手で握手した。

「とても会いたかったわ」温もりのある大きな声だった。「小さい頃からアレンとつき合いがあるのよ。兄妹みたいなものね。アレンから聞いていると思うけど」

「聞きました」

如水はその美しい女性から容易に目が離せなかった。目はこの上なく青く、肌は白くなめらかで、ふっくらした美しい口だった。

「帽子を取れば、シンシア」アレンは気軽に言い、会えて嬉しそうだった。「気楽にしてね。狭いけど我が家だ。如水、失礼じゃないか」

「本当に驚いたわ」如水はつぶやいた。

「驚いたって、何が」

「とても美しい方。これほど美しいとは知らなかったわ。言ってくれなかったから」

アレンとシンシアは楽しそうに目と目を合わせて如水に笑いかけた。「とても可愛い方ね」シンシアも言い返した。「こんなに可愛いなんて教えてくれなかったじゃない、アレン。夢中になるのも無理ないわね。上着の飾りに付けておきたいわ。花みたいに」

如水も笑い、シンシアが大好きになった。こんな風に会えて嬉しかった。とても美人で、大柄で、優しかった。

「どうぞ掛けて下さい」如水は気持ちが落ち着いた。「お茶を入れますね。アレンが今夜はすべて日本風だと言うので、失礼しますね」

如水は会釈をして部屋を出て、狭いキッチンに入りドアを閉めた。ちょっと椅子に腰かけ、息をついた。「レニー、飛び跳ねないで。エプロンを掛けているから見えにくいけど、まったく見えないことはないわ。おとなしくしてて。ママの力になって」と無言でお腹の子どもを叱った。

心臓の動きが落ち着くと子どもはすぐ静かになった。如水は立ってお茶を入れた。

ドアの向こう側もとても静かだった。声は聞こえるが、話までは聞き取れない。彼の家のことや、母親のことや、自分の前では言えないことを話しているのだろう。当然だが、如水は少し寂しかった。それでも、なるべく長く話をさせようとしてゆっくりお茶の支度をした。

「……可愛い方ね。お母様が一度でも会っていたら事情は変わっていたはずだわ」

「クリスマスにはと思って……」

「私もそう思う」シンシアは同情した。溢れるほどの同情心が目からも、慰めるような笑顔からも、椅子から身を乗り出すようにして話す姿からもうかがえた。シンシアはアレンのことはそっちのけだった。彼にもそれが分かり、冷静ではいたが寂しい気もした。如水と出会わなかったら、シンシアは彼を愛し、彼もシンシアを愛しただろうか。たとえアレンの母が二人は愛し合ったことはないと思ったとしても、今は少し彼女の敷居が低くなっていたかもしれない。

「君には何でも話せる気がするよ」

「なら、話してよ。アレン」

「お母さんは君と僕のことをどう思っていたかな」

「ああ、そのこと」シンシアはすぐに答えた。赤くならず、輝く目は冷静そのものだった。「私はあなたが大好きよ。知っているでしょう。当時も今もあなたのいない人生なんて考えられないけど、結婚に結びつく好意ではないと思うわ。そう思わない？」

「そうだね」アレンは仕方なく同意した。

「なぜそんなことを訊くの」

「お母さんを説得してくれたら、どうにかなるのではと思って」

シンシアは膝の上で白い手を組み考え込んだ。「言いたいことは分かるわ」シンシアはその気になった。

「いいわよ。やってみる。手強いけどやってみる。とても可愛い人だって言うわ。如水って言ったかしら。様子を見てみましょう」

「できればでいいんだ……」

「やるわよ」元気に言った。「彼女の目は黒くて大きいわね。睫毛もまっすぐ。日本の女性はみんなそうなの」

「日本の女性の中でも美しい」夫としては控え目に言った。

「アメリカ女性の中でも美しいわ」シンシアは本心からそう言った。

「あなたが好きになるのは無理ないわ。私は断然あなたの味方よ。反対派に宣戦布告だわ」

「君が主役だよ、シンシア」アレンは気持ちが高揚した。シンシアは自分がしたことの正しさを認めてくれて、自分と父が出来なかったことが出来るかも知れない。

「お母さんが折れなかったら、如水に私に会いに来てもらってパーティにみんなを招くわ。そうすれば」

「それは、どうかな……」アレンは心配になった。

「アレン、臆病じゃだめよ。何とかするのよ。クリスマスにいらっしゃい」

シンシアの決意と楽観と暖かい励ましでアレンは胸が熱くなった。

そのとき如水がお茶を入れて来た。シンシアは茶道についていろいろ質問した。茶道のことを聞いたり読んだりしたことはあるがよく知らなかった。如水は打ち解けて説明した。これまで日本について知りたがる人はおらず、シンシアが初めてだった。如水は楽しそうに実家のこと、父と母のこと、花や床の間のことなどを話してやった。シンシアは興味深そうに熱心に聞いていたので、アレンは驚きの目で二人を眺めた。知りたがる人はいなかったと言った意味がアレンには分かった。アメリカ人は尋ねない。それは事実だ。アメリカ人は言うだけで尋ねなかった。如水とシンシアの間はそうではなかった。アレンは如水が遠慮がちに言う魅力的な声に耳を傾けた。如水はアレンがいることをすっかり忘れていた。シンシアとばかり楽しそうに話をしていた。寂しかったのだろうか。アレンはこれまで不機嫌な顔ばかりしていた自分を後悔しつつ、やさしい眼差しで如水を見つめていた。自分のしたことが良かったのか、悪かったのか悩んでいることが分かったのだろうか。

シンシアが二人に力を貸してくれるだろう。きっと最後は良い結果が出るだろう。そうでないと。

シンシアが帰った後も彼女の芳しい残り香は効果を発揮した。彼女の心の広さはアレンの中にやさしい気持ちを蘇らせ、如水に対しても優しく振る舞うようになった。しばらくなかったことだ。

「君は素晴らしかった。すき焼きは最高だね。シンシアが花を褒めたから、如水のように活けられる人はいないと言ってあげた。とても素敵だよ、ジョー。シンシアがそう言ってたよ」

アレンは再び如水をありのままに見ていた。疑念は彼の目を曇らせたが、今はシンシアの目を通して彼女を見ていた。如水は美しい。可愛い子猫のような魅力があり、小柄な身体つきといい、小さい手といい、所作の美しさ、物事に精神を集中することなどがまた魅力的に見えた。シンシアは頼れる。時間の問題だ。母はシンシアが言ったことは信じるだろう。

夫婦はもとどおり幸せに浸った。如水はアレンがとてもやさしいのでレニーのことで口を滑らしそうになった。夫の幸せは今でも実家、家族、故郷の町、子どものときに守ってくれた世界に縛れているのを見抜いていることだけは言わなかった。夫がそこから離れて自立できるまでは幸福になれると思えなかった。それができたとき、夫が過去から現在へ自分を移し替えたと分かったとき、今住んでいる箱みたいな家を出て、どこか我が家と実感できる庭つきのささやかな家を見つけたとき、そのときこそ夫にレニーのことを話そうと思った。だが、間に合うだろうか。

「近ごろ食べ過ぎちゃって」如水は笑おうとした。「太ってきたわ。アメリカの空気が私によほど合うのね」

　如水はその時を待ちながら嘘をついて隠そうとした。だが、いつまで隠し通せるのか。シンシアはアレンに手紙を書き送った。ドアのそばの台の上に置いてある。如水は手紙を開く勇気がなかった。二人の間には何か、幼い頃からの記憶があり、立ち入れなかった。シンシアを心から信頼していたが、二人の間には長い思い出があった。アレンは帰宅して手紙を手に取った。

「今日届いたの。あなた宛よ」

　アレンはその場で封を開け、厚いクリーム色の便せんに目を走らせる夫の目を如水は見ていた。大事な手紙だ――夫の顔からそう思った。そのとき夫は手紙をぐしゃぐしゃにしてゴミ箱に投げ込み、さっさと寝室へ行こうとした。

「見てはいけないかしら」夫の後ろ姿に声をかけた。

「読みたいなら読めよ」アレンは振り向かなかった。いつかは知らなければならない。苦渋の思いだった。

　如水はゴミ箱から手紙を拾い、便箋をきれいに伸ばして読んだ。手作りかと思うほど柔らかく美しい紙だったが、アメリカに手作りのものはないはずだ。

親愛なるアレン様（青黒インクで枠からはみ出そうな大きくおおらかな字で書いてあった）

約束どおりお母様と会いました。ジョーについても容姿など私が感じたことをすべて伝えました。なんとか聞いてもらえた感じです。わかるでしょう。お母様という方は一方的に喋るし、相手を言い負かそうとしますからね。こちらも一方的に喋って無理矢理聞かせました。まずは前進があったと思いますが、今度はクリスマスパーティを企画します。お母様は一言も答えず最後まで聞いてくれました。でも、終始切り札を握るのはお母様ではないでしょうか。ダイヤモンドのように頑として自分の正しさを確信しているご様子でした。

なぜ法律のことを教えてくれなかったのですか。切り札はその法律で、お母様は「いいですか、あなたの望みどおりにしたとしても、法律があります」と仰いました。

お父様に伺うまで信じられませんでした。ここで暮らしながら法律に無頓着だったなんて。法律があり、あなたはこの州では如水と結婚できません。法改正は難しいとお父様は仰っていました。人びとが変化を受け入れる気運にならないと簡単ではないとね。法は民意の結集だから、それが変わらなくては。でも、この町は二百年前に創立して以来何も変わっていません。如水のことが気がかりです。あなたは自立した男性です。どこかよその土地で地盤を築くほうがいいのではありませんか。どうしようもない世の中ですね。

あなたのシンシアより

如水は一言一句もらさず読み、真相が毒のように骨の髄まで染み込んだ。アメリカの門はまたしても閉じられた。如水はアレンと結婚していなかった。法律が結婚を禁じていた。結婚は不可能だろう。レニーはどうなるのだろう。

手紙を机の引き出しに入れ、キッチンへ行って朝買った小さなロースの塊を激しく叩き、野菜を蒸した二つの熱い鍋の蓋を取った。なぜ言ってくれなかったのだろう。言えなかったのかもしれない。彼も秘密を、恐ろしい秘密を隠していた。如水にはすべてがはっきりした。なぜ彼があれほど苦しそうなのか。苛立っているのか。あれほど不安定なのか分かった。アレンは夜、如水と一緒にいても落ち着いて座っていられなかった。苛立ちは次第に激しくなり、猛烈な感情の嵐となって爆発した。それから疲れ切って眠った。それは繰り返すだろう。彼の愛情にはなぜ安らぎがないのかと何度も不思議に思ってきた。ようやく分かった。涙が止めようもなく溢れてきて床に落ちた。如水の愛は苦悶に変わった。二人はこれからどうするのだろう。

アレンがシャツとスラックスに着替え、寝室用のスリッパで出てきたとき、如水は腕を伸ばしてアレンのもとへ走って行った。

「アレン、かわいそうに」如水はすすり泣いた。「許してちょうだい。あなたと結婚した私が悪かったわ。幸福になろうとしてあなたを不幸にしている。私はどうすればいいの」

アレンは如水を強く抱き締めて男らしく言った。「どこかへ行って暮らそう。僕たちは僕たちで家を築こう。ヴァージニアの屋敷のことは忘れよう」

「でもお屋敷はあなたのご先祖があなたのために残したものでしょう」如水は悲しげに言った。先祖は神々のような存在だった。神々を忘れられるのか。

アレンは如水の背中を軽く叩いて肩の震えを静めた。「先祖は自分たちのために家を建てたのだ。僕たちも自分たちで建てればいいじゃないか。僕は金を稼いでもっと大きな家を建ててやる。鼻を明かしてやる」

アレンの心臓の鼓動が如水の頬に伝わってきた。彼は傷つき、怒っていた。自分をほうり出したいと思っていた。如水は自分に対してではなく、彼自身に対して怒っている心臓の鼓動を感じながら落ち着きを取り戻し、涙も乾いた。やはり秘密にしておかなければ。怒りの上には平和で安全な世界は築けない。よく考え、時を待ってどうすべきか判断しよう。子どもは生まれても法律上認められないだろう。愛が無辜《むこ》の子どもを罪人にした。子どもに罪はないのに罰が下される。アレンと如水は別れることも、忘れることもできるが、レニーに居場所はなかった。どうすればいいのか。

「さあ」如水はドキドキ怒っている心臓から離れ、短いエプロンで涙を拭いた。いつもこのレースの縁取りのある可愛いエプロンが地味な普段着の装飾代わりになっていた。「ローストビーフ美味しいわよ。食べましょう。気分が変わるから。さあ、さあ」

如水は夫の指に指を絡ませて席につき、ほかほかのご馳走をテーブルに載せた。如水は料理が好きで、どの皿にも野菜や果物で美しく彩りを添え、目で楽しめるように工夫を凝らした。アレンは普段それに気づかなかったが、今日は気づいて如水を抱き「法律があっても、僕たちは何も変わらないからね」と誓った。

如水はいつものとおりやさしく抵抗した。アレンの口に小さく暖かい手のひらを押しつけた。

「誓わなくていいわ。二人で暮らすだけ、それだけよ」

如水の様子が普段とまったく変わらないのでアレンは意外だった。シンシアの手紙の重さをきちんと理解したとは思えなかった。アレンは如水がどの程度理解しているか定かではなく、アメリカ人的方法についての知識に隔たりがあることを知らなかった。如水はすべてを理解した上で何もかも受け入れたように見えても大事な点を理解していないのではないか、あるいは、無意味だとしても分かろうとしないのではないかという気がした。人生や生き方について一徹で、法律があってもなくても変わりないのかもしれなかった。急に気持ちが軽くなった。知らせて良かった。如水が言うとおり、彼は待ち、生活し、仕事をしていれば、そのうち楽に解決を見出せるだろう。アレンは元気に食べ、食事が終わると無性に眠くなった。

「とても美味しかった」とつぶやいてソファに倒れ込み眠ってしまった。

如水はアレンにどうするつもりかとは決して尋ねなかった。シンシアの手紙のことにも触れなかった。もう何も悩まず、相変わらず夫が喜ぶように気を配り、落ち着いているように見えた。アレンは心底ほっとした。如水は日本的に考えて理解していた。アレンにやさしくし、何も求めようとしなかった。クリスマスが近づくとケネディ氏は一日でも顔を見せてくれたら嬉しいと手紙で伝えてきた。

「奥さんは仏教徒だから私たちのようにクリスマスには加わらんだろう。一人ならおまえに会いに行くのだが、おまえが来てくれたらお母さんは喜ぶぞ。お母さんがそう言ったのではない。私の考えだ」と弁解がましく書いてきた。

父の手紙を如水に見せたところ、顔色一つ変えずに読んだ。

「もちろんよ」即座に言った。「あなたの務めだから行かなくてはいけないわ。私はここでゆっくりしていいます。佐藤夫婦と一緒に食事をするわ。どうぞお父様の仰るようにしてあげて。私も嬉しいわ」

しかし、如水は佐藤夫婦のところへ行かなかったし、アレンは何日も行ったきりだった。如水を訪ねる者はおらず、レニーと二人きりだった。お腹の子どもにどうしてやればいいのか分からずしょっちゅう話し掛けていた。すでに生まれ、一人前の大人に成長して自分の前に立っている人間に話しかけるように跪いて許しを乞うた。

「レニー君、望んでこうなったのではないのよ」と。如水は心の中で子どもに話しかけ、思いは眠っている子どもの頭の中にそっと忍び込んだ。「二つのお家があるのよ。あなたはどちらの家にも生まれる権利があります。私の父の家と、あなたのお父さんのお父さんの家よ。なぜどちらにもあなたの部屋がないのかは、今は説明できません。日本にいる私の父、あなたの祖父の堺さんは私のことで怒っています。ここでは仏教は通用せず、法律があることを知ったら怒り心頭でしょう。私には返す言葉がありません。父は正しく、私が間違っているからです。私は生まれながらのアメリカ市民なので自分は正しいと思ったのです。でも、ここには私とあなたの前に立ち塞がる法律があります。私も、お父さんもその法律を変えられません。だから、あなたのことをお父さんには話しません。理由は聞かないでどうか許して」

如水は毎日そんなことを頭の中で子どもに話しかけた。法律は道路を塞ぐ大きな岩であり、障害であり、愛をもってしても破壊できない、びくともしない邪魔物だった。アレンが愛するのは自分一人ではないことを知ったからだった。アレンは先祖も、両親も、自分の家も、故郷も愛していた。どれも大切な愛情であり、彼を責められなかった。だが、それらは如水とアレンを隔て、如水はよそ者だった。アレンは故郷から離れたくないが、如水はそこでは異質な存在だった。旧い土地に決別し、自分だけに忠実であってくれて、二人で新しい世界を築けるほどアレンは強くないことが今になって分かった。如水ならできただろうが、アレンはできない。アレンを責めてはいけない。それをレニーに話して聞かせた。

だから、彼女は一人ぼっちではなかった。レニーがお腹の中で強い子に育つようにたくさん食べた。だが、アレンが帰って来たらどうすればいいか。いつまでも隠し通せなかった。この問いに答はなく、普段どおりの生活をしていた。

一月一日の夜、アレンはまだ帰って来なかったが、ドアを叩く音がした。如水は恐る恐るドアを開けに行った。佐藤夫婦がちょっとしたお祝いを持って来てくれたのかもしれない。そこに立っていたのは登だった。長身でがっちりした体格にぴたりと合った服を着、帽子とステッキと手袋を持ち、大きな顔をほころばせ、花の箱を手にしていた。

「まあ、登さんじゃないの」予想外の客に嬉しくなって声を上げた。

「商用でニューヨークへ行くつもりだと言ったでしょう」

「どうぞ、どうぞお入りください」如水は嬉しくてたまらなかった。着物を着ていてよかった。アレンが出かけたとき、なぜか着物を着ようという衝動にかられたのだ。午後ずっと寝ていて、たった今髪の手入れをしたばかりだった。だが、食べるものを切らしていて、お菓子もなかった。

登は中に入り、オーバーを脱ぎ、帽子、手袋、ステッキを置いた。

「お一人ですか」暖かい声だった。

「アレンは二、三日故郷へ帰っています」あっさり言った。

「あなたは?」

「私は元気です、とっても」如水は力をこめた。

「いっしょに行かなかったのですか」登は如水の目の前に泰然としていた。

「まだです」如水は首を振った。

「なんてことだ」登は腰をおろし、如水は小さなソファに腰かけた。「やはりな」登はやさしい眼差しで如水を見てつぶやいた。「如水さん、本当のことを話してください。昔からの友人じゃありませんか」

「その前にお花に水をやってきます」登が腕に抱えていた箱を受け取ると、それはこの上なく香しい水仙だった。京都ではこの季節にクリーム色の芽を出し、頭が翡翠《ひすい》のような緑色をした大きな球根が手に入った。

「赤いバラかと思ったわ」如水は正直に言った。

「私はそれほど野暮じゃありませんよ」登は首を振った。

登はもちろんアレンが気づかなかったことに気づいた。妊娠である。

「やはり」登はつぶやいた。「一人ぼっちじゃありませんね。お子さんがいますね」

花を活けていた如水は花に向かって頷いた。「アレンは気づいてないのよ」

登は唖然とした。目を丸くして、ややぼってりした唇をすぼめた。「夫が知らないなんてことありますか。子どもが欲しくないのかな」

如水は花を活けたテーブルの横で花の香りを嗅ぎながら例の法律のことを話した。少ない言葉で何もかも打ち明けた。すべては単純明快で、変えられない事実だった。如水は泣かずに何もかもあっさりと伝えられたと思った。登は途中で遮ることなく、ときどき大きな顔の表情を微かに変えながら如水の話を聞き、事実を把握した。

話が終わると登はため息をついて椅子の背にもたれた。「でも、ご主人に言わないのはどうかな。子どもが生まれることで夫がすっかり変わることだってあるかも知れない」

「いいえ、それはありません」如水は即座に否定した。「あなたには分からない。この国では子どもはそれほど重要じゃないの。日本人のように子どもで何もかも変わるということはありません。この国では古い世代と新しい世代が支え合うことはないのよ」

「でも……」

「そうなんです」如水は激しく頑なに否定した。決心がついたと思った。レニーのことはアレンに決して話さないつもりだった。

「どうするつもりですか」登はやさしく尋ねた。ここで偶然に直面したことに圧倒されて胸がいっぱいだった。

登は彼なりの静かな愛し方で如水を愛していた。そして、彼女を失ったとき深く傷ついたが、怒りもしなければ、何時までもそれに囚われることもなかった。だが、他の女性とは結婚しようとしなかった。その気持ちも次第に薄れてゆくと思いながら、如水にもう一度会って幸せな姿を見たら、自分の心を解放し、両親が勧める女性がいれば自分にふさわしい賢い結婚をして、家族をつくり、両親に孫を見せてやりたいと考えていた。男は子どもを持たなければならない。

如水に会って彼の心づもりは一挙に崩れ、以前と同様に心が揺れ動いた。

「どうしたらいいか分かりません」如水は水仙の花の方へうつむいた。「してはいけないことが分かるだけ」

登はため息をついた。「実家へ戻ったほうがいい。少なくとも、子どもは日本で生むべきだ。孤児院にはそういう子どもたちがいっぱいいじゃないか。アメリカ人はこういう子どもたちをおおぜい残した。君のご主人もその一人だ」

「ちがいます」

「そうじゃないのか」登はつぶやいた。

如水も登も無言で子どもの誕生という避けられない厳粛な事実を噛みしめていた。如水の目の前に、心の中で葛藤する気丈な登がいた。

「それで君はあのアメリカ人をまだ愛しているのか」しばらくして彼は相変わらず低い声で言った。

如水は咄嗟に顔を上げた。登が言ったことではあるが、これまで何度も自問した。如水はアレンを愛していたが、先の見込みのない愛だった。これからも愛するだろうが、希望のない愛だった。出会わなければよかった。如水とアレンはまったく別の世界に生まれ、地球の反対側で生きて死ぬべきだったのだ。アレンは如水の、如水もアレンの伴侶ではなかった。神々が二人を引き離したのに、神の定めた運命に従わなかった。如水には反抗する気持ちはなく、絶望もしていなかった。彼女の人生と同じくらい深い悲しみだった。

「彼を愛しても無駄です」きっぱり言った。

また長い沈黙が続いた。それぞれが考え込んでいた。ついに登は躊躇いながら相手を傷つけないように話し始めた。「言いたいことがある。どう言ったらいいのか分からないが、口にすべきではなかったとしたら許してほしい」

「仰ってください」

登は唇を湿らせた。「一人で日本へ帰りたいなら、どうか僕のところへ戻ってくれ」

そのとき水仙の香しさが堪えらずに容れ物を遠くへ離した。如水はその瞬間に理解した。子どもがいなければ妻にしたいということだった。

「子どもがいます」

登は目を合わさなかった。下を向き、膝の上で握り締めた大きな白い手を見ていた。「子どもを引き取ることができたらいいと思う」登は言った。「そうであればいいと心から思う。僕がたった一人で、両親のことも先祖のことも考えずに済むならそうしたい。僕一人なら可能だ」

登は正直であり、悩みながらも、寛大でやさしくあろうとしていた。如水はそのすべてを理解したが、悲しみは和らがなかった。「ありがとうございます。あなたが仰ったことをいつか思い出すかもしれません。分かりませんけど」

如水はすくと立ち上がった。それ以上何か言われたら堪えきれなかっただろう。悲しみに溢れていた。もう一言いわれたら崩れてしまっただろう。

「お茶を入れてきます」明るい声でキッチンへ行こうとした。「お茶ぐらいあるのよ。億劫《おっくう》でお菓子を買いに出なかったけど」

登はドアの隙間からお茶を入れる如水の姿を見ていた。お茶は入れてもらうものだというふうに育ってきたので手伝う気は起こらなかったし、如水もそれが当然だと思っていた。急須とお茶が入った湯飲み茶碗を二つ運んできた。密かに大事にしてきたささやかな贅沢だった。日本のお茶である緑茶はビタミンCが豊富なので、如水はよく緑茶を飲んだ。登にお茶を出し、自分も黒と金の湯飲み茶碗で飲んだ。

「実家の両親はどうしていますか」如水は尋ねた。「二度手紙を出しましたが、返事をくれないんですよ」

「聞いてます。船に乗る前にお父上にお会いしましたが、まだ怒りがおさまらないそうです。お父上はあなたが自分に背いたことが信じられないのです」

如水は湯飲み茶碗を置き「父の言うとおりだったと伝えてください」と気丈に言った。

登は感心した。「君は勇気がある」

「もう勇気なんてありません。アメリカの法律とは争えない。法はアメリカ国民の民意の所産で、アメリカ人の気持ちです。民意を法にしたのだから、そういう感情を持っているということです。私に何ができますか。どこで子どもを産めばいいの。子どもには行き場がありません」

そう言うと、如水は自尊心と自制心を失った。長い間押し殺してきた感情が雪崩のように押し寄せ、声を上げ、手で顔を覆って身体を震わせて泣いた。

登はいたたまれずに、茶碗を置き、両手を捻るようにして立ち上がった。如水には触れなかった。

「そんなに泣いては身体にさわる。良くないよ、如水さん」

登はため息をついたり、ぼそぼそと何か話しかけながら泣き止むのを待ったが、如水は突然恥ずかしそうに泣き止んだ。着物の袖で目を拭き、しっかりした口調で話したので登はほっとした。

「アメリカにしばらく滞在なさる予定ですか」

「数カ月はね」登は安心した。「もちろん、君がどうするかはっきりするまではここにいますよ。私に教えてくださいね。絶対ですよ。私の住所はここです。仮に留守にしていても、二、三日商用で近隣に出かけただけです。出張先を残して行きますから連絡できます」

如水は連絡先を受け取り、ソファの横のテーブルの上の空箱に入れた。「何も連絡しなければ、手紙を下さらなくてもいいということです」

「でも、どうしても私に知らせてほしい」登は強引だった。

連絡すると言うまで登が動きそうもなかったので、如水は約束した。「分かりました。決心したらお知らせします。すぐにとはいかないかも知れません」

「約束ですよ」登は帽子、手袋、そしてステッキを大事そうに持って出て行った。ドアの前で互いに深く頭を下げ、エレベーターが来るまで待ち、さらにエレベーター係があきれるほど何度も何度もお辞儀をした。登を見送ったあとは部屋に戻って鍵を閉めた。どうすべきか今はっきりした。すべてはレニーのためだ。この世の中にレニーの居場所は確かになかった。

如水は顔を赤らめ、恥ずかしそうに「あなたが実家へ帰っている間、私は手紙を出しません」と言った。

「どうして」アレンは旅行カバンに清潔なワイシャツを詰め込んでいた。

「お母様に悪いからよ。お母様が入ってはいけないという家に黙って入り込むようなものよ」

「馬鹿馬鹿しい。僕が家に帰るので怒ってるんじゃないか」

「ちがいます。本当にお母様に対する礼儀からよ。仰るとおりにしたいのよ」

そんなわけでアレンは手紙を待っていなかった。初めは考えもしなかった。大広間に入ったとき子どもの頃のように気持ちが高揚し、ここでは何もかも安泰だと確信して心の安らぎを覚えた。むかし、クリスマス休暇でレキシントンのミリタリースクールから戻ると安らぎを覚えたことを思い出した。ここは平和で、ありのままでよく、アレンは愛されていた。

そういえば昔もこうだった。広い居間のドアは開け放され、そこに母が颯爽と入って来て、アレンは否応なく母を振り向いた。ケネディ夫人が両腕を伸ばすと銀白のシフォンのドレスの薄いひだが足下にたまって泡のようだった。

「お帰りなさい」

アレンは母の腕に抱かれ、懐かしい芳香がまた鼻をくすぐった。

「ねえ、お母さん……」男っぽい闊達な声からは心の中の揺れ動く少年の姿は窺《うかが》い知れない。

「よく帰ってきてくれたわね」

「僕が帰ることどうして分かったの。びっくりすると思ったのに」

夫人は笑いながら息子を放した。銀髪の巻き毛の下の若々しく美しい顔は勝ち誇った笑みで生き生きと輝いていた。

「お父さんは嘘をつけない人なのよ。僅かの間でも、私に対してもね。ええ、知ってましたよ。クリスマスに何かって」

灰色のシフォンのドレスが柔らかいクモの巣のように再び息子を包んだ。夫人の細く強い指がアレンの右手にからみついた。「暖炉のほうへいらっしゃい。まだツリーの飾り付けが終わらないのよ。いつものようにツリーのてっぺんに星をつけてね。あなたがいない間は毎年星がなかったのよ。シンシアがお茶に来ているわ」

ケネディ夫人はシンシアの名前を軽く流してアレンに考える隙を与えないようにした。「シンシア、アレンよ。来るって言ったでしょ」

シンシアは黒のスーツの下にサンタクロースの赤色のメリヤスを着て、金髪に赤いアメリカヒイラギの実を飾っていた。十年前までこうして一緒に過ごしたときと変わらない。

「どうぞ掛けて。お茶を入れてたのよ。お母様は今日は何もする気がないの」

「とても幸せだから」夫人は大きな声を出した。

そのとき図書室の重い扉のきしむ音が聞こえ、革のスリッパが擦れる音がしてアレンの父が入って来た。「お茶だと?　水気が多いな。ハリーにマティーニをつくるように言ってくれ。アレン、おまえも一杯やるか。お茶はご婦人方に任せておけ」

「いいですよ、お父さん」父と息子は強く手を叩き、すぐ離れた。

ハリーは用意していたようにすぐマティーニを運んで来て、軽快に若主人に挨拶した。「これはアレン様、お帰りなさいませ。メリー・クリスマス」

こういう酔狂はヴァージニア州ではリッチモンドを越えたこの小さな町にはまだ残っていて、そういうものへの拘りが失われた世の中に残しておきたいとアレンは思った。道楽や酔狂は貴重なもので失ってはならない。それは荒れ狂う海の中の島、災難の渦中に見出す安心感だった。突如アレンは部屋中の美しさに気がついた。黄色いバラの花は母が温室で育てたバラであり、同じ世界で原子爆弾が製造されている。くすんだ青の厚いカーテンを開けた西側の窓からは冬の夕暮れ時の景色が見える。暖炉には木が音を立てて燃えている。絹の椅子やソファ、磨き込まれた床と厚い絨毯。一つの部屋からもう一つの部屋へ続く磨き上げられた部屋。労力も費用もまるでかかっていないように見えるが、かなりの費用がかかっていた。放棄しない限りアレンに相続権があった。放棄などできない。

シンシアははめ込み付の紫檀の小さいテーブルのそばに座っていた。テーブルには家宝の銀製のトレイがあって、アレンが他のいろいろな物品とともに受け継ぐことになっていた。何歳になってもシンシアもそれに近かった。美人に生まれて、ここにこうしているからだった。この土地には自分たちを護る禁止令という法律があり、必要に迫られれば法律の庇護を受けられた。

伝統的な州のお祝いで日々過ぎていった。アレンはツリーのてっぺんに星を飾ったりして子どもに帰って楽しく過ごした。その昔、高祖父*がフランスのある家から買った白大理石のマントルピースに靴下を吊し、クリスマスの朝はサルのおもちゃやベルンから取り寄せた子グマなど酔狂な贈り物に笑い合ったが、靴下の先には祖父の宝物だった黒真珠のネクタイピンが入っていた。

ケネディ夫人は息子の険しい目つきをにこやかにかわした。

「いつかはと思っていたけど、今がいいでしょ。何もかも一度に譲るのはたいへんですもの。今のうちにあげられるものはあげておくとお父さんに言ったのよ。近いうちにそのことについて話し合いましょう」

近いうちが翌日、またその翌日とどんどん延び、お抱え弁護士がクリスマス休暇でマイアミに行っていて新年まで戻れなかったのでとうとう延期された。そして、ケネディ夫人は一月一日の夜のダンスもクリスマスと同じくらい大事だと言い出した。シンシアはたびたびダンスパーティを開いた。

アレンとシンシアのダンス中にこんな会話が交わされた。

「話さなかったわよ」

「考えもしなかったよ」

「まだ計画はないの」

「何も」

＊祖父母の祖父

「お母様がクモの巣を張りめぐらしているのに?」

「張りめぐらしているって?」

「もちろんよ。女が男を愛していれば、たとえ自分の息子でも。もちろん息子だから愛しているのだけど、お母様はあなたを誰よりも強く愛しているのよ。女はクモの巣を張りめぐらすわ」

「君も張りめぐらすのか」

「そうならないようにするわ」ぶっきらぼうな返事だった。

目をそらさず、アレンを見据えるシンシアの青い目に敵意のようなものを見た気がした。

幼なじみの気安さで踊りながらアレンは思った。相続を待たないでニューヨークへ帰るべきだったが、もし今もっとお金があったら如水との結婚に強気で出られただろうし、どこかに家を建てて新天地を築き、そこに根を張ることも容易だろうとの欲深い考えもあった。そう思うことで帰りが遅れたことを正当化したが、その夜ダンスが終わった後、シンシアの親密さに心が動き、普段と違うよそよそしさや、既婚者だから安心だと抜け目なく主張する態度が気になり、本当に悩んで如水に手紙を書いた。

如水から返事は来なかったが、もともと返事は期待していなかった。遅くとも二、三日後には帰るつもりだった。新年は家々を訪問し合ったり、友人同士の交流で過ぎた。アレンはあちこちへ出向いたが、どこの家でも一度も如水のことや遠く離れて暮らしていることについて尋ねられなかった。一切尋ねられず「アレンじゃないか。懐かしいな。何年ぶりだろう」と昔と変わらない歓待と大げさな歓迎が待っていた。女たちの甲高い声が響き、チリンチリンと鐘が鳴ってもどうということはない。なぜなら、すべての訪問客に鐘を鳴らし、暖かい心を示すからだった。

それは生活様式であり、アレンの生活様式であって、愛でさえそれから追放できなかった。だが、どうすればこれを護れるだろう。

さらに一日たったが如水から便りはなかった。彼女は電話も避けていたが、その晩、電話しようかと迷って結局しなかった。子どもの頃から寝ているベッドに一人横になり、必死に考えていた。今さら母にお願いしたり、父に働きかけてもらうわけにはいかない。何よりも法律というものが厳然としてあり、母親の守護神となっていた。ケネディ夫人は法律を盾にすれば罪悪感や後ろ向きな態度のことは考えなくてすむ。母が可愛い目を丸くして「ねえ、アレン」と言う姿が見え「私のせいじゃないのよ。法律をつくったのは私じゃないわ」という声まで聞こえるようだ。だが、夫人のような人たちが法律をつくったのである。

アレンはどこかへ逃げ込みたくなった。それは思考停止であり、堅牢な古い屋敷の安らぎと美しさに耽った。

マイアミから戻ったハインズ弁護士が屋敷の図書室に呼び出され、アレンはケネディ夫人が手をまわしたことを聞いた。夫人は緊張した面持ちで長いマホガニーのテーブルの端に座った。天井から床にとどくほど長い金色のベルベットのカーテンを通して冬の陽差しがこぼれ落ちていた。

こぢんまりした顔の、フロリダで日焼けした鼻の頭を赤くして皮膚が剝けたハインズ弁護士は思わせぶりな態度で言った。

「アレン、お母様は気前のいいことをなさいましたよ。このお屋敷をあなたの名義にしました。もうあなたのものです」

アレンはきょとんとして、口ごもった。「でも、お父さん、この家はお父さんとお母さんのものだと思っていたけど」

ケネディ氏は長窓のそばの椅子に腰かけていた。明るい部屋の中で父は干からびた灰色の姿で干からびた声で言った。「お母さんと結婚したとき、私は屋敷をお母さんにやった。もちろん、私が父から譲られたように屋敷は長男に譲るという了解のもとでだ。女も家を持つべきだと思った。生きる保障としてな」

「私の自由にさせてくれるわね。賛成してくれると思うわ」母は言った。

「私は認めんぞ」ケネディ氏は言った。

「いりません」アレンは言った。

「お願い、私はそうしたいのよ」夫人は懇願した。

「僕は欲しくありません」アレンはまた言った。だが、ほしかった。アレンは自分のものとなった広い部屋を眺めた。夫人が何をしても、法は今までどおり存在し、良きにつけ悪しきにつけ夫人を護っていたが、アレンは母がクモの巣を張っているのかも知れないと思った。

「この家には住めません」アレンは出し抜けに言った。

「いつかは住めます」母は明るく言った。

アレンはまだ気が進まず、ケネディ氏は認めたがらなかった。アレンの今までの人生そのままを母親が望んだので、そう決まった。決まるとアレンは不思議な気持ちになった。喜びを顔に出さないようにしながら、いずれ屋敷は自分のものになると心中つぶやいた。もうすぐアレンのものになる。どこかほかの土地に自分で家を建てたとしても、この屋敷は自分のものだから最後はどこに住むかを決めなければならない。

その日の午後、アレンはニューヨークへ帰った。到着したのは夜で、タクシーを拾ってアパートに辿り着いた。エレベーター係は雇われたばかりのような、初めて見る男だったので話しかけなかった。部屋の呼び鈴を鳴らし、すぐに如水がドアを開けてくれると思いながら良心がうずいていた。如水にはどうでもこの償いをすべきだった。

だが、ドアは開かなかった。眠っているかも知れないと再度呼び鈴を鳴らした。如水は子猫のように長椅子で丸くなったり、床でクッションの間に入って眠ったりしていた。それでも、ドアは開かなかった。アレンはポケットに手を入れて鍵を捜し、ドアを開けて中へ入った。部屋は暗く、空気はむっとして暖房の熱で乾燥していた。静まり返っていた。

「如水」大声で呼んだ。

返事はなかった。入口で灯りをつけて急いで寝室へ行った。そこにも如水はいなかった。ベッドはきちんと片付き、床は掃除がしてあった。クローゼットの扉を開けると自分の服しかなかった。

如水は出て行ったのだ。

その事実が恐ろしい重みでのしかかった。如水は出て行った。どうやって見つければいいのか。アレンは日本人の絶望しやすい心情をよく知っていた。アレンは気づかなかったが、楽しそうに振る舞い、いろいろ気を遣ってくれる態度の陰で如水は追い詰められた気持ちになっていた。彼女が何を見て、どの程度理解したのかは分かりようがなかった。アレンはベッドの端に座り込み、悲しみと自責の念に襲われて気が遠くなった。それから両手で顔を覆い、心の中で自分を罵《ののし》った。如水が出て行ったからではなく、後悔と狼狽と恥ずかしさの中に、出て行ってよかったと思う自分がいたからである。

第四部

如水はゆっくり歩いていた。レニーの誕生を待ちながら毎日ゆっくり長い道のりを歩いた。話しかける相手も、話しかけてくれる人もいなかった。この道は熟知していた。意外なほどロサンジェルスを覚えていて、記憶が何もかも蘇った。故郷ではないのに懐かしさを感じた、何より鮮明に覚えていたのは慌ただしく出国した時のことと、退去しなければならないと知ったときの父の激しい憤りだった。確かな記憶のある元の家に行ってみると、今は物静かな黒人一家が住んでいた。如水は家の中には入らなかったが、かつて兄の堅山といっしょに遊んだ場所で子供たちが遊んでいた。当時のブランコがそのままあった。父が金属ロープを使ったので壊れておらず、黒人の子供たちはブランコに集まってはしゃいでいた。

しかし、如水はこの日次の一歩を踏み出した。朝早く起きて、気をつけて身体を洗い、新しく買った紺色のスーツを着た。上着にたっぷり襞《ひだ》があるのでちょうど身体に合った。父がサンフランシスコの銀行に残しておいてくれたお金で服も買えたし、ほとんど英語の喋れないメキシコ女が経営する安宿の部屋代を払い、食べ物も買えた。ほかのことはすべて慈善に頼らざるを得なかった。愛ができなかったことも、法律が禁じたことも慈善にどうにかさせよう。如水は見ず知らずの人に児童福祉団体のことを詳しく尋ねて、家賃の安い家々が集まる横道のとある家に近づいた。ドアは開いていたので、中に入り、待合室で腰かけた。ほかに二人の女性、いや、少女がいた。一人は十四歳ぐらいの青白い少女で、疲れた目をしていた。妊娠していて、お腹は膨らみ、唇は青ざめていた。魅力も可愛らしさもまるでないが、女っぽさがあり、その子はそれを男の子との多少の快楽の引き換えにした。デートで映画に行くとか、クリームソーダ一杯のために犠牲にしたのかも知れない。その子の服はぼろだった。レーヨンのスカートから汚れたレースが垂れ下がっていた。

もう一人はめそめそ泣いていた。金髪を銀色に染め、涙で口紅が落ちかかっていた。安物のナイロンのストッキングをはいた脚は棒のように細く、腕に安物のジュエリーをはめているが、結婚指輪はなかった。

如水は腰かけてきちんと手を組んで待っていた。少女が呼ばれて中に入り、しばらくすると嬉しそうに出てきた。金髪の少女が中に入り、大きな泣き声が聞こえた。随分たってから少女は出てきた。腫れた顔をベールで隠して立ち去った。事務員は如水を怪訝《けげん》な目で見た。

「お名前は?」

「サカイです」

「お入りなさい」

中に入ると、みすぼらしい机の後に穏やかな顔つきの年配の女性がいた。

「サカイと申します」

「さあ、どうぞ」

「どうかなさいましたか」

「子どもの世話をしていただけるとか」如水は戸惑いながら言った。話をどう切り出したものか考えていたからだ。

「子どもが産まれるのね」年配の女性はやさしく、きびきびしていた。

「はい、すぐではありませんが、準備したいと思っています」

「ご家族はいらっしゃらないの」

「おりません」

女性は如水の言葉を要領よくメモに書き留めていた。

「お子さんを引き取りますか」

「いいえ。一人なので育てられません」

如水は事前に受け答えを練習していたので、返事はすらすら出来た。

お腹のレニーはなんと静かなのだろう。まるで如水が何と答えたかを知っているようだ。

「私はブレイと言います。あなたのことを少し話してくれませんか」やさしく言った。

「私は一人で、話すことはありません」如水は同じことを繰り返した。

「お父さんは誰か教えてくれませんか。あなたを助けたいのよ」

「アメリカ人で、白人です。私は日系アメリカ人です」

「そうですか」ブレイさんは仕方なく答えた。訪ねて来た女をしばらく眺めていた。若くて美しい。

冷たく見えるほど遠慮している。それに、残念だが、白人と日本人の子どもを引き取りたいと思う人はいない。彼の地で戦争があってからよく耳にするようになった。つい二日前にも生後二カ月の韓国人の子どもを引き取らざるを得なかった。韓国人の子どもをもらいたがる人は誰もいない。養育に携わる家庭からも断られた。もっとも理解あるキッシュ夫人でさえ韓国人の子どもの目は気味が悪いと言った。ブレイさんはその子を黒人の孤児院に入れ、それ以来心穏やかではない。韓国人は黒人ではないからだ。

「男性のほうは少しは責任を取るつもりなのですか」

「知らせたくありません」

ブレイさんは忠告した。「まあ、あなた、それはまずいですよ。男性に知らせなくちゃ。男はすぐ逃げてしまって、知らないのよ。私が替わりにその男性に知らせます」

「ありがとうございます。でも、お断りします」如水はきっぱり断った

ブレイさんは堪えきれなくなった。彼女は恋人を持ったことがなく、男に自分がしたことを知らせようとしない女が理解できなかった。シャープペンシルを置き、メガネの位置を直した。「ところで、その……」

「サカイです」

「そうだったわね。外国人の名前は覚えにくくて。サカイさん、あなたの子どもを引き取ろうという家庭を見つけるのはかなり難しいと言おうとしたのよ。養子縁組はほぼ無理です。誰も混血児を

養子にしたがりません。試してみたことはありますけど、うまく行きませんでした。どちらの側もほしがらなかったの」

「そうですか」消え入りそうな声だった。

「どなたか家族がおられるでしょう」

「誰もおりません」

「誰も子どもを引き取らないということですか」

如水は返答できなかった。絶対に涙を見せまいと固く心に決めていたので喉が詰まって声が出なかった。ブレイさんはため息をついた。「どうしましょうかね。生まれてくる子は白人の血が混じっているから見た目もそれほど悪くないでしょう。養育人を捜してみましょうか」

「養育人ですか」その言葉を繰り返した。

「お金をもらって子どもを引き取る人のことですよ。養育費を出せますか」

「はい、大丈夫だと思います」

気が遠くなりそうだった。どこかに孤児院があって大きな木の下で子供たちが遊んでいる風景が浮かんだが、レニーの身がどうなるか真剣に考えたことがなかった。ずいぶん前にロサンジェルス郊外でそういう場所を見た覚えがあった。子供たちは幸せそうに見えたが、近くへ寄って見たことはなかった。

「お金が出せるのはいいわ」

鉛筆を取って再び書き始めた。「お産はどこでするつもりですか」

「分かりません」泣き出したくなる気持ちに打ち克ち、喉は楽になった。「どこでもいいですから教えてください」

「病院がいいわね。住所を教えますから、スタイナー医師にお願いしなさい。女医さんで、難民ですが、やさしくて親切ですよ。生まれたら病院から子どもを引き取ります。お子さんの顔を見ないでしょう……」

「ぜひ見たいです」

ブレイさんは書いている途中で目を上げた。「子どもを育てるつもりがないなら顔を見ないほうがいいと思いますよ」

「どうしても見たいです」

ブレイさんは肩をすぼめた。「予定日はいつですか」

「六月中だと思います」

「ご住所は?」

如水は住所を告げた。

「スタイナー医師のところへときどき顔を出しなさい。定期的に診察を受けたほうがいいですよ。気持ちが変わったら何でもすぐ知らせてください」

気が進まなかった面接は終わった。レニーを産むことができ、どうにか世話をしてもらえる。

「ありがとうございました、ブレイさん」如水は立って深くお辞儀をした。

「どういたしまして」ブレイさんは考え事をしながら丁寧に挨拶を返した。

待合室に出ると、さらに三人が待っていた。全員が若く、不幸せで、互いに相手を見ないようにしていた。如水は速歩で三人の前を通り、心地よい朝の外気に出た。あとはスタイナー医師の診察に行かなければならないが、今日はやめておこう。とても疲れた気がしたし、レニーが静かなので気になった。母子が別れ別れになることが分かったのではないか。

休みたくなって小さな公園に入った。公園には子ども連れの母親が二、三人いて、母親たちを眺めた。三人とも白人で、子供たちも白人だったので一緒にいられるのでいいなと思った。アレンのことは考えないようにした。アレンの姿が浮かんでくると、振り払った。彼はもう二度と会わないと分かったはずだ。置き手紙も何も残さず、身の回りのものを持って家を出た。今ごろはアパートを引き払って故郷の親元にいるだろう。如水の居場所を知っているのは登だけだが、すべてが終わり、ことがはっきりするまでは会いに来ないで欲しいと伝えた。

「息子の顔を見るまでは一人暮らしをするつもりです」と登に書き送り、居場所を教えても来ないでくれと頼んだ。レニーを手放さないとどうなるか改めて考えてみた。だが、どう育てたらいいのか。住む家もなく、家族もなく、子どもと二人だけで生きられるのか。アレンがどう思ったかよく分かった。如水は彼を責めなかった。彼が望んだことは自然なことで、本来それは良いことだ。そこにはレニーは入れなかったし、実父の家にもレニーは入れなかった。法律の存在以外は誰も責められなかった。禁じたのは法律だが、法律はレニーの誕生を妨げることはできない。なぜなら法はレニーを受胎した愛を妨げられなかったからだ。法は愛を考慮しない。如水は今でもアレンを愛していた。これからも亡き人を愛するように愛するだろう。故人は生き返らない。

スタイナー医師は好奇の目で美しい日本人を眺めた。白い肌の若々しい顔は無表情で「能面」のようだった。能面の目の黒い穴が想像できるだろう。繊細な目鼻立ちながら強い顔であり、東洋人特有の繊細な肌だった。悲劇を受けとめようとする女の覚悟を秘めた静けさの中に強さがあった。ブレイさんは女医にジョスイ・サカイという女性が行くからと告げていたので待っていた。第二次世界大戦中、女医の母国ドイツは日本を東洋の希望だとしていたが、個人的には日本人と面識がなかった。

「言いたくないのですね」こう尋ねるのは五回目だった。

「すみません」如水は淡々と答えた。

女医は背が低く太っていて、自分が四角い不器量な顔であることを自覚していた。容貌について誰にも不満を述べたことはなかった。早くから自分の人生を受けとめていた。灰色の岩から切り出した原石のような容貌の女と結婚したがる男がいるとは思えなかった。そこで優秀な頭脳に感謝して、恋愛のことは考えず、科学者になったが、心はとても暖かい人だった。男、女、子どもの別なく美しい人間を見ると謙虚に美しいと思うことに図らずも未練が現れた。こうして如水を見る目にそれがあった。

しかし、如水は何週間も賞賛や憐れみとは無縁だった。心は常に寒かった。寒さは身体の芯まで浸透し、血液まで冷たくなった。手足を触ると氷のように冷たく、女医はシーツを掛けて横になった診察台の周囲を歩いていてそれが分かった。

「なぜそんなに冷たいの。こんなに暑いのに。私は暑いけど」

「普段から冷たいのです」

「気持ちを楽にしなさい。筋肉がこんなに硬くなっていては診察できません」

だが、楽にできなかった。大理石像のように緊張したままだった。本当に石像のようだった。緊張して待っていた。思考や感覚、そして記憶までもが停止状態だった。登からの手紙は毎週届いた。やさしくて親切で揺るぎない善意に満ち溢れた長い手紙を書いてきた。登は如水に決心を急がせるようなことはしなかったが、思いは伝わるので放って置いた。まずは出産という大仕事があった。レニーが産まれるまでは、どこへ行くべきかとか、どう生きればいいかということは決められない。できるだけ長く思考と感覚から離れて待った。だが、夜眠れないときや、狭いベッドの薄いマットレスで身体が痛くて眠れないときでも、レニーが五体満足で元気に生まれるように睡眠薬は飲まなかった。ときには考えなくても、包帯した傷から血が噴き出るように感じることがあった。ただそう感じた。すると辛くてたまらなくなった。過去のことが辛いのではなく、レニーを見ることも、一緒に生活することも、成長を見届けることもできず、彼の話す言葉も聞けず、笑顔を見ることもできず、元気なレニーをお湯に入れることもできず、どんな人間になるかを知ることもできない辛さだった。

しばらく考えた末、ブレイさんの言うとおりだと思うようになった。レニーを見てはならない。見れば離れられなくなる。一度でもレニーの顔を見たらそうなると思った。それが恐かった。女なら分かる胸の張り裂けるような悲しみだが、自分の行いのためと、レニーに悪いことをしたという思いが入り混じっていた。こんなに小さくて、無力で、無辜で、為す術をもたないレニーを残し、一人で生きることを強いなければならないとは。たとえ手放さなくてもレニーにとって良いことはない。レニーは何も悪いことはしていない。自然の摂理によってこの世に生まれてきた。愛がその義務を果たし、神の思し召しで霊魂から呼び出され、喜んでやって来た。彼が喜びに溢れた子どもであることは如水も知っていた。お腹の中の動きからこの子は幸せいっぱいにちがいなかった。明け方、山々が朝日に照らされるとき魚のように泳いだ。夜通し泣いていた母の目を覚まし、解き放たれるのを待って笑った。これがもっとも辛かった。レニーの笑い声は絶対に聞けないのだ。

「状態はいいですよ」スタイナー医師は言った。「何もかも正常です。あなたの健康状態も良好です。いろいろあっても身体は健全に機能しています」

「ありがとうございます」如水は診察台から降りて服を着始めた。慎み深く背中を向けていた。女医は華奢な身体、象牙のようになめらかな肌、柔らかい豊かな黒髪を眺めていた。

「毎月診察にいらっしゃいね」強いドイツ語訛りで言った。「分娩のときはそばにいますから。心って出て行った。

配ないですよ」

「ありがとうございます」如水はやさしい声で繰り返した。急いで最後の服を着て、再び髪をねじ

如水が出て行った後でスタイナー医師はブレイさんに電話した。「若い日本人を診察しましたよ」大きな声で言った。電話では大きい声で話すものだと思っていた。「素晴らしい女性じゃないの。とても美しいいし健康だし。養子にする人はいるわよ。あの女性はきっと貴族ですよ。そういう人は愚かな相手を選ばないものよ。だから生まれる子どもは頭も顔もいいし、健康でしょう。宝の価値の分かる養父母はいないかしら」

「驚かないでよ」突き放したような悲観的なブレイさんの声がした。「私のところには三百十七人も養父母希望者の登録があり、まだ生まれていない子どもを欲しがって私が子どもを提供しないと責めるけど、そういう養父母でさえその子を欲しがらないわ。一ドル掛けてもいいわ」

女医は大声を出した。「ほう、そういう民主主義はヒトラーを思い出させるわね。私の血にはユダヤ人の血が八分の一混じっているけど、ヒトラーにとってはユダヤ人そのものだったのよ」

ブレイさんはそれには答えなかった。彼女は用心深く、ひと昔前に、どんな人間でも堕ちるところまで堕ちることを知った。四角い顔のずんぐりした女医をわりに気に入っていて、思ったことをはっきり言った。女医もなんとなくブレイさんが気に入っていた。二人は一緒に仕事をすることが多く、スタイナー医師はメキシコ系と黒人の乳児が無分別に過密な孤児院に入れられたことで言い

争っていた。

「あの子たちを欲しがる人は誰もいません」ブレイさんは辛抱強く何度も繰り返した。「白人は引き取る気がないし、メキシコ人と黒人はすでに手一杯だし。分かるでしょう」

「分かりませんね」女医は軽蔑するように言った。「子どもは子どもじゃない」笑顔ではなく、しかめっ面をした。だが、ブレイさんはガートルード・スタイン*など知らず、この女医についてもよく知らないのに勝手にドイツ人と思い込んでいるだけだった。

スタイナー医師は唐突に尋ねたことがあった。「ブレイさん、あなたは子どもを持ったことがないの」

ブレイさんは赤くなり、それから白くなった。「結局、私はこの世に子どもを出現させようとは思わなかったのだと思うわ。できたとしてもね。こういうことは百年ぐらいやめたいわ」

「それからやり直すの」女医は興味深げに訊いた。

「子どもが扶養される法律上の許可と文書がある場合だけね」ブレイさんはかつてないほど生き生きしていた。

女医はおかしそうに笑った。「百年後には親はいなくなるかも知れないわ」

「こっそり子どもを持つ人間はいるでしょう」ブレイさんは生殖に対する心底からの敵意を露わに

＊一八七四～一九四六年。パリに住んだ米国の著作家、美術収集家。ユダヤ系ドイツ人

した。

「あなたはここそこ歩き回らないの」

「考えているところよ」ブレイさんは力なく言った。「考えつかないわ。その子はウエストエンドの孤児院へ行かざるを得ないと思うけど」

「あそこはこれ以上一人だって受け入れるゆとりはないわよ」女医は叫んだ。

「それなら、どうすればいいのよ」

「それはあなたの仕事でしょ」女医はまた大声でどなった。「私は子どもを元気な状態で取り出します。私の仕事はそれだけよ」

スタイナー医師は乱暴に受話器を下ろし、袖で額の汗を拭った。怒ると必ず汗をかくが、よく怒る。太っているのであまり怒ってはいけない。アメリカには美味しい食べ物が多いので、ドイツの収容所で飢えを凌いだあとはよく食べた。彼女の体型に関心を持つ人などいない。気にしなくても大丈夫――スタイナー医師はアメリカでも長生きしたいとは思っていなかった。

臆病な看護婦に向かって声を荒げた。「さあ、次。早くしなさい」

奇妙な数カ月が過ぎた。昼間はむなしく、夜はうつろな真っ黒い貝のようだった。子どもと別れる時が近づくにつれて如水は泣かなくなった。肉体が試練に備えている間に頭と心は鈍磨してくる。出産は女と子どもの闘いである。子どもは自由になるために母親と闘い、女は自らの命を蓄える。

生きて再び子どもを産むためか、単に生きるためか、自らの身を護る。仕事を終えて自分の世代の肉体の義務が果たされたとき、女は意識を失って倒れる。

「さあ、いいわよ」女医は満足そうに眺めた。

待ちに待った子どもを取り出した。小さいふくよかな子で、どこにも欠陥はない。二、三日遅れの出産で、後始末も済んだ。

スタイナー医師は待ちきれないほどこの子の誕生に興味があった。この望まれない子どもに対して、春頃は誕生を待ち望み、今は出産に余念がなかった。この子はきっと素晴らしい子で、世界の子どもと呼んでいた。法と憎悪に立ち向かって生まれた冒険者、新しい世界の創造者だと言った。

「まあ」やさしく乳児を眺めていた。乳児の目は医師に焦点が合わず、自分を見ているようだった。黒い大きな目で愛くるしい顔だった。

「かわいい男の子ですよ」女医は如水に語りかけた。

如水は麻酔で昏睡状態にあり返事をしなかった。

「連れて行かないでね。よく調べたいから」女医は看護婦に命じた。

看護婦は乳児を清潔なシーツにくるみ、空いているベッドに寝かせた。女医はベッドでレニーを眺めた。母親はほとんど黙っていたが、今朝麻酔をかがされる前にそばにいた女医に一瞬マスクをはずして言った。

「二つのことをお願いします。子どもを見たくありません。名前はレニーにしてください」

「苗字は?」

「ありません」如水はそれから陣痛に襲われ、覚悟したようにマスクを顔にのせた。

「レニー」女医は呼んでみた。この子にぴったりの名前だ。小さな顔で、すべすべの肌は真っ白で赤味はいっさいなく、欠陥はどこにもなかった。二千三百グラムしかない小さな子で楽に生まれた。閉じこめられていたところから陽気に、快活に出てきた。

レニーは笑いたくてたまらないかのように女医を見上げた。女医はそう想像して驚いた。新生児はずっと眠っているのではなかったか。レニーはそうではなく生きる意欲にあふれ、不器量だが心やさしい女医は感動にも似た思いがした。女医は母になったことはなく、子どもが欲しいとは思わなかった。子どもを持とうと思ってはいけないと考えたからだろう。女医は一人の見知らぬ人間の誕生として新生児に向き合い、その人間が健康で長い人生を歩むために注意深く、完全な準備をしてやらなければと考えた。

女医の関心と義務は身体にあり、それ以外は知ろうとする意欲も興味もなかった。ところが、レニーは見たことのないような子だった。白いシーツにくるまれ、顎の下で小さな手を握りしめ、大きく、もうぱっちりと見開いた黒い目は女医を品定めするかのように見つめていた。「そうか、あなたか。あなたは人間ですね」とでも思っていたのかも知れない。

この眼差しが母親に注がれなかったのは悲しい。女医は患者のそばへ戻って看護婦が作業を終えるのを見ていた。日常の作業だった。如水は目覚めたくないかのように眠り続けていた。だが、眠っている顔があまりに白いので女医は再び脈をとった。力強く脈打っていた。まったく正常だった。ただ目覚めないようにと願い、その願いが麻酔をよく効かせていたのだ。

「患者を連れて行きなさい。子どもを見たくないそうだから」

扉の外で待機していた二人の雑役係は看護婦の指示どおりベッドを運んでいった。もう一人の看護婦が子どものそばに近づいたので、女医は看護婦を止めた。

「この子を徹底的に調べたいので、私が湯をつかわせます」

看護婦は返事をしなかった。スタイナー医師が頑固なことは病院中に知れ渡っていた。ドイツ人だし、理解できないところがあり、どこでも反感をもたれるほど厳密な作業を要求するが、非常に有能なので敬服せざるを得なかった。看護婦は侮蔑と尊敬の錯綜した気分で、見くびりながらも気持ちを汲んで湯の入った洗面器、石鹼、清潔なガーゼ、滅菌タオルを運んできた。女医は急がずに、他の患者を待たせていることも忘れて丁寧に乳児を洗いながら、逞しく精密な身体の隅々まで細かく観察した。肩はがっちり角張り、頭は利口そうな良い形で、小さい口は落ち着き、そして繰りかえすが、並外れた目をしていた。

「すごい子でしょ」看護婦に声をかけた。

「この子には何かがあるわ。個人の資質を越えたものがあると思わない？　この子には異人種間の混交でよく現れる人種的な賜物があるわ。ヒトラーはそのことが分かっていなかったのよ。古い血統が交雑すると何か新しいものが生まれる。そうなのよ！」

看護婦はほとんど聞いていなかった。健康そうなピンク色の顔をした赤毛の若い看護婦は自分のことだけを考えていた。一日八時間の勤務が終わるまであと一時間だった。勤務が終わったら真夜中まで自分のしたいことをするつもりで、結婚してくれるかどうかも分からない若い相手と楽しく過ごす予定だ。相手はもちろん日本人でもなく、ユダヤ人やドイツ人のような変わった人種ではない。良きアメリカ人だった。

それでも、女医が子どもを腕に抱かせたとき、看護婦は邪険にせず、訓練で乳児への正しい接し方を身につけたとおりにやさしく子どもを受け取った。乳児の初期に仮にでもやさしさを体験するのは乳児にとってよいことが分かっている。新生児室にいる乳児は毎日決まった看護婦に十五分間抱かれることで母の温もりを感じ取る。

「この子を隅のベッドに寝かせて。私が毎日この子を見ます」女医は指示した。

「分かりました、スタイナー先生」看護婦は指示取りレニーを連れて行き、隅のベッドからアイルランド人警官の七番目の子どもである女の赤ちゃんを出して、レニーを寝かせた。シーツを取り替えるべきだったが、新生児が日本人との間の子だから簡単には死なないと思い、アイルランド人の女児も健康だったので取り替えなかった。一時間はどんどん過ぎて行き、看護婦はゆとりを持って看護婦長の前を通り抜ける前にまだすべき雑務が沢山あった。看護婦はレニーの上に手っ取り早く衣服をかけ、女児が掛けていたピンクのフラノの毛布をそのまま掛けて寝かせて立ち去った。交替の看護婦が現れたとき、ベッドの乳児が替わったこと、スタイナー医師自らこの子を診察すること、気短の医師を怒らせないように細々と気をつけることを伝えた。このドイツ人女医には怖い者はなく、怒ると周囲の誰にも分からない耳障りなドイツ語で長々とどなった。

その夜、女医は帰宅する前に新生児室に入って真っ直ぐ隅のベッドに向かった。あのすごい子はすやすやと眠りについていた。生まれたての乳児はだいたい丸くなって寝るものだが、その子は身体を真っ直ぐ伸ばし、手を楽にしていた。女医は手を握ってみた。とても小さいのに完璧な手をしていて余計な力は入っていなかった。アジア人の赤ちゃんは欧米人の赤ちゃんのように指を握り締めないという説を読んだことがあった。真っ直ぐ延びた指は繊細で先が尖り、開きかけた花びらのようだった。そういう子たちは血に流れている祖先の知恵のおかげで、抵抗することもなく、賢く運命を受け入れていた。女医はさまざまなことに思い巡らせていた。現在は想像の域を出ないが、いつか人体を超越することが沢山わかってくるだろう。人間の頭脳は、将来は、死ではなく生に関心をもつだろう。女医はレニーを見つめながらこの子の孤独に思いを馳せた。広い世界でこの子の安否を気遣い、誕生を待ち望む者は一人もいない。病院で数日を過ごした後はどこへ行くのだろう。

女医はすっとベッドを離れ、市街電車を乗り継いでいつもどおり家に帰り着いた。家は町外れの古びた平屋だった。アパートに住もうと思ったこともあったが、とても住めなかった。家屋の管理はお世辞にも上手とは言えないが、一戸建てでなければだめだった。留守中は家に鍵をかけており、例によって鍵穴に鍵を強く突っこみすぎたためひっかかってやっと開いた。スタイナー医師は家の中を見られても構わない程度にきちんとしておくために毎朝早く起きた。ドアを開くと出かけたときのままであり、本人はそれでいいと思っているが、他人の目には散らかって見える。テーブルの上には本や資料が山になり、麦わらのプレースマットのところだけは空いていて、ナイフ、フォーク、スプーン、それに皿とカップが置いてあった。女医は二つの部屋、隅に食器棚のあるキッチン、身体を斜めにしなければ入れない浴室を歩き回り、ドイツ語で何かがなり立てながら浴室で湯を浴びて、色褪せた綿の部屋着にくるまって出てくると、スープを温め、厚切りの黒パンとスープの夕食をとった。ぶつぶつ声を荒げては自問自答した。狂ったのではないか。子どもなんかどうするんだ。あの子は奇跡の子で、とても大事な人間。捨て去るには惜しい貴重な人間であることを理解できる人を雇う余裕が自分にあるのか。女医はテーブルについて、注意深く入れ歯を外した。上下の入れ歯を取って歯茎だけになり気持ちよさそうに噛んだ。スープにつけたパンは柔らかい。スタイナー医師は強制収容所で歯を全部失った。抜かれた歯も、抜け落ちた歯もある。入れ歯は他人に不快な思いをさせないためにしていたが、楽になりたいとき、ありのままの自分に戻りたいときは入れ歯を外した。危険で難しい手術があるときは女医は口から入れ歯を外し、そばにいる看護婦に渡して驚かせることもあった。「注意してね。とても高価なんだから。財産なのよ」と厳しく言った。

食事が終わると丁寧に歯を磨き、キッチンの流しに置いてある殺菌剤入りのコップにつけた。食器を洗い、プレースマットを敷いて翌朝に備えてから、色褪せた深紅のベルベットのゆったりした椅子に腰をおろした。椅子の横には正方形のテーブルがあり、その上には電話、雑誌、本、案内書、原稿、葉巻の箱、マッチの受け皿、灰皿を載せた割れた皿が置いてあった。女医は箱から葉巻を取り出して火をつけ、紫煙を燻らせたが、頭の中は錯綜していた。

十分ほどすると女医は電話に手を伸ばし、ダイアルして、葉巻を分厚い唇の口の端にしっかりくわえて、お喋りを始めた。

「ブレイさんですか」

遠くからブレイさんの疲れた声が聞こえた。「そうですよ、スタイナー先生」

「あの子、今日生まれましたよ」

「あの子って、どの子?」

「冗談はやめて。美人の日本人が母親の子ですよ。なんで忘れるのかしらね」

「ああ、思い出したわ」

「あなた、聞こえてる?」

「怒鳴らなければもっとよく聞こえるんですけどね」

女医はブレイさんが疲れて機嫌が悪いのだと思った。

「大声で話すから聞こえないなんて、どうなってるの。無茶苦茶なことを言うわね」医師は声を上げた。「ブレイさん、私、決心しました。あの子を引き取ります」

女医はこの重大発表がどう受けとられるか反応を待っていた。ブレイさんは黙っていた。

「聞こえた?」

「ええ」ブレイさんの声が遠くからした。「確かに聞こえましたよ。でも、夫のいない方へは引き渡さないことにしています」

女医は声を荒げた。「いったい孤児院に何人の夫がいるの。あなた、この子を孤児院へ入れると言ったわね。孤児院へ入れたら下痢で死んでしまうわよ。今年になって十人も死んでるじゃないの。あの子を十一人目にはしません。私が引き取って育てます。問題が起きたら私のところへ回しなさい」

その日は暑く長い一日で、お腹の膨んだ若い女性が普段より異常なほど多かった。ブレイさんは、セックスとセックスから生じるすべての結果にうんざりし、片時でいいから仕事を投げ出したいと思っていた。しばらく郡営救貧院で求職しようかとも考えていた。そういうところなら男女とも高齢者ばかりだし、仮に恋愛があっても妊娠という問題は起きない。

「分かりましたよ」ブレイさんは匙《さじ》を投げた。「一人ぐらいなら誰も気づかないでしょう。どうせ養子縁組はできないし」

「私が養子にします」女医は声を張り上げた。

「でも、後悔しないでくださいよ。母親から承諾書を取ってお渡しします」そっけない声だった。

「いいですよ」女医はどなって受話器を置き、椅子に深くもたれ込んだ。短くなっていく葉巻を燻らせながら物思いに耽った。

承諾書が目の前に出されて如水は躊躇った。自分が決めたことだから署名しないわけにはいかない。しかし、どこかおかしい気がしてすぐにはできなかった。承諾書には団体名しかなく、子どもがどこへもらわれて行くのか分からなかった。レニーを特定の個人ではなく団体に差し出すという文書に名前を記すのは行き過ぎのように思えた。

「引き取る人はいないのですか」如水は尋ねた。

「そのことは知らないほうがいいですよ」ブレイさんはそっけなかった。

如水は黙って聞いていたが、発作的に頭を下げて「母親」の箇所に署名した。その言葉に目がとまった。そう、如水は母親だった。如水だけが子どもを与えることができ、今それを実行した。目に涙があふれて長い睫毛にとまった。ブレイさんは相手を見ないようにあまり顔を上げなかった。文書を手にとり、吸い取り紙で署名を押さえた。

「これで終わりです。子どもの様子を知りたくなったら私どもに手紙をください。お子さんに何かあったらお知らせしますが、便りのないのは良い便りだと考えて、子どものことは忘れるように努めることですね」

「わかりました」如水は弱々しく立ち上がり、涙を拭い、ハンドバッグを取った。「さようなら」挨拶はさらに力がなかった。

「さようなら」ブレイさんも言った。

外に出た。自分が決めたこととはいえ気が遠くなりそうだった。如水はもう一度だけ診察に行く約束があったが、医師が一風変わっていて強く優しい人でなかったら、とりわけ女性でなかったら約束を守らなかっただろう。一、二度医師に身の上話をしようと思ったがやめた。このまま見ず知らずの相手でいたほうがいい。診察が終わったらすぐ登に手紙を書くつもりだった。彼が会いに来て、その時どうするか決めるつもりだった。アレンには手紙も書かず、二度と会うつもりはなかった。愛情はまだあるが、過去の人、もともと存在しない人になっていた。ここカリフォルニアに捨て去ったかつての生活がそのままあるとは思わなかった。こうしてカリフォルニアの空の下を歩いていてもここはすでに遠い過去になっていた。

如水は青白いが落ち着いた顔で女医を訪れた。スタイナー医師は今か今かと待ち構えていた。母親は子どものことは何も知らず、何も知らされていないとブレイさんから聞いていた。女医はこのときばかりは用心深く、同意も否定もしなかった。すでに心を決めていたので、結婚指輪のない手でハンドバッグを握りしめるこの女性が目の前に座るとすぐに話し始めた。

「お話があります」女医は透きとおるように白い如水を見つめて率直に言った。「あなたには知っておいていただきたいのですが、ブレイさんには決して言わないでください。善人と争いたくないのよ、ちょっと抜けているけど」女医は前屈みになって重大そうに低い声で言った。「私ね、あなたのお子さんを引き取ることにします。お子さんは私と暮らします。あの子は優秀ですよ。あの子の価値が理解されず台無しにされてはたまりません。私が育てて立派に教育します。世界に通用するような人間になりますよ」太く短い手で丸く地球を描いて見せた。「私はこの子を立派な人間にするつもりです。どうするかって？　この子はすでに優秀なんですよ」

それを聞いて如水は驚きと喜びが胸に込み上げてきた。如水も前屈みになった。赤ちゃんが吸わないので乳があふれ、包帯を巻いた胸がひどく痛かった。看護婦は三人分ぐらいの乳が出ると言った。「あの子がどこにいるのか分かりますか」如水は深呼吸した。

「分かりますよ。知ってもらわなくちゃね。お子さんはとても元気ですよ。もし良かったらしばらく子どもの世話をしてもらいたいわ。小さいけど私の家に来て、好きなだけ一緒にいてちょうだい」スタイナー医師ははっきり言った。

「まあ、なんてこと」矢も楯もたまらず、遠慮はどこかにすっとんだ。「長くは居られませんが、一晩だけでも」

「いらっしゃい」女医は繰り返した。「これが鍵よ。一人で行ってください。子どもを連れて帰ります。ベビーベッドが置いてある寝室で眠ってちょうだい。私は居間の長椅子で寝ます。とにかく二日間はあなた一人で世話をしなさい。私は忙しいので、よかったらもっと長くいていいのよ」

「でも、いったい先生がどうやって……」如水は人でいっぱいの診療所を眺めた。

「手はずは整っています。うちの隣にはやさしく親切な女性がいてね、あまり歳は取っていないけどおばあさんで、孫たちは亡くなったの。昼間働いている間はその女性が世話をしてくれます。いいでしょう。老人は子どもを可愛がります――子どもは生き甲斐ですよ。昨日と明日をつなぐものです。さあ、行って、子どもを待っていてちょうだい。昼休みに連れて帰ります」

太い手から鍵を受け取った。ほんの一瞬頭を下げ、その手に頬を当て、何も言えずに外へ出た。

これからどうしようと考えながらゆっくり歩いた。結局、如水は自分の子でありアレンの子でもある赤ちゃんを抱くことになった。その子を抱いて、身体を洗い、食べ物を与えてやれる。眠っているときは何をすればいいのだろうか。何か着るものを縫ってやれるかもしれない。大きくなるまであの親切で恐い先生が贈物をしまっておいてくれる。子どもには母が愛した証しになるかもしれない。如水は店に立ち寄ってピンクと青のフラノの生地と針と数種類のきれいな色の糸を買い、包みを抱えて市内電車に乗り、家に辿り着いた。家はすぐ分かった。なんとなく女医に似ているような気がしたからだ。鍵を開けて中に入った。ここがレニーの家だ。如水は家中を見回して忘れないようにした。大きな部屋が一部屋。テーブルの上の隙間、本がずらりと並んだ壁、灰のつまったレンガ造りの暖炉のそばの古ぼけた大きい椅子。清潔な古いベッドと新品の水色のベビーベッドがある。新しいシーツと毛布が重ねてあり、すぐ寝かせられるようになっていなかった。胸が高鳴り、涙に咽んだが、泣いてはいけないと涙を堪えた。帽子と上着を脱いで、普段どおり手際よくシーツと毛布を広げてレニーが初めて休む場所を整えた。

こうして聖なる週は始まった。

二人の女が別れる前の一週間だからである。レニーはスタイナー医師の腕に抱かれて帰宅し、如水が整えたベッドに寝かせられた。ちょうど正午で、暑い日だったが家の中は涼しかった。如水は扇風機をつけて氷の鍋をその下に置いた。テーブルにもう一カ所スペースをつくり、冷蔵庫を開くと食べ物があったので、すき焼風の料理、サラダ、薄いトーストの昼食をつくった。瓶が何本も入った箱、滅菌容器、缶入りミルクとブドウ糖もあった。レニー用だが作り方が分からない。そこでまた胸が痛み出した。自分の乳を飲ませてやれないものか。

レニーが入って来たとき胸を指さし、ブラウスの留め金を外しながら医師に目で懇願した。

「かわいそうに、そうなさい」女医はやさしく言った。「時が来たら泉を干上がらせます。さあ抱きなさい」

如水は溢れんばかりの幸せを感じながらレニーを抱き取り、寝室に入った。ドアを閉めてレニーと二人だけになって授乳した。レニーは驚いたように乳首を口に入れた。ゴムやガラス瓶とは違ってずっと柔らかいと思ったのだろう。そして分かったというように如水の顔をじっと見つめながら元気に母乳を飲み始めた。その目を見ながら如水は悲しくなって涙が流れ、レニーの顔に涙が落ちた。手のひらでそれを拭い、愛に身を震わせながらレニーを見つめた。

乳を十分に飲んで満腹になったレニーが眠ったのでベッドに寝かせた。如水はベビーベッドをのぞき込んで、レニーの顔、両手、体つき、素足をじっと眺めた。口はアレンの口で端が上がり気味だが硬い顎が甘さを打ち消している。顎は自分の父親譲りだ。手は自分に似ており、角張った肩は誰譲りだろう。自分はなで肩で、アレンの肩とも違う。睫毛を見るとアメリカ人の睫毛だった。日本人でこういう睫毛の人はなく、東洋人の目の上にカールした長い睫毛が生えていた。それにしても誰の睫毛だろう。アレンではなく、名前も知らない彼の先祖に似たのだろう。生きていても、故人でも、これからも知ることはない美しいアメリカ女性の類い希な睫毛だった。

そこでドアが開き、スタイナー医師が入って来て、二人で無言のまま子どもを愛おしんだ。

こうして聖なる週は始まった。この一晩と二日は三人の意思疎通の始まりでしかなかった。如水はついにレニーの人生の短い歴史を話した。話しながら忘れていた過去のさまざまな出来事を思い出した。起きたときは気づかないことがあった。

「初めて藤の花の下で寄り添ったとき、つまり、初めてキスをしたとき」

「分かりませんね。私は男性とキスをしたことがないから。何が起こったの」

「小さいそよ風の輪のような空気の動きを感じました。穏やかな日で風もなかったのですけど」如水は思い出していた。「私たちのそばに第三者がいるみたいな気がしました。生まれる前の霊だったのかもしれません。信じますか」

「信じないこともないわね」女医は答えた。

過去を語ったのは如水だけではない。アメリカでは悲しみの体験がない故に悲しみを知らず、老いも若きも無数の無辜の死を見ないが故に死を知らない人びとの前で女医は沈黙を守ってきたが、いま如水に向かって記憶にあること、自分の脳が朽ち果てるまで忘れてはならない記憶を語った。

「初めは、本当に混血児を殺すとは夢にも思わなかった。あなたの民族の血ではなくてドイツ人と混血した私たちユダヤ民族の血です。純血しか認めないと言ったのです――人類には純血なんて存在しないのに。あなたの血は私の血と違いません。私はユダヤ人の醜い年寄りで、あなたは美しい東洋人だけど、切れば同じ赤い血が流れます」

女医は太い膝の間にレニーを抱き上げ、この子がどうして自分の信念の勝利であるかを語ろうとした。「この子はとても素晴らしい子ですよ。交雑や混血で生まれた人間には優秀な人間が多いことを証明していますo分かりますか、最高なのよ」

レニーは夜以外はベッドで眠る暇がなかった。夜は二人とも話を打ち切って仕方なく眠った。医師は翌日メスを握る手が震えないように注意したし、如水は若く、愛と喪失の十字架に架けられていたからである。レニーは抱かれた腕の中で眠った。柔らかく細い腕と短くて強い腕の中で眠った。気持ちのいい腕の中で広々とした部屋の中を運ばれたり、盛り上がった乳房に顔を埋めて授乳を受けた。レニーは二人にこよなく愛された。それは原記憶に秘められ、死ぬまで失われない溢れるほどの愛の記憶となる。レニーはこの世でもっとも祝福された子どもだった。

その週の最後の日には如水には別れを告げる決心ができていた。初めの頃はこの日の来るのを恐れていたが、この日が来ても大丈夫という自信が生まれた。如水はレニーをこの家から連れ出すことはない。レニーはここで安心して生きられる。外に出れば歓迎されないし、待つ人とてない。だが、ここではライバルはいない。生死をくぐり抜けてきた女医の途轍《とてつ》もなく広い心は全人類とレニー以外は誰も愛さない。レニーは安泰だった。

「ここにいなさい。三人で一緒に暮らしましょう。それだけの稼ぎはあります」

しかし、如水には留まる意志はなかった。「私はあの子と一緒にいてはいけないのです。ここに留まればいつか父親のことを聞きたがるでしょう。私はその問いに答えられません。行かせてください」

如水は立ち去る決心をしていた。この子の中にいるアレンとさえ離れようと決めていた。この子にアレンのことを思い出させる表情を見て驚くことがある。嬉しそうな笑顔だが、あまりにも早く破局が来て胸が張り裂けそうだった。

如水は母乳を止める薬を飲み、胸をきつく巻いて家を出る準備をした。登が待っているはずのサンフランシスコへ行き、彼の顔を見て身の振り方を決めようと思った。恋はすでに終わり、心は穏やかだった。いざ出発のとき如水はレニーを腕に抱いた。蝶の刺繍をほどこしたピンクと青の小さい靴を足に履かせてやった。それからレニーをスタイナー医師の腕に返し、一歩退いて日本式に深くお辞儀をした。「ありがとうございました。あの子と私の生涯をかけて感謝いたします」

「またいらっしゃい」女医は肩にレニーを抱き上げて言った。

如水はもう一度頭を下げた。「ありがとうございました」と繰り返した。だが、二度と訪れまいと決心していることは言わなかった。あれは最後の贈り物だった。過去と未来の間につながりはなかった。


サンフランシスコの駅で登は待っていた。いつものとおり入念に服を着こんでいた。装いが決まると気持ちのよいものであり、どんな運命が待ち受けていようと、細部まで拘ったので、運命を受け入れ易くなれる。自分ではどうにもならない物事が多すぎるので、自力でできることは完璧を期すことに満足を覚えた。この日、登はずしりとした生成りのシャンタンで誂《あつら》えたスーツを選んだが、普段より暑いぐらいの日にはふさわしかった。遠くの山々に靄がかかり夜には海岸までとどきそうだったが、太陽はまだ明るく輝いていた。

汽車は時刻通りだった。登が先に相手の姿をみとめた。如水は元の美しくほっそりした姿だった。心臓が高鳴り、すぐに駆けつけたかったが焦ってはならない。如水は恋愛の痛手から元気を取り戻したと思いたいが、回復したばかりのときは驚かせてはいけないし、それとなく断る機会を与えなければならない。前に会って以来、登は新聞のニュースを如水に知らせなければ幸運を摑めないと考える自分の正直さに気持ちが沈んでいた。躊躇った末、手紙で知らせるのではなく実際に会って話そう、そうすれば彼女の目の輝きや微かな希望を窺い知ることができるし、思いも伝わるだろうとの結論に達した。

登は帽子をとって静かに如水に近づき、欧米式に手を差し出した。駅ではお辞儀するよりも目立たなかった。

「如水さん」

如水は声のする方を振り向いた。

「登さん、訪ねてくれて嬉しいわ」

如水は軽く彼の手をとって、すぐに引っ込めた。

「必ず会えると思っていました」

二人は寄り添ってプラットホームを歩き、ポーターがあとから如水の荷物を持って続いた。登は長く顔を見ていられなかったが、顔色は心配していたほど悪くなかった。落ち着いているし、元気そうだった。頬に微かに赤味がさし、黒い目はどことなく不安げだがしっかりしていた。時を経て以前よりも落ち着きが生まれ、美しさが深まったように感じられた。

登はタクシーを呼び、如水に手を貸し、自分も彼女の横に腰かけた。「お昼を食べようと思って予約してあるんですよ」行き過ぎかも知れないと気にした。

「それは素敵ね」如水は喜んだ。

運転手にレストランの名前を告げてシートに寄りかかった。如水は少し間隔を置いて座り、手袋をはめた両手を茶色のハンドバッグの上で組んでいた。飾り気のない黄褐色のスーツに胸にフリルのあるブラウスを着、小さめの茶色の麦わら帽子を被っていた。登の記憶の中の如水よりアメリカ的で、意外な感じがしたが、洋服姿の彼女は初めてであることに気がついた。ほとんどの日本女性は洋服を着ると見劣りをするが、洋装でも如水の美しさは変わらなかった。顔には辛い経験を乗り越えた様子が窺え、奇妙な帽子の下の横顔はきりりっとしていた。

だが、何と言えばいいか、言葉が見つからなかった。何と言えばいいのだろう。子どものことを聞くつもりはない。子どもは生きているのか、処理したのかということさえ知りたくない。子どもは登とは、あるいは今の如水とは関係がない。とはいえ、伝えようとするニュースは、如水の気持ちがどうあれ、それを変えるかもしれない。登には分からないことだった。

如水は軽い笑みを浮かべて登を見た。

「お元気でいらっしゃいますか」礼儀正しく尋ねた。

「ええ、とても」

「ご両親はいかがですか」

「元気ですよ」

「それは良いことを伺いました」

「あなたもとても元気そうですね」

如水は笑った。「では、みんな元気ということね」

幸いレストランは近く、タクシーは間もなく停止し、登は料金と多すぎるほどのチップを払って車から降りた。アメリカ人が女性の腕を取るように如水の腕を取りたかったが、気恥ずかしくてできなかったので、案内するように先に歩いた。小さいが高級店で、テーブルを予約して料理も決めていた。クレオール*料理の店でニューオルリンズ料理だった。美味しい日本料理の店がいいと思ったが、如水が本心を語るまでは自分の気持ちを悟られないほうがいいと思った。

テーブルは素晴らしいサンフランシスコ湾を眺望する窓のそばで、テーブルクロスは白で、銀の食器は磨き込まれ、皿は清潔感にあふれていた。何もかも予定どおりで、テーブルの上には登が買

＊フランス領ルイジアナ時代の移住者を先祖にもつ人々や混血の人々がもつ独自の文化

った花、薄紫のエゾギクとレモン色のランプが置かれていた。

登はやや小さ過ぎる椅子に深く腰かけ、初めてくつろいだ幸せな気分になった。「料理はすでに注文してあるんですよ。最高のクレオール料理です。日本料理よりもスパイスがきいていますが、アジアの料理とさほど違いません」

「私、お腹が空きました。もう悲しくないので食欲も元どおりです」

もう悲しんでいないというのは良い知らせで、登は微笑んだ。そして、まず正直に彼女に伝えなければならないニュースのことを思い出した。だが、スープがくるまで待とう。ウエイターがそれほど大きくない蓋付きの容器に入ったスープ、スープ皿、おたま《レードル》を運んできた。ウエイターが準備している間、二人は互いに相手を見ていた。登はまず如水にスープを勧め、二人は黙ってスープを飲んだ。主人や客の気持ちを美味しい食べ物から逸らすものではないことを教えられていた。

だが、次の料理が出るまで少し間があった。「メイン料理のエビは客が店に来てから準備するんですよ」

「私たち急いでいませんよね」如水は言った。

「急いでいません」登はそう言って白いナプキンで口を拭った。「ちっとも」声を改めた。「こうした時間が持てて良かった。あなたに知らせたいことがあります。良いニュースかどうか分かりませんけど」

「ニュースですか」如水は聞き直した。まずアレンのことが思い浮かんだ。だが、彼の何だろう。

もしかしたら両親のことかも知れない。

「二週間前でした」登が苦しそうに話す様子が伝わって来た。「カリフォルニア州では白人は日本人と結婚できるという判決が下されました」

登は心中を探るように如水を見つめた。如水は熱い気持ちの込もった質問を理解し、真正面から登を見返した。

「それが私にとって何でしょう」

「君が知りたいだろうと思って。状況が変わると思ったのです。つまり、名前は言いたくないが、そのアメリカ人にこのことを知らせて、ここで一緒に暮らせるじゃありませんか」

「もうどこにいても一緒に暮らせません。もうだめです」

登の心臓は大きな塊りのようになって、鼓動は遅くなり息が詰まりそうだった。「一緒に暮らしたくないってことですか」

「一緒に暮らしたいとか、暮らしたくないということではありません」如水の声は落ち着いていた。「もう暮らせません」そこで如水は少しだけ心の中を明かした。「そう見えませんか。法律の問題ではありません。あの人の正体が分かったのです。夫には不適格です」

凝り固まった心臓は登の胸を打った。

「つまりあなたにはもう誰も……」

如水は登に代わって言った。「愛情ですか。ないとも言えるし、あるとも言える。でも、それもどうでもいいことです。愛情だけでは私には不足です。アメリカ人はそれでいいかもしれませんが、私にはだめです。それがやっと分かりました」

登は深くため息をついた。「日本へ帰ってくるということですね」

「そうです。父と同じように」

あいにくそのとき給仕が料理を運んで来た。エビ料理が載っていた。給仕はそれを登の前に得意げに置き、フォークとスプーンを添えた。

「お客様、ご婦人によそって差し上げますか」

登は驚いて、しぶしぶフォークとスプーンを手に取った。それから困った顔で如水を見た。「僕はこういうことに不慣れで」

「かしてください」如水は細い両手を伸ばして手際よく銀のフォークと平たいスプーンを握った。見事な手さばきだった。「登さん、お皿を出して。盛りつけます」

登はうれしそうに皿を出し「ありがとう」とつぶやいた。如水を見つめながらインド産のピンク・パールを持っていて良かったとつくづく思った。「私は主人だけど、あなたは何もかも私より上手ですね」

如水はただ微笑んだ。この不器用な大男に料理を取ってやるのはごく自然だった。残りの人生も、ずっと取ってやるのだろうという気がした。

その日はヴァージニアの小さな町も暑かった。生命が途絶えたように音もなく暑い真夏の一日だったが、樹木は緑濃く生い茂り、壁際に並ぶ花々はぎらぎら輝いていた。

ケネディ夫人は昼寝から目覚め、磨き抜かれた階段を降りてきた。くすんだ青の涼しそうなドレスを着た華奢な夫人は、立ち止まってプールのほうを見た。人の声と水しぶきの音で目が覚めたので、起こされた時は無性に腹が立った。その声がアレンとシンシアだと気づいて怒りは消えた。二人がいっしょにいた。冬の間にアレンが家に帰って来てから夫人はシンシアのことを言わないようにし、当たり前のように喋ることを慎んでいた。帰って来たときのアレンはひどく憔悴し、見違えるほどやつれて寒さに震えていた。すぐ一家でホワイト・サルファ・スプリングスに行き一カ月ほど滞在したが、夫人はアレンが父親に話をするまでは何も尋ねなかった。夫トムは日本人の女性が荷物をまとめて立ち去り、置き手紙すら残さなかったと告げた。アレンは仕事を辞め、アパートを引き払い、家に戻って来た。

「よかったわね、トム」夫人が言ったのはそれだけだった。

ケネディ氏はそれに対して何も言わなかったが、夫人は夫が返事をしないのに慣れていた。これ以上言うことはなかった。誰が悪いのでもなく、相手の女性は外国人だが、女親というものが一人息子から離れられないことを悟ったのだろう。ケネディ夫人の息子に対する愛情はせっかちで、注文が多く、息子に忠誠を求めたが、夫人は今はかつてないほど息子に辛抱強く接していた。邪魔されると臍を曲げる夫人はどういう時に自分が傷つくかを知っていた。だが、今はアレンに思う存分反抗させ、親を親とも思わない振る舞いも許した。

「僕の自由にさせてよ」アレンは些細なことにもそう繰り返した。夫人がブラマンジェ*を食べないかと勧めてもそんな調子だった。アレンはブラマンジェが好きではなかったが、夫人はレシピを工夫して美味しくし、牛乳と卵は衰えた体力を回復するのに良かった。アレンはまるで子どもの頃のように何にでも反抗して我が儘に振る舞ったが、夫人はとにかく息子が家に戻ってくれたので何事も息子の言いなりだった。

ケネディ夫人は窓際からテラスのスズカケノキの下で寝そべっている二人をうれしそうに眺めていた。ずぶ濡れだったがかなり暑いので気にしていない。二人とも長身で美しかったが、シンシアに年齢を重ねると太るから気をつけるよう言わなければならない。女は結婚後、とくに出産後は太る傾向があるが、自身は一度も太ったことがない。

夫人は絹のカーテンを降ろし、広くて涼しい部屋を横切って呼び鈴を押した。昔からこの家にいる執事のハリーがすぐやって来た。清潔感あふれる白のスーツを着ていた。

「アレンとシンシアさんに飲み物をお持ちして」

「かしこまりました」

「氷をたくさん入れて、銀のトレイで運ぶのよ。いつも使っている古びた安物のトレイは嫌いなの。グラスを四つ用意して。主人と私も後で行きますから」

「かしこまりました」

執事が去ると、夫人は腰をおろし、もしかしたらプロポーズの邪魔になりやしまいか、行こうか行くまいかと迷った。このところ夫人は昼も夜もそのことを考えていた。アレンがやって来て「お母さん、今日、シンシアと結婚を約束したよ……」と言うのではないかと思っていた。

ケネディ夫人は髪型がくずれないように気をつけながら椅子にもたれ、目を閉じて、微笑みながらじっとしていた。

シンシアは濡れた髪を緑色のバスタオルで拭いていた。アレンは彼女の足下の芝の上に寝転がったままつまらないことを訊いた。「君は緑色が好きだから緑色のタオルを選ぶの？　緑色がいちばん良く似合うと知ってるからだ。水着も緑色だし……」

「たまたま浴室にあったタオルを取ったのよ」シンシアは言った。「緑色だったから取ったのかも知れないわ。青は選ばなかったでしょうね。意識していたかもね」

「いつものとおり分かっていたのだろう」アレンはまだからかっていた。

「そうかも知れないわ」

アレンは肘をついて身体を起こした。「ばかばかしいこと話しているな」

「いつもじゃない」シンシアは言った。「あなたが十歳ぐらいのとき、あなたのことをいちばん愚

＊風味をつけた牛乳をゼラチンで固めた冷菓

かな子だと思っていたのよ」

「でも好きだったんだろう」

シンシアはつねに用心深く、返事を躊躇った。「そういう時もあったかもしれないわ」

アレンはその用心深さがしゃくにさわり、急にその用心深さを摑んでアザミを踏みつぶすようにずたずたにしてやろうと考えた。

「いいか、シンシア、僕たち、正面から向き合う時じゃないか」

シンシアは何も答えずに短い金髪を力いっぱい拭いていた。

「シンシア、そのタオルを置けよ」近寄ってタオルの端を摑み、シンシアの手からもぎ取ろうとした。シンシアは両手でしっかりタオルを摑んでいたので引きずられた。

「また馬鹿な真似をする」シンシアは大声を出した。

アレンは突然タオルの端を放した。「分かったよ。だけど、君にはほとほとうんざりだ。僕が何を言いたいか承知なのに言わせてくれない。馬鹿にするなよ。君のことは知りすぎるくらい良く知っているんだ」

シンシアはタオルを放した。「分かったわ。言いなさいよ。すっきりさせましょう」

「シンシア!」

シンシアは青い目で睨みながら唇を固く結び、アレンは恐いような気がした。自信がありすぎたのだろうか。

「言いなさいよ」

「くそ、言うよ」急に腹が立った。「僕と結婚してくれないか。分かっているだろう。ずっと前から分かっていたはずだ」

「あなたとは結婚したくありません。いい機会だわ」

シンシアはアレンに言うだけ言ったが、アレンは受けとめられなかった。言葉は聞こえたが信じられなかった。シンシアに望みをかけ、だいぶ前からシンシアは自分と結婚するものと思い込んでいた。だから他の男性のプロポーズを断ったのだと考えた。

「本心じゃないだろう」アレンは突然もったいをつけて、座り直し、素足についた草切れを振り払った。

シンシアは相変わらず髪の毛を拭いていたが、緑色のタオルを落とし、悲しそうにアレンを見下ろした。実ったかもしれない愛がなぜ失われたのか不思議でならなかった。シンシアは一人のときもはっきりせず、自分の気持を測りかねていた。彼女は引きつけては反発するタイプで、しばらくアレンを魅力的に思えなかった。幼なじみのつき合いは続いていたが、ときめきは失せてしまった。アレンの前でも心が弾むことはもうない。

「残念だけど事実よ。そうじゃなければ良かったけど」切なかった。

ありえなかったが、アレンはシンシアが自分を愛していないことを知った。母親がつねに言っていたように互いに結ばれるはずだったのに。

「信じられないよ。僕たちはずっと結婚するために生きてきたことが分かったんだ。君が如水のことを考えているなら……」

「もちろん考えているわ」

「その必要はない。終わったことだ。何もなかったんだ。そんなことがあったことさえ不思議だ。長く故郷を離れていたから。君には大したことじゃないかもしれないけど、そうなんだ。僕は他の男たちのように日本の女性たちの尻を追い掛け回したりしなかった」

聞いているのか、いないのかよく分からなかった。髪が乾いてくるくるした巻き毛が顔のまわりにまとわりつき、溌剌として子どもっぽく愛くるしい印象を与えた。緑色のタオルをひきずりながら銅像のように動かなかった。

シンシアは遠くを見つめながら「なぜ如水が出て行ったのか知ってるわ。子どもができたからよ」

「ちがう」アレンは叫んだ。「それは事実じゃない。それなら僕に言うはずだ」

「あなたには言わないでしょうね」シンシアはぼんやり立っていた。

「ただ逃げて、どこかで一人になりたかったのよ。お母様に受け入れてもらえないなら、子どもも欲しがらないと分かったからよ」

「母を悪く言うのはやめてくれ」アレンは感情的になって叫んだ。「母のせいじゃないのは知っているだろ。法律があるのさ……」

「ふん」シンシアはタオルを投げ捨て、腕を組んでスズカケノキに寄りかかった。「まるで合衆国にはヴァージニア州しかないみたいね」

「僕の故郷はここだ」

「ふん」声を上げたが、目に涙があふれた。

その涙を見てアレンは身を起こし両腕を伸ばした。「シンシア、君は……」

シンシアは後ずさりして怒鳴りつけた。「私に触らないで。堪えられないわ」

シンシアは身をかがめて緑色のタオルを拾い上げ、芝生を走り抜け、石の壁がそこだけ開いて自分の家と地続きになっている場所めがけて駆けて行った。

アレンは立ったまま芝の上を走るシンシアを見つめていた。夢にも思わなかったほど惨めでやりきれなかった。この世の終わりだ。数カ月前にアパートを出た日も惨めで、頭痛がひどく、意識が朦朧《もうろう》としてやっとの思いで家に辿り着いた。彼の心にあったのはシンシアだった。故郷にはシンシアがいて自分を待っていてくれる。それから数週間、アレンは自分は如水を本当に愛していたのではなかったのだと自分に言い聞かせ、かなり時間をかけてからシンシアに近づき、人生をやり直して元気になろうとしていた。今や元気になるどころではなかった。石の壁一つ隔てて顔を合わせる環境で二人は今後どうやって生活するのか。

堪えられなかった。しょんぼりと芝生を横切って家に入ろうとしていたアレンは銀のトレイにカクテルを運んで来たハリーとぶつかった。母の差し金だと感づき「飲み物はもういらない。戻してくれ。シンシア様は帰った」ときつい口調で命じた。

アレンは乱暴に歩いて行き、母がドアの前で心配そうに狼狽《うろた》えている姿が目に入った。この際何もかもぶちまけてやろうと思った。

「お母さん、すべてを話すから金輪際《こんりんざい》何も言わないでね。僕はシンシアに結婚を申し込んだが断られたよ」

「まあ、なぜ」ケネディ夫人は大きな声で囁いた。

「理由は言わなかった。僕に魅力がないからだろう」アレンは苦笑いした。

アレンは母を見下ろしていた。長身で、心が張り裂けそうなほどハンサムだと夫人は思ったが、そのプライドの裏に苦しみ悶える姿を見た。「軍隊へ戻ろうかな」アレンはぼんやりと言った。

「アレン」夫人はすすり泣きながら両手を差し出した。

「やめてよ」アレンはその手を拒んで後を向き、階段を上がって自分の部屋へ入った。


スタイナー医師は真っ白い大きなタオルを膝に載せていた。「さあ、マーキーさん、この子を抱き上げて私の膝の上に座らせて。身体を拭いてパウダーをたたきますからね。そうしたら……」

マーキー夫人は灰色の地に白い小花模様のキャラコをさっぱりと着たほっそりした老婦人で、風呂桶から大事そうにレニーを抱き上げて、待ち構えている広々した膝の上に座らせた。レニーは身体を起こして覚束《おぼつか》なげにスタイナー医師に笑顔を見せた。この子が可愛くてたまらない二人がぎこちない仕草でピンを差したり、ミルクの時間が遅れるとむずかることもあるが、そうでないかぎりレニーはいつもにこにこしていた。大きく黒っぽい東洋の目は微かにつり上がり気味なので一層大きく見え、カールした長い睫毛に縁取られて東洋の目にはない感じだった。がっちりした上半身は小さいがぷりぷりし、四角く張った肩、花びらのような手、愛くるしい小さな顔、よく動く口、上向きの鼻を見て、ずんぐりした女医はたまらないほどうれしくなった。女医は丹念に科学的にレニーの身体を拭きながら息をついた。

「マーキーさん、見てご覧なさいよ、レニーの手」と一講釈したそうな口調になった。「よく指がああいう形になると思うわ。人差し指と小指が親指といっしょに伸び、中指と薬指を曲げているでしょ。あれはビルマ*やタイの舞踊の動きで、他の地域へも伝播《でんぱ》したのよ。日本へも間違いなく伝わったわね。つまり、東洋の舞踊形式を創り出した人たちは、人間の手の基本的動作として赤ちゃんの最初の動きを参考にしたのよ」

マーキー夫人は無学だが、レニーの手をまじまじと眺めた。小鳥のように自由に飛んでいるようでもあり、安定した膝の上で踊るように、大気を摑もうとしているようにも見えた。レニーはえくぼと笑顔が可愛い子で、流れる水と太陽の光のように明るく潑剌としていた。凡庸な自分の子どもとは違うと感じた。マーキーさんの息子の一人は成長して島のジャングルで朽ち果て行方知れずに

＊ミャンマーの旧称

なっていた。ご近所でレニーのことを自慢すると「なぜ日本人の子どもにそれほど夢中になれるのか分からない」と言われた。

「レニーは日本人じゃありません。こんな子は初めてですよ」と言い返した。

「息子サムさんが日本人に殺されたのに」とひどいことを言われた。

息子サムのことを言われると辛いが「レニーがやったのでないことは確かです」と言ってやった。

とはいえ、愚かな隣人たちにマーキー夫人の心の内がどう分かるというのだろう。

いまやレニーに大きな変化が訪れた。一時、朝のような明るい表情になると、急に知的な顔に狼狽の表情が広がった。レニーはすでにスタイナー医師を自分にとって最も大事な人だということがはっきり分かり、女医を非難するように見つめた。バラのような紅い唇を歪め、睫毛に涙をいっぱいためていた——涙を流すのは新しい贈り物である。

「早く、早く」スタイナー医師は動揺して声を上げた。「レニーはお腹が空いたのよ。時間が立ちすぎたわね。はい、はい、分かりましたよ。マーキーさん、ミルクちょうだい」

マーキー夫人は急いでミルクを取りに行った。スタイナー医師はミルク瓶を手にとって慎重に温度をみた。熱くもなく冷たくもなかった。ミルクの瓶を置いて、半袖シャツをレニーの頭からとおして着せて、丸々とした太股におむつを当ててピンで留めた。レニーは待ちきれず、あらん限りの力で手足をばたつかせた。

「はい、はい。遅れてごめんなさい。さあ、ミルクですよ」

レニーは両手を伸ばした。年齢にしては動作が早かった。ミルク瓶を摑んでお腹が空いてたまらないと言うように口に入れた。女医の太い腕を枕にしてもたれかかり、満足そうに身動きを止め、覗きこむ女医のやさしい大きな顔を黙って見つめていた。マーキー夫人がお風呂の後片付けをしたり、毎日の掃除をするときの些細な音は気にしなかった。女医は物事がすべて順調のときは決まってレニーの話をした。

「昨日、レニーの検査をしたのよ。聞いてるの、マーキーさん」

「そうですか」マーキー夫人は逆らうようにつぶやいた。こんなに小さくて悪いところなどない子どもを検査するなんてかわいそうだし、良くないことだと考えていた。たとえ検査が必要で、この子が稀な優秀な子であることを信じない者がいたとしてもだ。

「神経学的検査を含めてあらゆる検査をしたのよ」女医は大きな声で言った。

「知能指数はこの年齢としては最高だったわ。すごく高いのよ」

「レニーを普通の子のように呼ばないで欲しいですね」きつい口調だった。

女医は夫人を見つめた。「なぜいけないの」

「この子が誰でもいいみたいだからですよ。ただの人間どころじゃありません。この子は最高に可愛い男の子よ、最高に愛しい赤ちゃんですよ」

レニーはその声を聞いてマーキー夫人のほうを見たので、夫人は可愛くて涙が出そうになった。

女医は腹の底から声を張り上げて笑った。

「マーキーさん、あなたはこの子が好きじゃないのねぇ」

マーキー夫人は笑わざるを得なくなって、欠けた歯が見えないように手で口を隠した。「どうなんですかね——私のどの子についてもどうなのか、一人は死んでしまったけど。それでも、こうしてレニーが私を見ると心がとろけそうになる」

レニーはミルク瓶を外し、顎にミルクが流れ落ちた。天使のような笑顔で大きな女性を興味ありげにじっと見た。これに彼女は何と言うだろう。

スタイナー医師はレニーの笑顔を見ていてふと死んだ子どもたちのことを思った。飢え死にしたり、殺されたり、銃剣で刺されたり、山に投げ捨てられた子どもたちのことだ。そういう子どもたちの親はユダヤ人や、カトリック教徒や、反逆者や、嫌われ、恐がられ、蔑《さげす》まれた者たちだ。女医はレニーが自分の目の中にそれらの記憶を見たことをたまらなく知りたかった。レニーは感受性が鋭く、賢く、頭の中に世界中の才能が蓄えられていた。レニーを肩に抱き上げると頬に柔らかい赤茶色の髪があたった。この子はすでに強く、穏やかで、人間味に溢れ、頭脳優秀だった。レニーがそういう子どもであることを知って、将来どんなにすごい人間になるだろうと畏れた。歳を取った独身の彼女が選んだ人間だ。無知な人間、浅はかで狭量な心の持ち主はこの子を見抜けなかっただろうが、彼女には分かった。多くの子どもたちの命が失われたが、彼女はこの子を救った。

「なんと見事な花だろう。なんと見事な花がここにあるのだろう」

スタイナー医師はそうつぶやき、座ってレニーの背中を軽く叩きながら勝ち誇ったように前へ後へ揺り動かした。

（了）

訳者あとがき

本書『隠れた花』(The Hidden Flower)がジョン・デイ社から出版されたのは一九五二年五月で、バック女史が六十歳の誕生日を迎える数週間前だった。今から六十二年前である。この年の四月二十八日サンフランシスコ講和条約の発効により一九四五年九月二日に始まった日本の連合国軍占領が終了した。

パール・S・バック(一八九二〜一九七三年、八十一歳没)は『大地』でノーベル文学賞を受賞し、半生を中国で過ごしたことはよく知られているが、女史がその後半生をかけて社会的、倫理的問題の解決にエネルギーを全力投入し、慈善活動を行ったことは日本では意外に知られていない。この小説は女史が取り組んだ数多い社会問題のうちの二つ、すなわち、人種と日米混血児の問題が根底にある。

日本の敗戦後に大量の米軍を中心とするいわゆる進駐軍が日本を数年間占領した。マッカーサー連合国軍最高司令官がそれを統率していた。この期間に、米軍の将校と日本女性の間に多くの混血児が生まれたが、これらの混血児は大部分が「父なし子」となった。父親である米軍の将兵がアメリカ本国に帰る際、実子を日本に置き去りにしたからである。一方、母親である日本女性は貧しさのために、あるいは、周囲の差別から、混血児を放棄せざるを得ないケースが多かった。こうして多数の日米混血児が戦後日本の路頭に迷った。これらの混血児の救済に真っ先に取り組んだのは、一九四八年に鎌倉の実家を開放して「エリザベス・サンダース・ホーム」を始めた澤田美喜さんだった（施設の名前はホーム設立後に最初の寄付をした聖公会の信者エリザベス・サンダースに因んで付けられた）。

さて、ピーター・コン著『パール・バック伝』（『Pearl S. Buck / Biography』）（丸田浩他訳・二〇〇一年　舞字社）には、一九四九年に発表された評論『黙ってはいられない』（『American Argument』）の一文が引用されている。すなわち、「米国社会の子どもたちの中でいちばん残酷に扱われているのは、いわゆる私生児です。両親に捨てられた多くの子どもたちは、自動的に、養子養女の対象から外されて孤児院や里親に預けられてしまう。特に、混血児たちは、社会のくずとして孤児院にも不適格とされ、精神病院に預けられる場合もある」という文言だが、バック女史は日米混血児の問題を憂慮し、同様の理由で、米軍が駐留していたアジア諸国や敗戦国ドイツの路頭に迷う混血児を救済するために、私財を投じて一九四九年に「ウェルカム・ハウス」、更に一九六四年には「パール・バック財団」を設立して、これらの混血児の養子斡旋と教育支援に専心し、自らも多数の養子養女を受け入れた。

もう一つ、人種問題の解決にも長い道のりが必要だったが、この小説が書かれた当時は、米国のほぼ二十州（主に南部諸州）で白人と非白人の婚姻が法的に許されていなかったという。バック女史はこのような状況を憂えて国民にもっと人道的な態度を促したかったのだろう。

本書はこれまで邦訳が出版されなかったが、出版されてから六十年有余という時が流れて、現代の時代感覚からすれば全体的に、とくに恋愛については、古めかしい感じがする。また、人種問題や混血児に対する偏見についても当時とは隔世の感がある。さらに、アメリカ生まれの二世、三世に日本人的特徴を託すのは無理があるのではないかとも思われる。だが、時代は変わっても、どこの人間にも変わらないもの、すなわち、男女の恋愛感情や価値観の相違、東西文化の相違、善意、心にうごめく欲望や内的葛藤に突き動かされる人間の描写は、さすがに鋭い洞察力で人間の本性を見抜いていて一向に古さを感じさせない。

昨年三月に同じく国書刊行会より出版されたバック女史の随想『私の見た日本人』(『The People of Japan』)は女史が子どもの頃から愛してやまない日本人と日本文化への思いを綴ったものだが、本書はそれが小説の形をとったと思えるほど日本文化への言及があり造詣の深さが窺われる。

パール・バックという作家は前半生をアジアで、後半生をアメリカでと二つの大陸で人生を送った人であり、国際的、普遍的な視野から人間と文化を見つめ、それ故に作品は古くて常に新しく、飽きることがない。

最後に、本書の邦訳を勧めてくれた丸田浩氏、国書刊行会の佐藤今朝夫社長、編集の中川原徹氏、編集にご協力いただいた萩尾行孝氏のご尽力に心から感謝する。

二〇一四年二月

著者紹介

パール・バック（Pearl S. Buck　1892年～1973年）

宣教師だった両親とともに生後まなく中国に渡り、以後前半生を中国で過ごすユニークなアメリカ人作家。大学教育は母国アメリカで受けるが、結局中国に戻って宣教師の妻となり一時南京大学で英文学を教える。1931年『大地』を発表し1932年にピュリッツアー賞を受賞。『大地』は『息子たち』、『分裂せる家』とともに三部作『大地の家』を成す。1938年にノーベル文学賞を受賞。1934年、戦禍を避けて住み慣れた中国を離れて母国アメリカに永住。1949年共産党革命のため中国に戻る機会を失った。アジア通であり終生「東洋文化と西洋文化の架け橋」役を務める。戦前、長崎近郊で暮らした（疎開）体験をもとにして戦後まもなく書かれた『大津波』という子供向け短編が1960年に日米共同で映画化された。

訳者紹介

小林政子（こばやし・まさこ）

1972年、明治学院大学英文学科を中退し外務省入省。リスボン大学にて語学研修。主に本省では中近東アフリカ局、国連局原子力課など。在外ではブラジル、カナダに勤務。

1998年外務省を退職し翻訳を志す。ユニ・カレッジにて日暮雅道氏、澤田博氏に師事。

主な訳書『神の火を制御せよ——原爆をつくった人びと』（パール・バック著、径書房、2007年）、『私の見た日本人』（パール・バック著、国書刊行会、2013年）など。

隠《かく》れた花《はな》

二〇一四年二月二五日　初版第一刷発行

著者　パール・バック
訳者　小林政子
発行者　佐藤今朝夫
発行所　株式会社　国書刊行会
〒一七四―〇〇五六
東京都板橋区志村一―一三―一五
TEL〇三（五九七〇）七四二一
FAX〇三（五九七〇）七四二七
http://www.kokusho.co.jp
印刷　株式会社シナノパブリッシングプレス
製本　株式会社ブックアート
落丁本・乱丁本はお取替え致します。

ISBN 978-4-336-05776-1